Toi, moi… et une famille

*

Sous le charme d'un Italien

SUE MACKAY

Toi, moi...
et une famille

Traduction française de

EMMA PAULE

BLANCHE

HARLEQUIN

Collection : Blanche

Ce roman a déjà été publié en 2018

Titre original :
YOU, ME AND A FAMILY

HARPERCOLLINS FRANCE
83-85, boulevard Vincent-Auriol, 75646 PARIS CEDEX 13
Service Clients — www.harlequin.fr
ISBN 978-2-2805-0309-9 — ISSN 0223-5056

Édité par HarperCollins France.
Composition et mise en pages Nord Compo.
Imprimé en février 2024 par CPI Black Print (Barcelone)
en utilisant 100% d'électricité renouvelable.
Dépôt légal : mars 2024.

MIXTE
Papier issu de sources responsables
FSC® C159065

Pour limiter l'empreinte environnementale de ses livres, HarperCollins France s'engage à n'utiliser que du papier fabriqué à partir de bois provenant de forêts gérées durablement et de manière responsable.

1

— Que plaidez-vous, Alexandra Katherine Prendergast ? Coupable…

Le juge marqua une pause et fit durer l'instant d'atroce incertitude.

— Ou non coupable ? lança-t-il d'un ton incrédule.

La bouche sèche comme du buvard, Alex sentit les larmes dévaler le long de ses joues.

Coupable, coupable, coupable !

— Nous vous écoutons, grommela le magistrat.

Les yeux qu'il braquait sur elle étaient durs, exigeants.

— Coupable, murmura-t-elle avec difficulté.

— Ce bébé est-il mort quand vous étiez de garde ou pas ?

— Oui, votre honneur, répondit-elle dans un souffle.

— Jordan est donc mort à cause de vous. Aviez-vous fait votre possible afin que cela ne se produise pas ?

— J'ai fait tout ce qui était en mon pouvoir pour le maintenir en vie, votre honneur. Je m'efforce quotidiennement de sauver des bébés. Mes collègues disent que je n'aurais rien pu faire de plus pour lui. Je veux les croire, mais comment faire ? Ce bébé dépendait de moi, et je lui ai fait défaut, admit-elle, la gorge nouée. J'ai fait défaut à Jordan, répéta-t-elle, fustigée par ses propres paroles.

— Je vous condamne à une vie entière à veiller sur les enfants malades des autres, énonça le juge d'une voix glacée en posant sur elle un regard polaire.

Elle s'éveilla en sursaut et se couvrit la bouche de la main dans un hoquet.

Sa chemise de nuit lui collait au corps. Des mèches humides de sueur s'étaient collées sur ses joues, également moites.

Non, elle n'allait pas vomir ! se dit-elle pour se convaincre, tout en repoussant le souvenir prégnant du cauchemar.

Les doigts tremblants, elle alluma sa lampe de chevet. Une fois la pièce baignée d'une douce lueur, elle rejeta ses couvertures et posa les pieds par terre. La fraîcheur de la nuit lui fit du bien et l'aida à reprendre ses esprits.

Sortir du cauchemar, de la culpabilité. Se concentrer sur le présent, ne pas se focaliser sur le passé...

Elle enfila sa robe de chambre, fourra les pieds dans ses chaussons, gagna la cuisine d'un pas incertain et se fit chauffer de l'eau pour une infusion. Plantée en frissonnant devant son placard, incapable de décider laquelle choisir, elle tendit la main vers le premier paquet et fit tomber un sachet dans sa chope alors que ses yeux s'emplissaient de larmes, signe de l'ouverture des vannes.

L'horloge du four indiquait 3 h 46. Elle avait dormi un peu moins de trois heures avant que le cauchemar lui emplisse la tête d'accusations et de douleur.

Impossible d'oublier, même dans son sommeil, que sa position de chef du service pédiatrique du Nelson Hospital était aussi précaire que la santé de son prochain patient et que les gens spéculaient sur le fait qu'elle était un imposteur et qu'elle ferait bientôt une épouvantable erreur avec l'enfant d'une autre, soulignant ainsi son incompétence.

Elle dut creuser profond pour exhumer la certitude qu'elle était un bon médecin.

Et même très bon. Pour preuve le nombre toujours croissant d'enfants malades venant la consulter, non seulement de South Island mais de partout en Nouvelle-Zélande... Cependant, ce cauchemar récurrent sapait systématiquement sa fragile confiance en elle. Il renforçait aussi sa certitude de ne pas être du bois dont on fait les mères et de son incompétence absolue dans ce rôle. D'ailleurs, elle ne l'envisageait même plus.

Elle emplit sa chope d'eau bouillante et en répandit sur le comptoir. Dans des vapeurs de fraise, elle saisit son infusion et traversa le salon pour aller se planter devant la grande baie donnant sur les lampadaires de Rocks Road et les quais de la rade de Nelson.

Il pleuvait à verse.

Les deux mains refermées sur sa chope, elle regarda un cargo passer l'étroit goulet reliant Tasman Bay aux eaux abritées du port.

Le trafic maritime était incessant en ce début juin, les cargos chargeaient les dernières récoltes de kiwis. Des hommes semblables maniaient des amarres, des cordages ou des engins mécaniques. Leur travail était dur. Honnête...

— Arrête !

Le travail qu'elle faisait avec les enfants malades n'était ni facile ni malhonnête. Elle n'était pas responsable de la mort de Jordan. Le légiste en avait apporté la preuve et l'avait innocentée.

On ne pouvait pas en dire autant du père de Jordan...

Son mal de tête crut en intensité. Les yeux toujours braqués sur la scène en contrebas, elle but avec précaution une gorgée de liquide bouillant.

Pourquoi le cauchemar était-il revenu cette nuit ? A cause de la fatigue, ou de son besoin de réintégrer aussi vite que possible son rôle de chef de service au Nelson ?

Ce travail était plus qu'un travail, c'était toute sa vie. Un remplacement de la famille qu'elle n'aurait de toute façon pas. Un personnel nombreux à guider, à haranguer, à surveiller, à chérir. Des tas d'enfants à soigner de la seule manière possible pour elle — médicale — et à aimer par procuration. Impliquée, sans être impliquée.

Le parfum fruité de son infusion l'aida à se détendre.

Elle n'aurait peut-être pas dû prendre ces quatre mois de congé sabbatique. Ça lui avait mis la pression, et elle allait encore devoir apporter la preuve de ses compétences.

Toutefois, cette tournée des hôpitaux américains avait vraiment stimulé sa confiance en elle et lui avait fait comprendre une fois pour toutes qu'elle était parmi les meilleurs dans le domaine de la pédiatrie. Partout, ses conférences sur les naissances prématurées lui avaient valu des acclamations de brillants spécialistes. Les propositions de poste s'étaient bousculées et avaient grandement pesé sur son ego fragile.

Elle avait éclaté de fierté quand, à San Francisco, son ancien mentor lui avait proposé un poste de choix dans sa nouvelle clinique pédiatrique privée.

Ça, songea-t-elle avec une sombre satisfaction, cela devrait suffire à lui attirer le respect réticent de son beau-père. A ceci près que, bien sûr, elle avait décliné l'offre. Mais son besoin récurrent de se prouver à elle-même à quel point elle était bonne avait marqué une pause.

Elle termina son thé et se détourna de la fenêtre.

Il était temps d'essayer de dormir un peu plus. Le décalage horaire, l'épuisement inhérent à cette tournée trépidante aux Etats-Unis, l'incapacité à se détendre hors de chez elle, tout cela expliquait sa fatigue et le fait que son esprit se rebellait, réclamant ce qui lui semblait à jamais interdit : une famille à aimer et chérir.

Prise d'un mal de tête persistant, Alex laissa choir son sac dans le tiroir de son bureau avec un soupir.

Home, sweet home. L'unité pédiatrique du Nelson Hospital, là où elle passait le plus clair de sa vie. Elle était heureuse de rentrer.

Pourquoi alors son estomac faisait-il des siennes ?

L'appréhension. Qu'est-ce qui avait changé dans le service en son absence ? Quels patients réguliers avaient guéri, lesquels étaient partis ? Y avait-il eu des décès ?

Elle frissonna.

Mais qu'est-ce qui n'allait pas chez elle ce matin ? N'être pas dans son assiette, ce n'était pas la meilleure façon de reprendre le travail.

Alors qu'elle étudiait avec les meilleurs pédiatres en Californie et à Washington ou qu'elle présentait ses thèses à d'innombrables conventions, elle avait pris le parti de ne pas y penser. Alors, elle avait évité de s'interroger sur les problèmes de recrutement ou le nombre croissant de petits patients arrivant au Nelson. Elle avait essayé d'absorber autant qu'elle le pouvait et de partager ses propres expériences et connaissances. Elle avait été distraite, courtisée, conseillée. Pourtant, elle ne voulait que revenir ici. Chez elle. Là où elle se sentait en sécurité.

Elle jeta un coup d'œil au bureau et aux tableaux qu'elle avait achetés à l'exposition de Queen's Gardens.

Tout cela avait l'air fatigué. Comme elle. Et poussiéreux. Pas comme elle, songea-t-elle en souriant malgré elle. Poussière ou pas, c'était génial d'être de retour.

Quelque chose la frappa alors : le bureau aurait dû être jonché de piles de dossiers, de notes, de mémos, alors qu'il n'y avait qu'une petite pile bien rangée en son centre.

Son remplaçant anglais avait dû décider de la laisser souffler le premier jour, même s'il lui avait dit lors de leur interview sur Skype qu'il était meilleur médecin que gratte-papier.

Elle vit une note posée au sommet de la pile et s'en empara.

« Bon retour, mademoiselle Prendergast. J'ai établi les tableaux de service pour le mois à venir, contresigné les rapports de patients à jour et répondu à tous les e-mails à l'exception de deux messages concernant des rotations internes dont vous préférerez peut-être vous occuper. J'espère que vous trouverez tout en ordre. »

C'était signé quelque chose comme « Maria Forreel ».

Maria Forreel, qui était-ce ? Et pourquoi cette femme travaillait-elle dans son bureau ? Forreel, quel drôle de nom ! Ça existait, un nom pareil ?

Elle étudia de nouveau la signature.

Forell ? Forelli ? Oui, Forelli. Aucune différence, ce nom ne lui disait rien.

Elle tira la chaise et se laissa choir dessus.

Elle qui avait été si excitée à l'idée de revenir, elle se retrouvait comme au premier jour de la rentrée scolaire. Terrifiée. Le pire, c'était qu'elle ne savait même pas pourquoi. Probablement le décalage horaire. De combien de choses le rendait-elle responsable ?

— Ah, tu es là ! s'exclama une voix féminine. Comment s'est passé ton voyage ? As-tu fait beaucoup de shopping ?

Un grand sourire sur le visage, Kay, la surveillante du service, était plantée dans l'encadrement de la porte.

— Kay ! Ça me fait vraiment plaisir de te revoir. Et, oui, j'ai trouvé le temps d'étoffer ma garde-robe.

— Oh, que je suis jalouse !, répondit Kay avec un sourire démentant son propos.

— J'espère que ça va te plaire, dit Alex en ouvrant le tiroir pour sortir un petit paquet de son sac.

— Tu m'as rapporté quelque chose ? C'est gentil, dit Kay en déchirant avec entrain l'emballage.

Elle fit tourner devant ses yeux la paire de boucles d'oreilles en argent, l'air ravi.

— Qu'elles sont belles ! Merci, mais tu n'aurais pas dû.

— Bien sûr que je n'aurais pas dû, tu vas devoir travailler deux fois plus maintenant, s'esclaffa Alex.

Comme si c'était possible ! Kay avait une puissance de travail inégalée.

— Je suis contente qu'elles te plaisent. Quand je les ai vues, j'ai tout de suite pensé à toi, ajouta-t-elle en se levant pour prendre sa blouse blanche. Comment vont Darren et les enfants ?

— Ils débordent d'énergie, comme toujours. Mais pourquoi n'ai-je pas plus apprécié ma vie de célibataire quand j'en avais une ? dit Kay en souriant.

— Tu ne l'échangerais pour rien au monde, riposta Alex.

Et elle-même, elle échangerait bien sa superbe carrière médicale contre la famille de son amie.

Elle retint un hoquet alors que ses doigts cessaient de boutonner sa blouse.

Quoi ? Elle voudrait un Darren dans sa vie ?

Bon, pas précisément Darren, mais un homme aimant et attentionné qui comprendrait ses excentricités et lui pardonnerait instantanément ses erreurs.

Le cœur battant, elle voûta un instant les épaules, se pressa deux doigts sur les tempes et inspira lentement.

La journée commençait décidément de façon bizarre, et il n'était que 7 heures du matin. Cela avait intérêt à s'arranger, et vite !

— Alex, ça va ? s'enquit Kay, l'air inquiet.

— Oui, oui.

— Es-tu sûre de vouloir reprendre aujourd'hui ? Tu n'es rentrée qu'hier, non ?

Alex se redressa, se remémora qu'elle était au travail, dans sa zone de confort, et se plaqua un sourire sur le visage.

— Tout va bien. En fait, je piaffe d'impatience. Je suis juste un peu fatiguée. Courir de ville en ville, ce n'est pas de tout repos.

— J'en ai le cœur qui saigne pour toi, répondit Kay en roulant exagérément des yeux.

Alex se mit à rire, finalement contente d'être de retour. Kay lui avait toujours maintenu les pieds sur terre.

— Que s'est-il passé en mon absence ?

Aussitôt, Kay reprit son sérieux et pointa le doigt vers une enveloppe à moitié enfouie sous la pile de dossiers.

— Avant toute chose, il y a un message qui t'explique tout, dit-elle en se dirigeant vers la porte. Il y a eu, euh, quelques changements. De gros changements. De *bons* changements, ajouta-t-elle, soudain très pressée de filer.

De bons changements ? Qu'est-ce qui n'allait pas avant ? Elle dirigeait une unité parfaitement organisée et efficace, dans laquelle il n'y avait rien à changer.

Alex sentit son malaise la reprendre.

— Pourquoi ? demanda-t-elle en tendant une main vers la missive. S'est-il passé quelque chose ?

Bip bip.

Interrompue par son bipeur, elle s'en saisit et jeta un coup d'œil à l'écran tandis que le haut-parleur crépitait, répétant l'information qu'elle lisait.

— Arrêt cardiaque chambre 4.

Elle sortit du bureau au pas de course sur les talons de Kay.

— Tommy Jenkins, lança celle-ci en poussant la porte coupe-feu de l'unité. Ce n'est vraiment pas juste !

Alex esquiva le retour de porte et la suivit en courant.

— Qui est Tommy Jenkins ? Mets-moi au courant, presto.

— Il souffre de mucoviscidose. Il a été admis pour une infection pulmonaire massive qui ne répond à aucun traitement. Sa mère et lui se sont installés à Nelson le mois dernier après la mort de son père dans un accident de pêche.

— Quelle époque mal choisie pour le déménager !

— A qui le dis-tu ! Ses copains lui manquent, et il n'est pas ravi de devoir changer ses habitudes médicales.

Le chaos régnait dans la chambre 4. Une infirmière gonflait régulièrement avec son respirateur manuel les poumons de l'enfant allongé sur le dos et la tête rejetée en arrière, tandis qu'un interne à cheval sur lui pratiquait un massage cardiaque.

— Passez-moi le tube. Tout de suite, je vous prie, ordonna une voix calme qu'Alex n'avait jamais entendue.

— Voilà, répondit aussitôt Kay.

Alex alla se placer près de l'infirmière, prête à prendre le relais. Elle leva les yeux vers l'inconnu qui, visiblement, paraissait savoir ce qu'il faisait.

Ce n'était en aucun cas l'homme qui l'avait remplacée à la tête du service et avec qui elle avait communiqué par Skype, jamais elle n'aurait oublié cette mâchoire forte, ces yeux gris.

Il lui fallait prendre le contrôle de la situation.

— Puis-je savoir qui vous êtes ?

— Mario Forelli, répondit-il sans lever les yeux. Ce gamin est en arrêt.

Elle se souvint alors du nom au bas de la note sur son bureau. Ce brun à la carrure imposante n'avait rien d'une femme. Le Maria s'avérait un Mario.

Comme apparemment elle n'allait pas le remplacer de sitôt, elle attrapa la perfusion.

— Que faites-vous là ? s'enquit-elle, perplexe.

— Le Dr Forelli est un spécialiste en pédiatrie, lui annonça Kay, qui surveillait le moniteur cardiaque de l'autre côté du lit.

— Cessez le massage, dit l'inconnu d'une voix claire en insérant habilement une canule dans la gorge de l'enfant.

— Depuis combien de temps est-il en arrêt ? demanda Alex, dont l'esprit fourmillait d'autres questions.

D'où venait ce Mario Forelli ? Plus important, que faisait-il dans son unité à s'occuper de toute sa paperasse ? Où donc était John Campbell ? « De gros changements », avait dit Kay. Cet homme était sans doute l'un d'entre eux… Mais pour l'instant, la vie de cet enfant dépendait de leur concentration à tous.

Elle se concentra donc sur la préparation de la solution pour l'intraveineuse de Tommy.

Sans scrupule, Mario Forelli prit la direction des opérations et demanda à Jackson, l'interne, de se pousser pour faire lui-même le massage cardiaque, et ses mains parurent ridiculement énormes sur le torse étroit de l'enfant.

— Je l'ai trouvé comme ça il y a quelques minutes, à moitié hors du lit, expliqua-t-il à la cantonade.

— Je venais de sortir pour lui chercher ses médicaments, dit d'une petite voix Rochelle, l'infirmière.

— Vous n'avez rien à vous reprocher, Rochelle. Personne n'aurait pu prévoir qu'il ferait un arrêt cardiaque à ce moment-là.

— Merci, docteur, murmura la jeune infirmière, manifestement soulagée.

Mince alors.

— Heureusement que vous passiez par là, monsieur Forelli, marmonna Alex, s'efforçant d'ignorer l'accès de colère provoqué par le fait qu'il y avait dans *son* service un nouveau médecin dont elle ne savait rien.

A quoi cela servait-il d'être responsable d'une unité, si personne ne la consultait sur un point aussi important ? Elle n'était pas là, certes, mais quelqu'un aurait pu lui en parler dans un des nombreux e-mails échangés au cours de son voyage concernant la vie du service. Elle aurait préféré être informée de l'arrivée de Mario Forelli plutôt que de l'accident du cousin de Rochelle !

Forelli fit un rapide mouvement de tête dans sa direction sans modifier le rythme régulier de son massage, alors qu'un sourire éclairait son visage.

— Vous devez être la légendaire mademoiselle Prendergast.

— C'est exact, rétorqua-t-elle sèchement.

— J'ai beaucoup entendu parler de vous...

Il croyait la charmer ? *Dans tes rêves, mon pote !*

Mais alors, pourquoi cette drôle de sensation dans son ventre ? Pourquoi cette impression que quelque chose d'indéfinissable lui échappait ?

Mais cette réaction n'avait rien à voir avec cette voix sexy et ce soupçon d'accent qui la rendaient toute chose, non. Ce devait être leur peur commune de perdre Tommy. Et tout ce qu'elle avait besoin de comprendre.

Mais ça, ce serait après avoir sauvé l'enfant.

Selon les notes, Tommy avait quatorze ans, il était trop jeune pour se retrouver dans une telle situation. Il n'avait même pas commencé à faire l'expérience de la vie et il n'en aurait jamais l'occasion si son cœur ne redémarrait pas très vite.

Elle mit un frein à ses angoisses, se concentra sur les moniteurs et fit une prière pour que le cœur de Tommy se remette à battre, rêvant de se charger elle-même du massage cardiaque et se sentant ridiculement inutile alors que tous les autres, focalisés pour ramener Tommy à la vie, travaillaient parfaitement de concert.

Encore des massages, d'autres médicaments et encore de l'oxygène.

Finalement, Forelli inspira à fond et ordonna :

— Stop !

Tous retinrent leur souffle, braquèrent les yeux sur le moniteur, et le silence se fit dans la chambre.

Enfin, la ligne verte s'anima.

Il y eut un soupir collectif de soulagement. Ils n'étaient pas passés loin.

— Sa mère est-elle dans les murs ? demanda-t-elle à Kay, qui administrait une autre dose d'adrénaline à l'enfant.

— Non. Elle vient vers 9 heures et passe une heure ou deux avec lui avant de rentrer travailler en ligne chez elle. Je vais lui téléphoner et lui demander de venir plus tôt.

— Merci, Kay. Je parlerai à Mme Jenkins dès son arrivée. En attendant, j'aimerais bien être mise au courant de tout le monde dans l'unité, vous compris, dit-elle en plantant les yeux dans le regard gris anthracite de Forelli.

— Aucun problème pour moi, dit celui-ci.

— Nous nous verrons après que je me serai entretenue avec quiconque est en charge du cas de Tommy.

— C'est moi, répondit-il, le regard pétillant. Je m'occupe de ce jeune garçon depuis son admission le mois dernier.

Avant même qu'elle comprenne ce qu'il se passait, Forelli tendit la main et enferma la sienne dans une étreinte ferme.

— Nous n'avons pas eu l'occasion de nous présenter correctement.

Dr Mario Forelli, votre nouveau pédiatre, ajouta-t-il en gardant sa main dans la sienne.

— Pardon ? dit-elle en récupérant sa main et en tentant d'ignorer la chaleur subite qui lui avait remonté le bras. Cela vous ennuierait-il de me dire quelle est votre place ici ?

En parlant d'être la cinquième roue du carrosse dans son propre service...

— Pas du tout. Pourquoi ne pas nous retrouver dans votre bureau avec un café, peut-être après que je me serai entretenu avec Mme Jenkins ?

Elle planta les yeux dans ceux de Mario Forelli.

Encore un charmeur. Le monde en était plein. Et pourtant, le regard qu'il lui rendait exprimait la compréhension et la commisération devant sa situation. Ce qui ne l'agaça que plus et augmenta son niveau de stress.

— Merci, je vous en serai reconnaissante.

Elle s'en fut vers la salle des infirmières, accompagnée de ce Forelli, si grand qu'elle se sentait plus petite que d'habitude. Ce qui, bizarrement, ne la dérangeait pas.

Qui était ce type ? Et comment arrivait-il à si facilement l'émouvoir ?

Elle le regarda en biais, rata une marche et se serait étalée s'il ne l'avait pas empoignée par le coude.

— Merci.

Encore.

Elle lui jeta un regard noir du haut de ses nouvelles chaussures italiennes à talons.

Mince, elle était encore trop petite pour un contact oculaire de pair à pair. Il lui faudrait un escabeau.

— Mario, pourrais-je avoir votre signature sur cette lettre ? demanda Averill, sa propre secrétaire, en se dressant devant eux, les yeux braqués sur Forelli.

— Bien sûr, dit-il en saisissant le stylo tendu.

Depuis quand Averill arrivait-elle aussi tôt ? s'étonna Alex.

Les yeux rêveurs de la jeune femme lui donnaient la réponse : depuis l'arrivée de Mario Forelli. Même si le nouveau venu ne faisait rien pour l'encourager.

— Et voilà, dit-il en lui rendant porte-papier et stylo.

— Euh… excusez-moi, intervint Alex en les regardant tour à tour.

Sa secrétaire finit par la regarder.

— Ah, c'est vous, Alex ! Vous êtes de retour.

— Oui, en effet.

Alors qu'Averill s'éloignait, Alex décida d'exiger des explications. Mais les mots moururent sur sa langue quand elle croisa son regard.

— Ne vous méprenez pas sur l'attitude d'Averill, dit Mario avant qu'elle ouvre la bouche. Cette lettre, c'est moi qui l'envoie à la direction à propos de ma titularisation. Nous en parlerons dès que nous aurons terminé la tournée des patients, d'accord ?

Démontée, elle détourna les yeux.

— Très bien, merci.

Merci pour quoi ? Et si elle recommençait la journée de zéro, est-ce que celle-ci commencerait mieux ?

Un autre coup d'œil à Mario ne lui apporta aucune réponse. Au contraire, son visage ouvert et ses yeux amicaux l'envoûtaient, et son approche directe sapait ses inquiétudes, lui faisant comprendre qu'elle n'avait pas à en avoir.

— A dans une heure, avec un peu de chance, dit-il avec un petit signe de la main, en s'éloignant.

Près d'elle, Kay le regarda elle aussi partir.

— Adorable, non ?

Alex fit la moue, dubitative.

Elle n'avait encore jamais rencontré plus bel homme. Près de lui, elle se sentait minuscule et délicate, mais…

— Non.

— Alors là, tu serais bien la seule femme du service à ne pas l'apprécier ! Il a charmé toutes les femelles à des kilomètres à la ronde. Le personnel se bouscule pour l'aider.

Ça ne la surprenait pas vraiment. Ses sourires devaient lui obtenir tout ce qu'il voulait. Mais pas d'elle. Elle était ici pour travailler, pas pour jouer. En revanche, songea-t-elle avec une pointe d'excitation, faire joujou avec Mario Forelli après les heures de travail, ça devait être amusant.

— Depuis combien de temps travaille-t-il ici ?

En l'absence de réponse, elle se retourna.

Les yeux braqués sur le dossier qu'elle avait en main, Kay était déjà en train de disparaître dans la salle des infirmières.

Alex la suivit, se demandant comment elle pourrait tenir une heure avant d'en savoir plus sur Mario Forelli.

Dire que l'arrivée de cet homme l'avait tellement déstabilisée qu'elle ne s'était toujours pas informée des patients ! Encore une nouveauté. Quelqu'un le remarquerait-il seulement si elle s'en allait, montait dans un avion et se fourrait la tête dans les nuages un jour de plus ?

Probablement pas, si elle en jugeait par ce qu'elle avait vu de Mario Forelli. Il était définitivement responsable de *son* unité.

Allons, du calme. Elle n'allait pas s'effondrer après un retour d'à peine plus d'une heure dans son service. Bien sûr qu'il y avait eu des changements. L'hôpital, c'était un mouvement perpétuel.

— Bienvenue à la maison, Alex, marmonna-t-elle.

2

Mario serrait et desserrait les poings, perturbé.

C'était donc elle, la fabuleuse Mlle Prendergast. S'était-elle vraiment imaginé que l'unité allait se mettre en stand-by en attendant qu'elle revienne à la barre ?

Elle n'avait visiblement pas été ravie de sa présence, et cela le perturbait au plus profond, là où il dissimulait ses émotions. Si elle était capable de faire ça en si peu de temps, elle était dangereuse pour son équilibre. Très dangereuse. Il allait devoir être prudent.

Mais comment faire, près de tout ce charme emballé dans un délectable paquet-cadeau qui lui faisait tourner la tête ?

Il serra les dents.

Il aimait son travail, mais depuis ce matin le Dr Alexandra Prendergast lui rappelait ce qu'il lui manquait depuis presque un an et dont il n'avait pas le temps maintenant : avoir une vie sexuelle. Pire, il avait dû lutter pour arrêter de lorgner les traits fins, les pommettes hautes et le petit nez mutin. Sans parler de cette chevelure blonde serrée dans un chignon strict.

Elle était toute petite, au contraire de sa réputation de « locomotive en escarpins ».

Il s'était attendu à une amazone correspondant à ce qu'il avait entendu dire d'elle — un médecin pointilleux et sévère, exigeant de son personnel une dévotion sans égale aux patients, n'acceptant que les meilleurs soins et traitements pour chaque enfant admis dans ce service, et qui faisait tout pour obtenir ce résultat, y compris, lui avait-on dit, lire des histoires aux tout-petits à n'importe quelle heure du jour ou de la nuit. C'était déjà un point commun. On lui avait aussi dit qu'elle se souciait énormément de son personnel.

Ces superbes yeux verts furieux débordant de la frustration d'ignorer ce qu'il se passait dans son propre service l'avaient transpercé. Elle s'était absentée plusieurs mois, mais il ne comprenait que trop sa réaction : il aurait eu la même dans le même cas. Il s'y attendait. Déjà en Italie, on lui avait parlé d'Alexandra Prendergast et de ses théories révolutionnaires sur le traitement des prématurés. Il avait lu ses écrits, il avait voulu la connaître, travailler avec elle.

Pourquoi n'avait-elle pas accepté un poste plus mirifique dans un grand hôpital à l'étranger ? A cause d'erreurs passées ?

Dans la chambre 4, il avait vu la peur rôder dans son regard jusqu'à ce que le cœur de l'enfant redémarre. Quelle qu'ait été la cause de cette peur, elle l'avait ému et lui avait donné envie de la serrer contre lui, de la protéger.

Comme si elle l'aurait laissé faire ! Comme s'il avait le temps de s'occuper d'une autre âme brisée ! Pour l'instant, il devait se consacrer à Sofia, cela ne laissait de place dans sa vie pour rien ni personne d'autre. Sofia gouvernait tout, son cœur compris. Remettre la vie de sa fille sur les rails était d'une importance primordiale. Tout le reste attendrait.

Il s'ébroua.

Assez de conjectures. Il allait expliquer sa présence à Alexandra sans livrer de détails personnels. Pourvu qu'elle ne remarque pas le trou de six mois dans son CV ! Le directeur de l'hôpital avait expressément insisté pour qu'il le lui montre même s'il avait obtenu le travail. Peut-être pourrait-il contrecarrer un afflux de questions en précisant la raison du départ inopiné de Liz ?

Il remarqua, énervé, qu'Alexandra l'observait.

L'évaluait-elle ? S'assurait-elle qu'il était prêt à tout lui dire ?

Il avait travaillé dans quelques-uns des meilleurs hôpitaux d'Angleterre et d'Italie. Il avait une excellente réputation de chirurgien-pédiatre. La direction de cet hôpital avait accepté ses qualifications avec empressement. Mlle Prendergast allait devoir faire de même, que cela lui plaise ou non. Et ça commençait maintenant.

— Allons voir les dossiers des patients dans le cagibi que Kay surnomme fièrement son bureau. Je vous mettrai au courant, dit-il.

— Très bien.

« Très bien .» C'était tout ? Cela signifiait-il qu'elle acceptait sa présence ? Avait-elle seulement conscience qu'il avait fait *son* travail durant son absence ? Et qu'il avait même remplacé Liz ?

— Très bien, répéta-t-il, las de tout cela et regrettant de ne pouvoir éclaircir les choses entre eux avant de commencer la tournée des patients.

Cependant, les internes attendaient dans le couloir en lisant les mémos et en taquinant les infirmières. Il allait donc devoir encore attendre.

A la porte de Kay, il s'effaça pour laisser entrer Alexandra, et alors qu'elle passait lui parvint une bouffée d'air printanier lui rappelant les freesias.

Une journée glaciale d'hiver ? On aurait dit que son cerveau s'était mis brutalement à tourner à l'envers. Qu'avait-il, à la fin ?

Ce n'était certainement pas dû au fait que cette femme l'attirait. Pas du tout. Les femmes, il les aimait drôles et accommodantes, et surtout grandes et blondes. « Drôle » ne semblait pas correspondre à Alexandra. Peut-être pourrait-il la faire rire ? Bah, mauvaise idée.

Perturbé par la direction qu'avaient prise ses pensées, il l'étudia à la dérobée.

— Bonjour, Mario, comment va Sofia ce matin ? lui demanda Kay en souriant.

— Aussi bien que possible, répondit-il, envahi de tristesse à la pensée de sa fille.

Parfois, il en venait à rêver qu'elle fasse un caprice ou qu'elle refuse d'obéir au lieu de pleurer en silence la nuit et d'être trop sage pour ne pas se faire gronder. Ce n'était pas normal d'être aussi sage pour une enfant de quatre ans. Il ne saurait probablement jamais tout ce qu'il lui était arrivé avant qu'il n'entre dans sa vie, et pour le moment l'important était de l'aider à surmonter le passé. La seule façon d'y arriver, c'était de lui apporter la stabilité et des monceaux d'amour, ce qu'elle n'avait pas connu dans sa courte et triste vie.

— J'ai apporté des livres de mes garçons. Ils seront peut-être un peu trop bébé pour elle, mais j'ai pensé que ce serait un bon début.

— Elle va les adorer. Elle aime les livres, comme son papa, répondit-il, écartant une pointe de contrariété.

C'était à lui de fournir à sa fille ce dont elle avait besoin. Si seulement il avait plus de temps...

— Sofia est ma fille, elle a quatre ans, expliqua-t-il à Alexandra dont les yeux perplexes couraient de Kay à lui, songeant que lui dire quelque chose de personnel à son propos jouerait peut-être sur son attitude envers lui.

— Elle est belle, ajouta Kay, l'emplissant de gratitude.

Bien sûr qu'elle était belle ! C'était *sa* fille.

Mais Alexandra dit seulement :

— Jetons donc un coup d'œil aux dossiers des patients.

— Oui.

Se mettre cette femme à dos ne servirait à personne, et surtout pas à lui. Il n'avait pas l'intention de chercher un poste de spécialiste ailleurs. Nelson était chez lui, maintenant. Chez Sofia. Ils étaient là pour rester. Un aller simple pour Mars n'était pas en option, même si Alexandra le regardait comme s'il était une bestiole rapportée par le chat.

Kay présenta le premier dossier tout en lui glissant :

— J'ai aussi apporté du sauté de poulet pour vous ce soir. J'en ai fait dix fois trop pour nous.

— Vous êtes transparente comme l'eau claire, répondit-il en souriant. Merci, mais ce n'est vraiment pas la peine. Je fais la cuisine tous les soirs pour Sofia et moi.

Nul besoin de préciser que, la plupart du temps, il faisait réchauffer un plat congelé, ni que souvent Sofia s'était entre-temps endormie devant la télévision.

— C'est juste un coup de main, lui dit Kay avec un clin d'œil, pas rebutée pour un sou. Et n'oubliez pas de l'emporter ce soir.

Aïe ! Elle avait donc vu qu'il avait oublié le dernier dans le réfrigérateur de la salle de repos.

Contrit, il lui sourit.

— Non, promis.

Il écrivit dans sa paume, remit son stylo dans sa poche et croisa le regard amusé d'Alexandra.

— Vous ne vous faites jamais de pense-bête dans la main ? lui demanda-t-il.

— Non, jamais. J'ai une excellente mémoire.

— C'est malheureusement vrai, intervint Kay en souriant. Parfois, on aimerait tous que tu puisses oublier ce que tu nous as demandé de faire.

Surprise, Alexandra se tourna vers Kay.

— Suis-je un tel tyran ?

L'infirmière roula des yeux et sourit de plus belle.

— Il ne te manque que le fouet.

Kay plaisantait, bien sûr... Et s'ils pensaient tous qu'elle allait trop loin dans ses exigences ?

— C'est vrai que je peux parfois être difficile, mais je ne pense qu'à mes patients, grommela-t-elle.

Elle était partie trop longtemps. C'était d'ici qu'elle affrontait le monde, en se drapant dans l'unité de pédiatrie comme dans une couverture de survie où aucun souci ne venait la perturber.

— Tes petits patients t'adorent, leurs parents te font confiance, et nous aimons tous travailler ici, répondit Kay en riant. Là, satisfaite ?

— Les dossiers ? fit Mario après s'être éclairci la gorge.

Elle tourna la tête avec effort vers cette voix qui lui faisait penser à du vin rouge et des crackers devant un feu.

Se vautrer dans l'auto-apitoiement ne lui ressemblait pas. Elle était fatiguée, et son mal de tête refusait de passer.

— Voilà que tu es livide, dit Kay en lui tapotant l'épaule.

Des doigts forts agrippèrent son coude et la guidèrent vers une chaise.

— Asseyez-vous. Vous devez encore souffrir du décalage horaire, le vol est interminable depuis Los Angeles.

La voix était de velours, un baume sur son esprit stressé. Elle sapait aussi sa position de patronne, mais c'était trop tard pour protester. Elle était déjà assise. Comment y était-elle arrivée si vite ?

Mario Forelli. Voilà comment.

— Je vous remercie, mais ça va, vraiment, dit-elle en restant toutefois assise pour prendre le premier dossier. Parlez-moi plutôt de Gemma Lewis.

— Gemma est un cas de spina-bifida. Son père est juge à la cour fédérale, et ils se sont installés ici il y a peu. Quand il a fallu opérer les genoux de Gemma pour les réaligner, ils sont venus me voir au lieu de rentrer à Wellington, expliqua Forelli d'une voix claire.

En l'écoutant lui détailler l'opération qu'il avait pratiquée, elle lutta contre la sensation de glisser dans un gouffre dont elle ne pourrait peut-être jamais sortir.

Qui était Mario, à part pédiatre ? Elle ne connaissait rien de lui, et pourtant… Mais il avait un enfant, bon sang, et donc manifestement une femme. Ou une compagne. A moins qu'il ne soit veuf ?

Mille questions se bousculaient sous son crâne, ajoutant à son mal de tête. Elle aurait vraiment dû prendre un jour de repos avant d'avoir à affronter tous ces changements.

— Des questions à propos de Gemma, docteur Prendergast ?

La voix de Mario la fit revenir au travail.

— J'en déduis que vous êtes chirurgien pédiatrique, docteur Forelli.

Il pinça les lèvres, et elle s'attendit à une repartie cinglante.

— C'est exact, et c'est la raison pour laquelle le juge Lewis m'a confié sa fille.

— Je vois.

Il ne lui avait pas vraiment tout dit, mais le lieu n'était pas propice à un interrogatoire, pas avec le personnel buvant chacune de ses paroles comme s'il était un dieu.

— Le dossier suivant est celui de Tommy Jenkins, que vous connaissez déjà, donc passons au suivant, dit-il en lui prenant le troisième dossier des mains. Amelia Saunders, dix ans, a contracté la dengue lors de vacances à Fidji. Son foie en a pris un coup, mais avec les médicaments ses tests de fonctions hépatiques reviennent lentement à la normale, et elle commence à se sentir mieux. J'envisage de la laisser sortir en fin de semaine.

Le dossier atterrit sur celui de Tommy, et un autre disparut de ses mains.

— Andrew Frost. Fracture du fémur à la suite d'une chute.

Mario Forelli poursuivit encore et encore. Totalement maître de lui, il répondit à toutes ses questions sans hésiter ni se référer au dossier. Il connaissait son affaire. Très impressionnant.

— Allons voir tous ces patients, dit-elle finalement.

Alors qu'ils sortaient, le téléphone de Kay sonna.

— Je vous rejoins tout de suite, lança cette dernière.

— Pourriez-vous m'appeler Mario comme tout le monde ? pour demanda-t-il alors avec un sourire.

— Vous allez vite découvrir que je ne suis pas tout le monde, dit Alex de son ton le plus polaire.

— Je le sais déjà, répondit Mario avec un soupir contrarié. Vous êtes responsable de l'unité pédiatrique, et votre réputation attise l'envie de vos pairs.

Il s'arrêta, s'appuya contre la porte fermée de l'ascenseur et se plaqua un autre sourire sur le visage en la jaugeant.

Encore une fois.

Qu'est-ce qui n'allait pas chez lui, aujourd'hui, à prendre tout ce temps pour sonder une femme ? Une femme qui, visiblement, ne voulait pas de lui ici. D'accord, il était fatigué après une autre nuit blanche avec Sofia, mais ce n'était pas une nouveauté.

— Vous êtes habillée de façon superbe, énonça sa bouche presque contre sa volonté.

Une femme tuerait pour ce tailleur bleu impeccable et ce corsage de voile blanc.

— Je vous remercie, dit Alexandra d'un ton toujours coupant, mais le regard moins glacial — enfin, un peu.

— Depuis combien de temps travaillez-vous à Nelson ? s'enquit-il. « Où habitez-vous ? Avec qui habitez-vous ? Avez-vous des *bambini* qui jouent quelque part ? Et si c'est le cas, pourquoi n'êtes-vous pas chez vous avec eux ? »

Et pourquoi voulait-il savoir tout cela ? Elle était sa patronne, sa vie privée n'avait aucun intérêt pour lui. Il devait juste essayer d'être amical. Tâter le terrain.

— Ça fait trois ans.

— Et avant ?

Alex rejeta la tête en arrière pour darder sur lui un regard noir.

— J'ai fait ma spécialisation à San Francisco. Les questions, c'est moi qui devrais les poser. Par exemple, depuis combien de temps travaillez-vous ici ?

Bon, plus de « docteur », mais pas de « Mario ». Pas encore, du moins.

— Presque quatre mois.

— Quatre mois ? s'étonna-t-elle en haussant brusquement les sourcils.

— Oui. J'ai commencé une semaine après votre départ en congé sabbatique.

3

Une fois la tournée du service terminée, Alex se tourna vers Kay.

— Le Dr Forelli et moi serons dans mon bureau. Je te remercie de ne nous déranger qu'en cas d'urgence.

Kay les regarda tour à tour.

— D'accord, dit-elle avec un sourire. Bienvenue dans le monde réel. On est contents que tu sois revenue, à propos.

— Moi aussi, répondit Alex avant de lui rendre son sourire et de se détourner.

La confusion était revenue, sans doute visible dans le regard qu'elle lui avait lancé.

Elle s'installa derrière son bureau et feuilleta la petite pile de papiers devant elle. En dessous, elle trouva une enveloppe sur laquelle avait été dactylographié « Dr Mario FORELLI, chirurgien pédiatrique ».

Devrait-elle la lire maintenant, alors que Mario la regardait ?

Face à elle, jambes croisées, il avait un regard intense et déconcertant, comme s'il pouvait voir par-delà ses barrières soigneusement érigées. En même temps, il la réchauffait de partout et rappelait à son corps la notion de sensualité.

Elle reposa l'enveloppe, saisit le café brûlant qu'Averill venait de leur apporter et rejeta les épaules en arrière.

— Qu'est-il advenu de John Campbell ? Il devait rester là jusqu'à la fin de cette semaine.

— Il n'est jamais venu. Apparemment, on lui a fait une meilleure offre à Perth, où il a fait escale en venant.

— Quel salaud ! lâcha-t-elle, prise de fureur au souvenir du pouvoir de conviction de Campbell lors de cette interview sur Skype. Il avait l'air excité à l'idée de venir. Il répétait sans cesse qu'il avait toujours rêvé de travailler en Nouvelle-Zélande et qu'il s'en faisait une fête ! Il s'est bien fichu de moi. Pensez-vous qu'il avait pris rendez-vous à Perth avant de quitter Londres ?

— Ça ne m'étonnerait pas plus que ça. Il n'a jamais donné aucune explication à la direction.

Avait-elle été si pressée qu'il la remplace qu'elle avait omis quelque chose ? Les semaines précédant son départ avaient été pour le moins mouvementées. Il y avait eu tant d'activité dans le service qu'elle avait craint de devoir annuler son voyage. Et puis Campbell avait postulé pour un remplacement temporaire à Nelson. Au vu de ses références, ç'aurait été bête de ne pas l'embaucher.

— Je crois ne pas l'avoir déchiffré aussi bien que je le pensais.

— Difficile en une seule interview, surtout quand elle est faite depuis deux coins du monde, dit Mario.

— Et vous, comment êtes-vous entré dans l'histoire ?

Elle avait à peine posé la question que d'autres lui surgissaient à l'esprit. Des questions personnelles n'ayant pas de rapport avec ce qu'il faisait ici.

Mario baissa les yeux vers l'enveloppe.

— J'étais venu discuter avec le chef de service de l'éventualité d'un poste, et Liz m'a littéralement traîné jusqu'au bureau du président du conseil d'administration. C'est tout juste s'il ne m'a pas séquestré jusqu'à ce que je signe le contrat d'intérim, dit-il avant de lâcher un petit rire. Il était vraiment aux abois. J'aurais eu le poste avec un certificat d'aptitude au jardin d'enfants !

En repensant à Liz, Alex se sentit la proie d'un brusque désir d'enfant.

La chanceuse !

Plus elle avançait en âge, plus la décision de ne pas fonder de famille était dure à accepter. Son horloge biologique reprenait-elle le dessus ?

Mais une seule pensée à ce qui était arrivé neuf ans plus tôt suffit à faire taire ladite horloge.

— Ben voyons ! ironisa-t-elle. Et je devrais vous croire ?

Mario lui sourit avec toute l'assurance d'un homme qui connaît sa valeur, puis il reprit son sérieux.

— Comment va Liz ? Elle doit avoir un gros ventre, maintenant. Elle en est à son septième mois, non ?

— Elle a de gros problèmes avec sa grossesse.

— Aïe !, fit Alex en grimaçant. Ce n'est vraiment pas de veine, après toutes les difficultés qu'elle a eues pour tomber enceinte. Elle doit vraiment se faire du souci.

Mario s'éclaircit la gorge.

— Elle est morte d'inquiétude, ce qui n'arrange rien. Sa tension est bien trop élevée pour vingt-neuf semaines, et elle a fait un léger œdème. Il y a trois semaines, on lui a imposé le repos complet jusqu'à son terme.

— Quoi ? s'écria Alex, stupéfaite. Comment Liz supporte-t-elle ça ? Pourquoi n'en ai-je pas été informée ? Kay et les autres me tenaient régulièrement au courant.

— Si on ne vous a rien dit, ça a été délibéré de la part de Liz, elle pensait qu'aux premières difficultés vous sauteriez dans le premier avion. Et, quand elle a dû cesser le travail, j'ai discuté avec Jackson, Matthew et Linlay. On est tombés d'accord sur le fait de ne rien vous dire pendant encore trois semaines. Je serais désolé que vous vous sentiez tenue à l'écart, mais tous pensaient que vous deviez aller au bout de ce que vous étiez partie faire. C'est peut-être dur à accepter, mais votre personnel vous aime et il tenait à faire ce qu'il y avait de mieux pour vous.

La compréhension manifeste dans les yeux gris de Mario l'empêcha de rétorquer par une repartie acerbe.

— Ça n'a pas dû être facile, avec une personne de moins.

— On s'est débrouillés, répondit-il en masquant un bâillement derrière une main immense.

Elle le dévisagea tout en essayant d'assimiler les nouvelles et elle remarqua soudain les cernes sombres sous ses yeux et les plis de fatigue aux commissures de sa si belle bouche. La fatigue exsudait de lui.

— On dirait que vous vous êtes esquinté au travail.

— Je ne peux pas en rendre Liz responsable. Ma fille de quatre ans ne sait pas ce que veut dire dormir la nuit, dit-il, tandis que l'inquiétude faisait passer ses yeux du gris au charbon. Il y a trop d'ombres à combattre la nuit, même pour moi.

Elle eut le cœur serré à la pensée de cette petite fille inconnue. Avoir peur de tout était horrible et triste.

— Les monstres mangeurs d'enfants.

— Quelque chose comme ça, fit-il en se redressant.

Fin du sujet.

D'accord. Elle avait plein d'autres questions en stock.

— Où avez-vous travaillé avant d'atterrir chez nous ? Avez-vous fait vos armes en Nouvelle-Zélande ?

— J'ai obtenu mon diplôme de médecin à Christchurch et j'ai fait ma spécialisation en chirurgie pédiatrique à Londres, répondit Mario en dissimulant un autre bâillement. Ensuite, je me suis installé à Florence, où j'ai dirigé l'unité pédiatrique d'un hôpital pendant quatre ans.

Florence ? Mario était-il italien ?

— Cela explique les intonations dans votre voix, dit-elle, avant de s'empourprer en le voyant ouvrir grands les yeux.

Elle venait de se trahir.

Et après ? Il avait vraiment un accent sexy, elle n'était certainement pas la première à le remarquer ou à le lui dire. Cela ne signifiait pas qu'elle avait envie de coucher avec lui.

Il ne releva heureusement pas sa bourde.

— Je suis un Kiwi pur sucre, j'ai fait mes études au collège d'en face, précisa-t-il en désignant la fenêtre de la tête. Comme toutes les familles italiennes de la région, mes parents cultivaient des tomates dans le Wood.

— Mais alors, pourquoi l'Italie ? demanda-t-elle, disposée à écouter tout ce qu'il voudrait bien lui dire sur lui.

— Mes grands-parents florentins ont émigré ici après leur mariage. Comme j'avais toujours eu envie de connaître la famille de là-bas, ce poste était idéalement placé.

— Vous avez donc toujours des parents là-bas ?

Ne disait-on pas que les Italiens avaient de grandes familles ? Des tas de frères et sœurs, de cousins, d'oncles et de tantes qui se soutenaient les uns les autres, avec qui partager les hauts et les bas de l'existence...

La famille. La seule chose qui manquait à sa vie. Toutefois, elle ne méritait pas d'avoir une famille, et encore moins des enfants. Non, même les chiens gambadant sur les pages des livres pour enfants qu'elle écrivait et illustrait étaient fictifs.

Elle se concentra sur Mario plutôt que sur ses propres problèmes.

— En quelque sorte, répondit-il, avec de nouveau ce sourire si séduisant. *Mamma* et *Babbo* sont partis pour l'Italie en début d'année et ne sont pas pressés de rentrer. Deux de mes sœurs ont épousé des Italiens, et l'une d'elles vit là-bas.

— Votre épouse est-elle italienne ?

Le sourire disparut, et Mario étudia ses mains.

— La mère de Sofia était aussi une Kiwi. Elle s'est tuée il y a deux ans dans un accident de plongée.

Ouille. Pas étonnant que la petite fille ait du mal à dormir la nuit. Sa mère lui manquait. A cet âge, ce n'était pas facile de comprendre pourquoi sa maman n'était plus là. Cela expliquait aussi le voile de tristesse sur le visage de Mario quand il pensait que nul ne le regardait.

— Je suis navrée d'apprendre cela. Ça ne doit pas être facile pour vous d'élever votre fille tout seul, en travaillant six et parfois sept jours par semaine.

Il releva les yeux pour les planter dans les siens, lui faisant nettement comprendre : « Ne partez pas par là. »

— Revenons à nos moutons, dit-il. Après la démission de Liz, on m'a offert un poste permanent dans votre unité.

Les yeux toujours rivés dans les siens, il la mettait au défi de contester cette nomination.

Comment le pourrait-elle ? Liz partie, le service était réduit à deux pédiatres à plein temps et un stagiaire. Les pédiatres hautement qualifiés n'étaient pas légion.

— Je suis ravie de votre arrivée. Ainsi que vous avez pu le constater, chaque fois que l'on manque de personnel, il faut travailler de longues heures.

Mario se détendit sur sa chaise, visiblement soulagé.

Comment jonglait-il entre travail et enfant ? Elle n'arrivait même pas à l'imaginer. Et pourquoi n'était-il pas resté en Italie où des parents auraient pu l'aider ? La famille ne semblait jamais marcher comme on s'y attendait. La sienne, par exemple, avec un beau-père qui lui en voulait de chérir le souvenir de son père, et une mère qui se fichait d'elle comme de l'an quarante. Elle avait eu une enfance solitaire après la mort de son père. Sa mère et Georges l'avaient envoyée au pensionnat afin de pouvoir parcourir le monde au gré de leurs envies. Elle avait vraiment pensé avoir fondé sa propre famille après s'être mariée et être tombée enceinte. Grossière erreur. Jonty n'avait eu de cesse de la quitter après que tout avait dérapé...

Assez !

Quand elle saisit l'enveloppe, Mario se leva aussitôt.

— Je vais vous laisser lire tranquillement et aller voir comment va Tommy.

Quelle était la cause de ce brusque départ ? Le CV qu'elle avait en main ?

Elle le déplia et le lut, parcourue d'une vague d'excitation.

Ce type était le roi des pédiatres ! S'ils arrivaient à travailler ensemble, ils pourraient former une équipe du tonnerre. Ça serait génial d'avoir un collègue aussi expérimenté que lui. Ils pourraient échanger des idées, discuter de nouveaux traitements...

Son sourire disparut peu à peu.

Il n'y avait pas non plus de quoi sauter de joie. Ce qui serait vraiment génial, ce serait d'être enfermée entre ces bras forts et embrassée par cette bouche superbe. Ce serait se promener main dans la main avec Mario sur la plage près de son cottage de Ruby Bay, regarder les mouettes et rire de petits riens.

Eh bien, voyons ! Elle ferait mieux de s'offrir une bonne nuit de sommeil ce soir ou d'aller directement à l'asile de fous. Parce que quelque chose ne tournait vraiment pas rond dans sa tête. Rêver de tenir la main d'un homme dont elle ignorait l'existence jusqu'à ce matin ? Doux Jésus !

Le vent glacial d'hiver s'engouffra sous la veste de Mario, le faisant frissonner alors qu'il traversait le parking.

En Nouvelle-Zélande, juin, l'hiver, c'était l'enfer. Et la météo prévoyait de la neige en fin de semaine.

Peut-être que samedi il pourrait emmener Sofia et les garçons de Gina jusqu'au parking du Mount Arthur, pour y faire un bonhomme de neige et une bataille de boules de neige ?

Il se glissa derrière le volant de sa familiale, claqua la portière et laissa retomber sa tête sur le repose-tête.

Quelle journée ! Tommy avait survécu à sa crise cardiaque mais d'autres problèmes l'attendaient, c'était sûr.

Et puis il y avait Alexandra Prendergast, tout à la fois agaçante, intrigante et inquiétante.

Inquiétante, surtout. Elle avait carrément mis le feu à sa libido, et c'était bien la dernière chose dont il avait besoin en ce moment. Bien sûr, il ne dirait pas non à une nuit au lit avec une femme splendide, mais avec sa patronne ce n'était pas la chose à faire. Elle ne devait pas particulièrement priser les aventures d'une nuit. Elle semblait réservée, réfléchie et peu prompte à s'amuser. Donc, mieux valait oublier, rester professionnel, ignorer ses coups d'œil méfiants quand elle pensait qu'il ne la regardait pas. Oublier qu'à part une fille à problèmes il n'avait pas de vie privée. La vie, maintenant, c'était Sofia, et elle n'obtenait déjà pas assez son attention.

La voiture tangua sous la poussée d'une rafale de bise.

Il suivit du regard un gobelet en carton qui allait cogner contre la voiture de sport garée un peu plus loin.

Le propriétaire de cette voiture n'avait manifestement pas une foule de gamins à transporter partout.

— Oh non, pas encore ! Pas ce soir, grommela-t-il quand le moteur refusa de démarrer.

C'était déjà arrivé la semaine précédente, et il avait dû nettoyer les bougies.

Il actionna le démarreur encore et encore.

Rien à faire.

Résigné, il descendit de voiture, souleva le capot et inspecta les fils, la batterie, les bougies...

Tout paraissait en ordre.

Comme s'il y connaissait quelque chose ! Jusqu'à présent, refaire les niveaux d'eau et d'huile avait suffi.

Il poussa et pressa tout ce qu'il voyait, agita des fils et retourna actionner le démarreur.

Toujours rien. Il était temps de mettre la voiture en révision.

Bon sang, pourquoi est-ce que les voitures tombaient en panne quand on avait besoin d'elles ? Il fallait qu'il rentre à la maison avant que la nounou lui fasse la tête comme d'habitude. Si seulement il avait le temps de trouver une autre fille plus aimable...

— Un problème ?

La voix d'Alexandra lui parut irritante. Et en même temps si douce.

Il se retourna et plongea dans ses yeux sombres.

— Ma voiture me laisse en rade.

C'était probablement tout aussi bien qu'il ne puisse voir son expression dans la pénombre. Elle devait probablement s'amuser comme une folle.

— Et ce n'est pas le moment, n'est-ce pas ? dit-elle en agitant ses clés et en déverrouillant les portières de la voiture de sport.

Ah, ce petit machin rouge était à elle ? Petit, compact et sexy, il lui allait comme un gant. Il avait beau être abstinent, ses hormones avaient donné de la voix aujourd'hui et elles recommençaient !

— Non, vraiment pas. Il faut que je rentre à la maison.

Allait-elle lui proposer de le déposer ? Etre coincé dans cette boîte à sardines avec elle, ce serait peut-être ce qu'il aurait fait de plus dur dans sa journée. Bah, il ne pourrait guère être plus grincheux qu'il ne l'était déjà. Et puis c'était Sofia qui comptait, non ?

Mais elle choisit de le choquer en lui demandant :

— Quelle est la nature du problème ?

Hein ? Parce qu'elle se prenait pour une mécanicienne ? Elle se fichait de qui ?

— Elle refuse de démarrer. Le contact ne se fait pas.

— Mais il a envie de se faire ?

Bouche bée, il la regarda avec des yeux ronds.

— Je pense, oui, ce n'est pas une histoire de batterie, dit-il en tendant la main pour refermer le capot.

Si elle ne lui proposait rien, il allait appeler un taxi. Sofia devait se coucher dans la demi-heure.

— Attendez, ne le fermez pas tout de suite.

Elle alla déposer son sac dans son amour de voiture et revint inspecter ce qu'il se passait sous le capot. Elle délogea une bougie et souffla dessus.

— Ça a l'air d'aller.

— Je les ai toutes nettoyées il y a quelques jours.

Elle vérifia quand même. Ne le croyait-elle pas ? Puis elle fit le tour de la voiture vers la portière avant gauche.

— Vous permettez ?

Il ne put que hocher la tête.

Essayait-elle de le faire paraître plus idiot qu'elle ne pensait déjà qu'il était ? Si tel était le cas, elle y arrivait.

Dans la voiture, elle planta le pied sur l'accélérateur en le prévenant :

— Ça va peut-être faire un peu de bruit.

Puis elle tourna la clé dans le contact.

Un peu de bruit ? Dans ce boucan, on n'aurait pas entendu la Castafiore !

— C'est bon, c'est bon, arrêtez ! Vous allez griller le moteur, et puis vous devrez me prêter votre voiture.

Une image de Sofia sanglée dans ce minuscule bolide fit naître un sourire sur ses lèvres.

Mais, bien sûr, Alexandra ne pouvait pas l'entendre. Un nuage de fumée noire sortait du pot d'échappement, et pourtant elle maintenait le contact et pressait toujours du pied la pédale d'accélérateur. Dans la pénombre du plafonnier, il pouvait voir son expression déterminée et confiante.

Ses lèvres remuèrent comme pour dire « Allez ! », et tout d'un coup le moteur démarra. Il toussa, rugit, s'apaisa. Alexandra lâcha le démarreur et releva peu à peu le pied jusqu'à ce que le moteur ronronne doucement.

Il en resta une fois encore bouche bée.

— Eh bien, ça alors !

Quand Alexandra sortit de voiture et se planta devant lui, la mine triomphante, il ravala sa stupéfaction et s'efforça de prendre la mine de l'homme habitué à ce qu'une femme lui répare sa voiture.

— Vous voudriez bien m'expliquer ?

— Je dirais une accumulation de carbone.

— Ah, ce carbone, pas moyen de lui faire confiance !

Il était temps de filer d'ici, loin de cette femme extraordinaire, s'il ne voulait pas, *lui*, péter une Durit.

A sa grande surprise, elle éclata de rire.

— Pas de panique, je ne suis pas une cinglée de mécanique ! Il y a longtemps, adolescente voulant défier son beau-père, j'ai acheté une voiture sans la faire vérifier. C'était une vraie poubelle. Mais au lieu de la revendre et de prouver à Georges qu'il avait vu juste, j'ai suivi des cours du soir en mécanique. Et je dois dire que ces connaissances m'ont souvent été utiles.

Il aimait bien quand elle riait. Son regard s'éclairait.

— Pas avec cette petite voiture de sport, je parie.

— Vous seriez étonné. Elle a des caprices de prima donna, parfois, dit-elle avec comme de l'affection dans les yeux.

Pour une voiture ?

— Vous aviez des problèmes avec votre beau-père ?

Le rire s'éteignit aussitôt.

— Entre autres choses, dit-elle en se dirigeant vers sa voiture. Je file. Mon *fish and chips* va m'attendre.

— Donc, vous n'avez pas pris de cours de cuisine ? lança-t-il sans réfléchir.

Alexandra lui décocha un petit sourire par-dessus son épaule.

— Si. Faire la cuisine quand on a quelqu'un pour partager, c'est bien, mais c'est rasoir quand on est seul à table.

Donc elle vivait seule. Sans mari ni enfants.

— Eh, la héla-t-il alors qu'elle allait refermer sa portière. Merci de m'avoir sorti du pétrin. Vraiment.

— A demain, dit-elle en agitant une main et en tournant la clé dans le contact.

Cette fois, sa saleté de voiture à lui démarra sans rechigner.

4

— Pas de problèmes de démarrage, ces jours-ci ? demanda Alex à Mario une semaine plus tard dans son bureau.

Il tressaillit, puis il releva la tête et croisa son regard.

— *Sì*. Elle tourne comme une horloge. Merci encore, ça m'aurait coûté un max de faire venir une dépanneuse à cette heure-là.

Averill posa deux chopes de café fumant sur le bureau et sortit, emmenant en même temps tout l'air respirable.

Vu son expression agacée, Mario n'était pas content, constata Alex. Parce qu'elle avait réussi à faire démarrer sa voiture, écornant sa fierté de mâle ? En ce cas, il ferait bien d'apprendre quelques détails en matière de mécanique.

Son inconfort manifeste la fit sourire.

— Pourquoi vous, les hommes, êtes tenus de penser avoir un monopole sur les moteurs, la pêche et les tracteurs ?

Les yeux de séducteur s'arrondirent, puis un grand éclat de rire résonna dans la pièce, la prenant par surprise et lui faisant délicieusement recroqueviller les orteils.

— C'est dans nos gènes. On est censés savoir changer une roue, sortir la poubelle, repeindre la façade. Quand on ne sait pas, ça nous coûte cher. Notre ego en souffre, notre moitié nous harcèle et se sent abandonnée.

Elle sentit son sourire s'altérer.

N'était-elle pas assez féminine ? Etait-ce pour cela que les hommes se détournaient inévitablement d'elle après quelque temps ?

— Ah, vraiment ? Oh ! je vois, vous ne m'incluez pas dans cette déclaration parce que je sais comment faire.

— Vous savez comment faire *toutes* ces choses ? demanda Mario en riant toujours.

— Je déteste la pêche. Ça pue, et quant à l'appât, beurk. Et je n'ai jamais peint de maison.

Est-ce que ça lui faisait regagner quelques points en féminité ? Ses insécurités se réveillaient aujourd'hui.

— Ouf ! Un instant, j'ai cru que vous étiez superwoman.

— Je veille à ne jamais porter ma cape au travail.

— Inutile. Tout le monde sait à quel point vous êtes bonne avec les petits.

Mario avait cessé de rire. Il leva les mains paumes vers le ciel et haussa les épaules.

— Par moments, au fil des mois, vous avez été un exemple difficile à suivre. « Alex ceci, Alex cela... »

Stupéfaite, elle le dévisagea.

— Mais vous avez vous-même une énorme réputation ! Encore ce matin, dans l'amphithéâtre, tout le monde parlait du fabuleux Dr Forelli et de ses talents.

Il y avait eu des rires et des questions quant à ses talents en dehors du travail, mais personne n'avait pu apporter de réponse. Selon toute vraisemblance, Mario ne draguait pas toutes les femmes disponibles, il se contentait de les charmer afin qu'elles lui apportent des repas à emporter chez lui. Nul ne savait ce qu'il faisait de son temps libre.

— Je suis bon, en effet, acquiesça Mario. La pédiatrie est une passion chez moi. Ça m'aide à faire du bon travail et à enregistrer tout ce qu'il faut pour les patients.

Il n'hésitait pas non plus à se lancer des fleurs. Mais pourquoi pas ? Il avait un CV impressionnant.

— Alors, les enfants de Nelson sont entre de bonnes mains, dit-elle avant d'ajouter : entre *deux* paires de bonnes mains.

— On ferait mieux de revenir au travail et de discuter des patients, dit Mario en riant un peu.

Il saisit le dossier du haut de la pile qu'il avait posée par terre près de sa chaise.

— Avant de commencer, j'aimerais bien vous interroger sur le trou de six mois entre votre départ de Florence et votre arrivée ici. Ça vous ennuierait de m'en parler ?

Le rire mourut. Les yeux anthracite se firent glacés.

— Oui.

Elle avait les secrets en horreur, surtout au travail. Ça ne rendait service à personne.

— Une chose que je devrais savoir, qui pourrait influer sur votre travail ?

Mario ne détourna pas son regard, qui resta aussi froid.

— Non. C'est personnel.

Prompte à la décision, elle choisit de laisser tomber.

— D'accord. Quel est le premier dossier de la pile ?

Un jour peut-être, quand ils se connaîtraient mieux, lui en dirait-il plus. Elle doutait qu'il ait caché quelque chose affectant sa carrière, et si son passé professionnel plaisait à la direction, il lui plaisait aussi.

— Tommy Jenkins. Aucun changement notable…

Un coup contre la porte l'interrompit, et une infirmière des urgences jaillit dans la pièce.

— Mario, il faut que tu viennes ! Sofia est là, thorax silencieux.

Mario, livide, se précipita vers la porte.

— Depuis combien de temps ? s'enquit-il, prenant le bras de l'infirmière.

L'infirmière Gina Epping. Oui, c'était bien ça. Gina, ça pouvait être un prénom italien. Sa femme ? Sa petite amie ?

Alex se mit à courir derrière eux, le cœur tambourinant contre les côtes.

C'était une urgence. La patiente étant sa fille, il ne pouvait pas s'occuper d'elle. C'était très dur pour les parents de regarder souffrir leur enfant. Tous les parents qu'elle avait rencontrés auraient tout donné pour échanger leur place avec leur enfant malade. Elle aussi, elle aurait échangé sa place avec Jordan si elle en avait eu la possibilité. Son petit garçon chéri n'avait jamais eu la chance d'ouvrir les yeux sur la lumière du monde, il n'avait jamais su qu'elle l'aimait, il ne lui avait jamais posé de questions sur la vie. Toutes ces choses qu'elle avait rêvé de partager avec lui.

Cela faisait des années qu'elle avait enseveli son fils, et pourtant il lui semblait que c'était hier.

Concentration. Peut-être que le travail lui demandait plus qu'elle n'en avait conscience. Et si elle réduisait ses heures de travail ?

Après seulement une semaine de reprise ? Infaisable, ridicule. La direction ne l'admettrait jamais, le service aurait du mal à tourner, et elle deviendrait chèvre à essayer de remplir les heures.

Mais c'était censé lui rendre possible une vie extérieure.

Oui, bon. Un autre jour peut-être.

Mario crut que la peur allait lui exploser la poitrine.

Son bébé ne pouvait plus respirer !

— Lui a-t-on dit que j'arrive ? cria-t-il à Gina. Tiens bon, Sofia, papa arrive ! Papa t'aime. Respire. Je sais que c'est dur, chérie, mais respire pour moi, s'il te plaît. Respire !

— Ça va aller, Mario, je te le promets, dit Gina en lui attrapant la main.

— Ne fais pas de telles promesses. Que s'est-il passé ? hurla-t-il.

— Bridget a dit qu'elle avait été quelques minutes au téléphone et que, quand elle a raccroché, Sofia était inconsciente.

— Quelques minutes ? Des heures, tu veux dire. Elle a ce téléphone greffé à l'oreille. Attends que je la voie !

Mais Gina n'avait pas terminé ses explications.

— Sofia s'était cachée et elle était à peine consciente quand Bridget l'a retrouvée.

Il ferma brièvement les yeux.

Se cacher, encore. Sa petite Sofia avait toujours peur de son ombre. N'importe quoi pouvait l'envoyer se tapir au fond de l'armoire ou dans l'abri de jardin.

— Il serait temps de trouver une nouvelle nounou, une qui préfère les enfants à son téléphone, Mario, disait Gina.

— Ça va être ma priorité dès que mon petit bout ira mieux, lâcha-t-il en sprintant dans le couloir. Elle a dû montrer les signes d'une attaque imminente au cours de la matinée.

— Elle toussait et respirait bruyamment, mais Bridget a pensé que ça s'améliorait.

— Des clous ! Elle le sait, pourtant !

Les poumons de Sofia avaient dû rétrécir, réduisant donc la raucité de son souffle. Un signal d'alerte qu'il avait enfoncé cent fois dans la tête de piaf de Bridget.

— Elle est nounou, Mario, pas infirmière ni médecin.

— Je sais, mais elle pourrait faire un peu plus attention.

Demandait-il trop ? Il voulait juste que la fille l'appelle si elle pensait qu'il y avait un problème.

Et puis il se planta au pied du lit, s'efforçant de reprendre son souffle, les yeux braqués sur sa petite fille.

Le spectacle était terrifiant. Elle avait les yeux clos, son torse se soulevait à peine. Un masque à oxygène lui recouvrait le visage.

Il prit la petite main qu'elle avait refermée en poing sur son ventre.

Il était tombé amoureux de Sofia dès l'instant où il avait posé son regard sur elle. Ses grands yeux bruns méfiants l'avaient aspiré, et il avait niché son petit cœur au cœur du sien. Elle avait trois ans, n'avait jamais fait confiance à personne et ne se fiait à aucun adulte pour être là pour elle. En un an, ils n'avaient pas fait beaucoup de progrès pour rectifier cela, et il savait qu'il lui faudrait très longtemps pour lui prouver qu'il ne la quitterait jamais.

— Jackson, à part l'oxygène, qu'as-tu donné à Sofia ? demanda posément Alexandra.

Il vacilla en comprenant qu'elle les avait suivis, et en lui la gratitude se mêla à la peur.

Elle n'avait pas dû hésiter une seule seconde quand Gina était entrée en trombe dans le bureau, elle avait réagi aussi vite que lui.

Concentrée exclusivement sur sa fille, elle écoutait avec attention Jackson lui indiquer le dosage d'agonistes bêta-2 qu'il faisait inhaler à Sofia.

— As-tu appliqué un inhalateur-doseur, Jackson ? poursuivit posément Alexandra. Qu'as-tu fait d'autre ?

Sa voix calme l'apaisait. Avec l'une des meilleures pédiatres du pays, Sofia était entre de bonnes mains.

L'interne leva les yeux sur Mario, visiblement nerveux, et hésita avant de s'adresser à lui plutôt qu'à elle.

— Ça ne fait que dix minutes que Gina nous l'a amenée des urgences. Je n'ai pas encore mesuré les pointes de flux, j'ai pensé qu'il valait mieux commencer par la traiter après avoir établi qu'il s'agit d'une sévère crise d'asthme.

— Tu as bien fait, murmura Mario.

Combien de fois allait-il devoir endurer cette torture ? Etre spectateur alors que son enfant faisait la seule chose qu'il ne pouvait pas faire pour elle — se battre pour la vie.

— C'est vrai, Jackson, acquiesça Alexandra. La première chose à faire en cas de crise d'asthme sévère est de traiter le patient, de rétablir sa respiration. Mais il faut faire les observations à présent, ajouta-t-elle en prenant le poignet de Sofia pour lui prendre le pouls.

Mario observa le mouvement de ses lèvres alors qu'elle comptait, les yeux braqués sur sa montre. Puis elle reposa le bras de Sofia sur le lit et leva les yeux vers lui.

— Cent trente.

Ce résultat anormal lui tordit le ventre. C'était vraiment une crise sévère.

— A-t-elle eu des crises similaires ? demanda Alex.

— Une seule est encore trop, riposta-t-il.

Sa compréhension allait avoir raison de lui autant que le spectacle effrayant de sa fille. S'il se laissait faire.

Gina répondit pour lui.

— Depuis qu'on la connaît, Sofia a toujours eu des crises d'asthme, mais celle-ci est de loin la plus sévère.

Alors que l'information faisait écarquiller les yeux d'Alexandra, il admit que c'était exact.

Bon sang, quel genre de médecin était-il s'il ne pouvait pas prendre soin de sa propre fille ni contrecarrer ces moments terrifiants ? Quel genre de père laissait son précieux enfant toute la journée avec une nounou possédant une tête de moineau ?

Il avait pensé que travailler à quelques minutes de chez lui serait mieux qu'aller passer régulièrement une journée à Wellington en laissant Sofia aux soins de Gina et de la nounou. Comme si Gina n'en avait pas assez à faire avec trois garnements et un mariage brisé ! Il n'aimait pas devoir dépendre d'elle pour s'en sortir. Le pire, c'étaient les jours où il ne rentrait pas à temps pour souhaiter bonne nuit à Sofia, lui lire une histoire, lui préparer à dîner. Alors, il se demandait s'il était meilleur parent que ne l'avait été la mère de Sofia. Il avait vraiment pensé que rentrer en Nouvelle-Zélande serait la meilleure solution pour eux, mais maintenant ? Les yeux fixés sur sa raison de vivre, il se posa une question.

Devait-il promettre aux dieux de renoncer à sa carrière s'ils sauvaient Sofia ?

Il n'eut pas de réponse.

Alexandra parlait toujours avec Jackson, et il se détendit un peu en l'écoutant parler.

Pas la peine de demander aux dieux de veiller sur sa fille, ils avaient Alexandra Prendergast de leur côté.

Il reprit son poste d'observateur, la main de Sofia toujours dans la sienne.

Elle y arriverait. Le médecin en lui le croyait. Et le père ?

« Allez, mon cœur, je suis là pour toi. Plus personne ne te fera du mal, et je ne t'abandonnerai pas. Tu es ma fille, une Forelli, et les Forelli veillent les uns sur les autres. »

Même si lui-même n'y réussissait pas tout le temps.

— Y a-t-il quelqu'un d'autre que vous voudriez voir ici avec vous, Mario ? demanda Alexandra.

— Non... Désolé, je veux dire qu'il n'y a que nous deux. De mon côté, tout au moins, et Sofia n'a aucun parent du côté maternel.

Cette femme en apprenait déjà plus sur lui que quiconque au cours de cette dernière année, quand il avait commencé à rechercher Sofia. Dès l'instant où il avait appris sa paternité, il avait eu pour seul but dans la vie de retrouver sa fille et de la ramener chez lui. Sans s'attarder sur les détails, en en parlant seulement à ceux qui étaient susceptibles de l'aider. Et, même quand il avait finalement retrouvé Sofia, il avait conservé sa réticence à partager ce que la mère de Sofia avait fait à sa fille. C'était trop énorme, trop inimaginable pour en parler.

Et pourtant, l'un après l'autre, il en laissait échapper des détails à Alexandra. Rien de bien méchant pour le moment, mais s'il continuait comme ça elle finirait tôt ou tard par se faire un tableau de la situation.

— Hem, fit Kay, il y a un autre problème : Mario opère à 14 heures.

Alexandra fut la plus prompte à réagir.

— Il va falloir que je revoie les cas avec toi, Mario, mais à part ça je prends les choses en main. Averill va nous apporter les dossiers afin que tu ne quittes pas Sofia. Du moins tant que tu ne seras pas sûr qu'elle va bien.

Rêvait-il ou s'était-elle mise à le tutoyer dans le feu de l'action ? Ça faisait un bien fou. Même s'il savait qu'il y en avait pour des années avant que Sofia aille « bien ». D'abord, elle devait apprendre ce qu'était l'amour, et à quel point il pouvait être inconditionnel. Elle devait arrêter de s'angoisser afin que son asthme ne s'aggrave pas.

— Merci, dit-il avec reconnaissance, avant de répéter en regardant Alexandra dans les yeux : merci, tu m'ôtes une sacrée épine du pied, j'apprécie. Je compte passer la nuit ici.

Alex observa Mario assis près de sa fille, le regard empreint de tant d'amour et de tendresse mais aussi de peur et d'inquiétude qu'elle en eut le cœur serré, et une évidence la frappa : cet homme serait tout aussi aimant et loyal vis-à-vis de la femme qu'il épouserait. Il avait beau dire, il semblait parfaitement équilibrer travail et vie de famille.

Elle jeta un coup d'œil à ses mains, grandes, agiles et ô combien tendres quand elles apaisaient Sofia. Puis elle leva les yeux vers Gina, penchée elle aussi.

Ils avaient incontestablement un air de famille.

— Vous êtes parents, tous les deux ?

Gina et Mario prirent l'air stupéfait, comme s'ils pensaient que c'était de notoriété publique, puis ils lui décochèrent deux sourires identiques.

— Pour mon malheur, oui, dit Gina en levant les yeux au ciel. Mario était l'enfant gâté de la famille. Dès qu'il a su marcher, il a fallu qu'on lui coure après, mes sœurs et moi.

— Oui, et avec vous toutes je n'ai jamais eu la paix.

— Parfois, on le retrouvait dans un placard à lire avec une torche. Il disait que c'était pour nous échapper, mais on savait qu'il se cachait pour ne pas récolter les tomates.

— Ben voyons ! fit Mario en roulant des yeux.

Quelque chose dans cette chamaillerie amicale soulignait sa

propre solitude et fit naître une pointe d'envie en Alex. Elle préféra revenir sur un terrain plus solide.

— Est-ce que les données de Sofia s'améliorent ? demanda-t-elle à Kay.

— A peine, répondit Kay en lui confiant le bloc sur lequel elle avait inscrit les résultats. Je vais demander à Rochelle de veiller sur elle.

— J'aimerais bien que vous gardiez aussi un œil sur elle, Jackson. Linlay assurera ma consultation pour diabétiques pendant que je ferai les opérations programmées de Mario... Mario, y a-t-il autre chose que je puisse faire pour v... pour toi ?

Il releva lentement la tête, comme s'il ne pouvait supporter d'arracher les yeux de sa fille alors qu'elle luttait pour respirer.

— Pas pour le moment, Alexandra. Mais je te remercie.

Elle retint son souffle.

Il y avait eu une connexion, là, entre eux, même si elle n'aurait pu l'expliquer...

Mais non, elle se leurrait, elle se laissait atteindre par l'instant. Ce n'était pas comme si elle avait trouvé l'homme de sa vie. Et, même si c'était le cas, ne se souvenait-elle pas qu'elle n'était pas destinée à faire partie d'une famille ? La mort de son père quand elle avait douze ans l'avait dévastée, sa mère l'ignorait, et son beau-père avait peu d'estime pour elle. Il lui avait fallu d'innombrables revers pour admettre que tous les pères n'étaient pas agréables à vivre. Elle avait cru recommencer sa vie en se mariant avec Jonty et en attendant un enfant, mais une fois encore elle avait été plantée là, seule et éperdue de chagrin. Alors, qu'importait que Mario Forelli et elle soient passés au tutoiement ?

C'était un collègue, rien de plus. Rien n'arriverait jamais entre eux.

Alex se laissa aller autant que possible dans son fauteuil, rejeta la tête en arrière et ferma les yeux.

Il était 20 heures passées, elle ferait bien de rentrer. Elle tenta de soulager son dos douloureux en faisant rouler ses épaules. Son dos rechignait plus que jamais à la position inclinée imposée par la chirurgie.

— Eh, tu as l'air épuisée.

Elle redressa la tête, ce qui n'arrangea pas sa migraine.

— Mario ! J'allais descendre. Comment va Sofia ?

Sans attendre qu'elle l'y invite, il se laissa choir sur une chaise et posa les pieds sur son bureau, chevilles croisées.

— Elle dort. Elle respire normalement avec un peu d'aide. On dirait que l'on a surmonté cette crise... Jusqu'à la prochaine, répondit-il en se frottant les joues.

— Comment y arrives-tu tout seul ?

Il se cala les mains derrière la tête et regarda le plafond.

— Il y a la nounou, mais je ne suis pas sûr qu'elle va rester très longtemps. Et puis Gina m'aide beaucoup, même si elle élève seule ses trois fils depuis que son mari l'a quittée. On se partage Bridget quand Gina travaille. Le week-end, si je travaille, Gina essaie de caser Sofia avec sa marmaille, et quand je ne suis pas ici j'essaie de sortir ses garçons.

— Qui est avec Sofia ?

— Jackson m'a proposé de veiller sur elle pendant que je faisais une pause. Il doit prier pour que Gina se rende compte de son existence. Pauvre garçon, je devrais le prévenir qu'il va attendre longtemps. Elle est encore trop en colère contre son ex.

— Donc, le charme, c'est une histoire de famille ?

Un lent sourire ravageur éclaira le visage de Mario.

— Moi, un charmeur ? Où as-tu été chercher ça ?

Elle combattait « ça » depuis des jours, à présent. Elle avait beau essayer de le maintenir à distance alors qu'elle reprenait le contrôle de son service, il avait réussi à s'infiltrer sous son armure.

Peu désireuse de l'admettre, elle détourna une fois encore la conversation.

— Tu travaillais à Florence quand Sofia est née ?

— Oui, répondit-il en se tendant aussitôt.

Le trou dans son CV avait-il un rapport avec Sofia ? Il avait dû se passer quelque chose de terrible pour qu'il pense que sa fille serait plus en sécurité en Nouvelle-Zélande. Sa mère l'aurait-elle maltraitée ? Avait-il dû la lui arracher ?

Le regard de Mario s'assombrit alors qu'il la fixait sans la voir. Il prit une inspiration.

— Lucy s'est noyée à la Bay of Islands.

— C'est épouvantable. Je suis désolée.

— Je ne pouvais pas ramener Sofia en Italie, pas alors qu'elle n'avait jamais vu ma famille. Pas alors qu'elle ne m'avait jamais vu, poursuivit-il. C'était assez déconcertant comme ça pour un tout-petit.

— Pour ne pas dire inimaginable.

Ça avait probablement dû l'être aussi pour Mario. Mais il n'avait pas eu l'air très secoué en évoquant la mort de sa compagne. Aurait-elle manqué un épisode ?

Il reposa bruyamment les pieds par terre et se leva souplement.

— N'aurais-tu pas envie de partager une fricassée de poulet aux champignons ?

— Miam ! C'est toi qui as fait la cuisine ?

— Non, c'est Kay, encore. Elle me gâte. Allez, viens.

Il tendit la main comme pour prendre la sienne mais la laissa retomber et se tourna vite vers la porte.

Bon sang, il était passé si facilement de Sofia au dîner qu'elle s'était laissé avoir ! Donc, il n'aimait pas parler de son passé.

Pas de problème, elle non plus.

— J'aimerais aller examiner Sofia d'abord.

— Je comptais bien m'y arrêter. Elle ne risque rien avec Jackson, mais elle a toujours tellement peur. Je n'aime pas la laisser seule trop longtemps.

Pourtant, il était venu la trouver. Lui parler.

— Tu comptes toujours dormir là ?

— Bien sûr. Merci d'être venue pour Sofia. A propos, Jackson fera un excellent pédiatre s'il continue, mais... je voulais te demander de vérifier ses notes et de veiller à la santé de ma fille. En tant que parent, tu comprends.

Il était pédiatre lui-même et il lui demandait à elle de veiller sur sa fille ?

— Bien sûr que je comprends, dit-elle en souriant, tandis que ses hormones se mettaient à danser un tango endiablé.

5

Mario se pencha sur le lit et prit la main de sa fille.

— Sofia, amour, c'est *Babbo*.

Les yeux bruns s'ouvrirent et le fixèrent.

— Ça fait mal, papa.

— Je sais, ma chérie, dit-il en lui posant un baiser sur le front. Mais tu te rétablis de minute en minute.

Alexandra s'assit de l'autre côté du lit et souleva le poignet de Sofia.

— Bonjour, Sofia. Est-ce que tu permets que je compte les battements sur ton bras ?

Il dut faire un effort pour ne pas écarter la main d'Alexandra.

Sofia s'en chargerait. Les inconnus l'inquiétaient et l'effrayaient. Le fait qu'un inconnu la touche pouvait l'envoyer se cacher dans un coin en hurlant.

Mais, merveille des merveilles, sa fille dévisagea cette nouvelle venue particulière sans paraître contrariée. Lentement, elle se fourra le pouce dans la bouche et hocha la tête.

— Je m'appelle Alex, poursuivit Alexandra. Je suis docteur, comme ton papa. Je suis là pour que tu ailles mieux. Tu vois ? ajouta-t-elle en soulevant le bras de Sofia, mon doigt s'assure que tu vas bien en dedans.

Alors qu'il observait Alexandra en train d'examiner Sofia, sa gentillesse envers l'enfant l'émut, et quelque chose en lui s'ouvrit grand pour la laisser entrer. Son ventre se noua, mais il lutta aussitôt contre la chaleur qui l'envahissait.

Du calme. Cette femme était peut-être suprêmement attirante, intelligente, attentionnée, mais il n'était pas intéressé. Non, vraiment, il n'avait pas une seconde de libre en ce moment, alors comment pourrait-il y caser une femme exigeante ? Et surtout celle-là ! Travailler avec Alexandra Prendergast était plus que suffisant.

Déjà, elle avait ébréché sa résolution de rester célibataire sans faire quoi que ce soit pour le piéger. Pas une seule fois elle n'avait fait un geste suggestif ou pris la tête de celle qui a envie de lui sauter dessus. Ce qui était inhabituel, dut-il admettre. Aurait-il perdu la main ?

Il devrait pourtant se féliciter qu'Alexandra ne pense pas à lui autrement que comme à un médecin et un père, non ? Il avait toujours voulu une famille à lui, il en avait une à présent.

Une vague de tristesse lui retourna le cœur, et un sentiment de solitude rare l'envahit.

Mais il avait toujours pensé qu'il aurait une épouse à aimer. Les enfants devaient avoir deux parents, et aussi des frères et sœurs sur qui s'appuyer. Naguère, il aurait tout donné pour cela. Avant Lucy.

Mais Lucinda Blake lui avait planté un couteau dans le ventre et l'avait retourné, et ce n'était rien comparé à ce qu'elle avait fait à leur fille, songea-t-il, la bouche envahie de bile. Au moins avait-il retrouvé Sofia et lui avait-il offert un foyer aimant, loin des services sociaux et de l'adoption par des inconnus. Sofia était sa famille. En deux mots comme en cent. Il n'y avait ni place ni énergie pour quelqu'un d'autre.

Le pouce de Sofia sortit de sa bouche.

— Alex ?

— Oui, Sofia ? répondit Alexandra alors qu'un sourire adoucissait ses traits.

— Jolie, dit la petite, et le pouce retourna dans la bouche.

Il détourna le regard.

Sofia se trompait. Alexandra n'était pas jolie, elle était belle à se damner. Et, quand enfin il posa les yeux sur elle, elle lui parut encore plus ravissante alors que l'embarras lui colorait les joues.

Il fallait qu'il sorte.

— Rochelle, je vais dans la cuisine un moment. Appuyez sur ce bouton si quelque chose ne va pas, dit-il avant de jeter un coup d'œil par-dessus son épaule. Tu viens, Alexandra ?

Il passa la porte sans regarder si elle le suivait.

Elle le fit, en trottant pour arriver à le rejoindre.

— Qu'est-ce qui presse tant que ça ?

— Plus vite je mangerai, plus vite je reviendrai.

— Veux-tu que je prépare tout et que je t'appelle quand ce sera prêt ?

Bonne idée, mais tout le monde était aux petits oignons pour lui, et il ne tenait pas à ce qu'elle fasse de même.

— Pas du tout. Tu voulais savoir si je sais cuisiner, je vais te le montrer.

— En réchauffant un plat précuit ? lança-t-elle en riant.

— Tout est dans la manière dont on le réchauffe.

— D'accord.

Il lui prit le coude et la fit entrer dans la petite cuisine, soudain pressé d'en savoir plus sur elle.

— Où as-tu grandi ?

— A Auckland.

Aucune intonation. Un grand panneau Stop était visible dans les yeux d'Alexandra.

Problèmes de famille ?

— Assieds-toi, dit-il en lui tirant une chaise avant de se retourner vers le plan de travail. Des frères et sœurs ?

— Têtu ? fit-elle après avoir poussé un petit soupir.

Il détourna le regard de la casserole et vit les émotions négatives se succéder sur son visage.

— Pas de frère ni de sœur. Mon père est mort quand j'avais douze ans. Ma mère est une femme du monde qui excelle à collecter d'énormes sommes d'argent pour les bonnes œuvres. Mon beau-père est agent de change, ajouta-t-elle en croisant les bras sur ses seins splendides.

La bouche sèche, il la contempla.

Son étonnante chevelure auburn avait commencé à échapper à ses pinces et luisait sous la lumière.

Bella. Elle était peut-être minuscule, mais elle avait tout ce qu'il fallait pour exciter un homme. Quand elle ne l'agaçait pas outre mesure en lui rappelant qui était la responsable, ses attributs physiques le sidéraient.

La crise de Sofia avait dû l'ébranler plus qu'il ne le pensait. Les attributs physiques d'Alexandra Prendergast ne l'intéressaient absolument pas.

Oh ! le menteur.

— Tu vas faire brûler ce ragoût, fit-elle.

Il souleva la casserole, remua le contenu, baissa le feu et la remit dessus. Qu'avait-elle dit à propos de sa famille ?

— C'est bien, ce que fait ta mère. Le nombre des gens dans le besoin ne diminue pas.

— La charité devrait commencer chez soi, marmonna Alexandra en balayant une miette inexistante sur sa jupe.

Il était certain d'avoir bien entendu, même si cela n'avait été qu'un murmure.

Pourquoi cette femme qui gardait le contrôle sur tout lui disait-elle cela ? Elle allait en prendre conscience à tout moment et rétropédaler à la vitesse de l'éclair.

— Es-tu en train de dire que tu as manqué d'attention de sa part ?

Au regret qui envahit ses yeux, il comprit qu'il avait vu juste.

— Comment est-ce possible ? demanda-t-il tout bas. Si tes parents n'étaient pas là pour toi, qui l'était ?

— Je suis désolée. Je ne sais pas ce qu'il me prend d'énoncer des bêtises pareilles, dit-elle en se levant. Tout bien réfléchi, je n'ai pas faim.

Il fut à la porte avant elle, la saisit par le bras et la ramena à table.

— Assieds-toi, ordonna-t-il. Tu ne voudrais pas vexer Kay en ne mangeant pas sa cuisine ?

Sous sa main, le bras d'Alexandra se contracta davantage.

Il rêvait de transformer son étreinte en caresse, mais il lui lâcha le bras. Inutile de dérailler.

Elle déglutit, posa les yeux sur la casserole, huma.

— C'est dur de renoncer à un arôme aussi délicieux...

Bon sang, il devrait lui crier de s'en aller. Elle le perturbait alors qu'il avait besoin de calme pour réfléchir au moyen de trouver une meilleure nounou.

— Je savais bien que tu retrouverais la raison !

— Mais je suis capable de résister.

Et elle disparut, le laissant médusé.

Mince alors, elle était plus qu'irritante ! Il avait à présent la paix recherchée mais il n'avait pas la moindre envie de manger seul.

A 6 heures le lendemain matin, Alex passa la tête dans la chambre de Sofia, et le spectacle qui s'offrit à elle la laissa bouche bée.

Mario s'était allongé de tout son long sur le lit étroit, sa fille nichée contre son épaule.

Un souvenir longtemps enfoui de son père la consolant alors qu'elle avait la rougeole lui revint à la mémoire.

C'était ce qu'un père faisait, songea-t-elle en refoulant ses larmes. Il protégeait, il chérissait son enfant. Mario paraissait savoir d'instinct ce que Sofia voulait de lui. Il l'avait probablement appris de son propre père. Avec un homme tel que lui à ses côtés, elle pourrait peut-être devenir une mère acceptable...

Hein ? D'où elle sortait ça ? Pas d'enfants dans sa vie.

Elle se rapprocha du lit et posa un livre Harry et Bella sur la table de chevet, incapable de quitter des yeux Mario.

C'était bizarre de le regarder dormir. Dans le sommeil, il semblait vulnérable et même triste, il perdait la façade joviale qu'il présentait à tous sauf à elle — à elle, il réservait une expression confiante disant : « Ne me prends pas pour un imbécile, je suis aussi bon que toi. »

Elle savait que, s'il ouvrait les yeux, le masque se remettrait en place. Il paraissait déterminé à lui mener la vie dure en ne renonçant pas à son emprise sur son service et son personnel. En même temps, il avait un étrange effet sur elle. Son attirance pour lui se manifestait aux moments les moins opportuns, au beau milieu de l'évaluation d'un patient.

Elle promena les yeux sur ce corps viril auquel était accrochée Sofia, et une onde de chaleur réveilla en elle un désir depuis longtemps réprimé.

Quel effet cela faisait-il de faire l'amour avec Mario Forelli ?

Oh ! assez ! Rien n'allait arriver avec lui. C'était l'homme le plus séduisant qu'elle ait jamais rencontré, mais c'était d'abord un collègue, et ensuite un collègue. Point final.

Elle reculait sans bruit pour sortir de la chambre quand elle heurta quelqu'un.

— Désolée, Jenny, dit-elle en faisant volte-face. Je n'ai pas voulu les réveiller.

— Sofia a tenu son père éveillé la majeure partie de la nuit, murmura la responsable du service de nuit.

— D'autres problèmes au cours de la nuit ?

— Pas d'urgences, mais certains patients étaient agités. Assez pour nous tenir en alerte, admit Jenny alors qu'elles se dirigeaient toutes deux vers le bureau des infirmières.

— Je vais les laisser se réveiller et je reviendrai veiller sur Sofia quand Mario ira prendre son petit déjeuner.

— Tu pourrais lui raconter une de tes histoires.

— J'en ai apporté une. Tu crois que ça lui plaira ?

— Tous les enfants aiment les histoires de Bella et Harry. Pourquoi Sofia ne les aimerait-elle pas ?

— « Pourquoi Sofia » quoi ? demanda Mario en se matérialisant sur le seuil du bureau, ébouriffé et grognon. Y a-t-il quelque chose que l'on ne m'aurait pas dit ?

Alex sentit son cœur se gonfler.

Fini le fanfaron et les manières charmantes, bonjour l'homme mal réveillé. Il était à croquer. Et inquiet, aussi.

— Tout va bien pour Sofia. Nous parlions livres. Je me demandais si un exemplaire de *Harry et Bella vont à la pêche* ferait plaisir à Sofia.

Un sourire étira la bouche lasse. Il tourna vers elle un regard pétillant.

— Le truc qui pue ? Je ne pense pas qu'elle soit en âge de pêcher mais, si tu le dis, je suis prêt à lui offrir une canne et un moulinet.

— C'est un livre pour enfants, dit-elle en riant.

— Je l'avais compris. De la célèbre Lexi Gast, je parie.

— Tu savais, pour mes livres ?

— C'est la première chose que l'on m'a dite de toi quand j'ai commencé ici. Tout le monde en est si fier que, apparemment, être un super-pédiatre ne fait pas le poids.

— Les gens en parlent beaucoup trop.

Même si ça lui plaisait beaucoup qu'ils pensent tous autant de bien de son autre carrière.

— Où trouves-tu le temps d'écrire ?

— Les week-ends, ou la nuit quand le sommeil me fuit.

— Tu ne dois pas dormir souvent, si tu trouves le temps de réaliser toutes ces superbes illustrations, dit-il en souriant. Oui, j'ai feuilleté un de tes livres que Kay avait prêté à une petite patiente atteinte de bronchite.

— J'en ai laissé un sur la table de nuit de Sofia.

— Pourquoi ne pas repasser le lui lire ? Enfin, quand tu ne seras pas occupée à être médecin.

— Avec un peu de chance, elle dormira !

Zut, elle n'avait pas voulu se montrer négative. Mais c'était sa faute, aussi, elle avait besoin de nier son attirance pour lui.

Elle s'efforça de prendre un ton plus doux.

— Mais, si tu veux prendre une pause pour manger ou prendre une douche, je serai ravie de veiller un moment sur elle. Si ça te convient ?

— J'ai vraiment besoin de me rafraîchir. Et aussi de manger. Donc, Sofia est à toi... Mais je vais peut-être quand même attendre qu'elle se réveille, ajouta Mario en s'assombrissant. Elle est très contrariée quand elle se réveille avec des inconnus.

— Elle a paru bien m'accepter hier soir. Faisons un essai, je te biperai en cas de besoin.

Soudain, il lui était impératif d'être seule avec Sofia quand celle-ci se réveillerait. Un peu comme un test : pouvait-elle s'entendre avec les enfants autrement que comme médecin ? Aurait-elle été une bonne mère ?

Dans son besoin de le faire, elle fut à deux doigts de saisir le bras de Mario, elle se retint au dernier moment.

— S'il te plaît.

Mario déglutit puis hocha lentement la tête.

— Je vais commencer par aller prendre une douche. En l'absence de bip, je descendrai ensuite à la cantine.

Une allégresse qui ressemblait au bonheur envahit Alex et lui fit presque tourner la tête.

— Tout va bien se passer, tu verras.

Elle partit vers la chambre de Sofia avant qu'il ne change d'avis mais marqua une hésitation sur le seuil.

— Oh ! mon Dieu, elle est splendide !, murmura-t-elle au spectacle de l'enfant endormie, le pouce dans la bouche.

— Elle est splendide parce qu'elle dort tranquillement et que rien ne la panique, fit la voix de Mario derrière elle.

Elle ne l'avait pas entendu la suivre. Elle fit volte-face si vite qu'elle en fut étourdie.

— Tu étais censé filer à la douche.

« Tu n'étais pas censé m'entendre parler de ta fille. »

— J'y vais.

Mais il ne bougea pas et continua de contempler Sofia.

— Elle va se remettre sans problème, assura-t-elle. Comment pourrait-il en être autrement, avec toi ici pour elle ?

Un profond soupir échappa à Mario.

— Pas tant qu'elle ne réussira pas à oublier le passé. C'est un fardeau terrible pour un enfant si petit.

— Tu avais envie de m'en parler ? murmura Alex, tremblant qu'il refuse.

Les mains enfoncées dans ses poches, Mario continua à regarder Sofia comme la personne la plus précieuse du monde entier. Ce qu'elle était évidemment pour lui.

— J'ignorais tout de son existence jusqu'à il y a un an. Incroyable, non ? dit-il d'une voix où perçait la douleur.

Choquée, Alex fut à court de mots.

Les gens pouvaient-ils être si cruels ? Mais, bien sûr, elle n'en savait pas assez pour juger.

— Papa ? dit Sofia en ouvrant les yeux. *Babbo !* cria-t-elle.

Aussitôt, Mario fut près d'elle et la serra contre lui.

— Ma toute petite, papa est là.

Sofia se pelotonna contre lui et remit son pouce dans sa bouche. Alors que son père lui caressait le dos, elle fixa Alex de ses grands yeux.

Pour se donner une contenance, Alex souleva le diagramme pour lire les observations de la nuit.

— Je vois que tu vas beaucoup mieux, Sofia.

Elle avait peut-être eu tort de penser que cela ne dérangerait pas Sofia de la trouver là en s'éveillant. La fillette continuait de la fixer de cette manière dérangeante, et elle se sentait patauger. Que dire à cette enfant ? Personne ne lui avait appris à se comporter avec les enfants. En tant que médecin, elle s'entendait bien avec eux, mais elle voulait être plus pour la petite fille. Elle voulait être l'amie que celle-ci n'avait visiblement pas eue dans sa courte vie. Mais que dire ? Que faire ? Son esprit ne lui proposait que des banalités. Ressemblait-elle plus à sa mère qu'elle ne le pensait ? Oh non ! Elle voulait être aimante, attentionnée, drôle comme son père, pas lointaine et glaciale comme sa mère.

Mario embrassa la tête bouclée.

— Elle se réveille très vite d'habitude, mais elle va probablement beaucoup dormir aujourd'hui.

— On va encore la garder un petit moment. A moins que tu ne préfères la ramener à la maison et passer la journée avec elle ?

— Non, elle est mieux ici. Et ça me permet de continuer à travailler. Je ne peux pas te laisser te charger d'une autre session au bloc, tu dois assurer ta consultation en oncologie ce matin.

— Ce sera rapide.

Dieu merci, elle avait peu d'enfants cancéreux à voir.

— Traiter ce genre de cas, ça met à plat, n'est-ce pas ?

— Parfois, admit-elle avec un soupir, je me demande pourquoi j'ai opté pour une spécialisation aussi stressante.

— Parce que tu as plein d'amour à donner, répondit Mario avant de poser un baiser sur la joue de Sofia. Dis, poupée, Alexandra va rester un moment avec toi pendant que papa va se laver. Ça te va ?

Les grands yeux bruns empalèrent Alex, prudents.

— Oui.

Alex se sentit grandement honorée.

— J'ai une histoire à te lire. Est-ce que tu aimes les chiens, Sofia ?

Pas de réponse.

Elle s'assit sur le lit, prit le livre, l'ouvrit à la première page et montra à Sofia le dessin représentant deux schnauzers portant dans la gueule, l'un une canne à pêche, l'autre un panier d'os.

— Voici Harry, dit-elle en désignant le plus grand.

— Harry, répéta Sofia. Et l'autre, c'est qui ?

— Bella. Elle porte le déjeuner. Les os qui restent du dîner.

Alex s'assit plus près et commença à lire.

— « J'aime bien les os de côtelettes, dit Harry. Moi aussi, répondit Bella. Je sens que ça va beaucoup me plaire… »

Comme la petite fille s'appuyait sur elle pour mieux voir, ses mains se mirent à trembler sur le livre, sa voix à chevroter.

Lui plaire ? Bon sang, oui, ça lui plairait beaucoup !

Mario savait qu'il devait aller se laver et enfiler des vêtements propres, mais il était hypnotisé par le spectacle de Sofia pelotonnée contre Alexandra.

Sofia faisait rarement ce genre de choses, et certainement pas avec la première venue. Et il aurait volontiers parié qu'Alexandra non plus ne se prélassait pas souvent au lit avec un enfant.

Avec qui se prélassait-elle au lit ?

Une émotion s'apparentant à de la jalousie s'empara de lui. L'idée d'elle avec un autre homme ne lui plaisait pas.

Et depuis quand ? Avec sa stature miniature et ses yeux inquiets, elle stimulait son instinct protecteur, mais ça n'avait aucun rapport avec refuser de l'imaginer avec un autre !

Il se passait quelque chose. Bon sang, il lui avait presque lâché le morceau quant à Lucy et aux épouvantables dégâts qu'elle avait provoqués ! Ça en disait long sur son état d'esprit, car il n'avait dit à pratiquement personne ce qui était arrivé. Cela faisait à peine un an qu'il avait informé ses propres parents qu'ils avaient une nouvelle petite-fille qui avait besoin de tout leur amour, voire plus. Au cours des innombrables coups de téléphone échangés entre Nelson et Florence, il n'avait jamais été question de Lucy ni de la raison pour laquelle elle avait fait cela. Surtout pas de sa part : il imposait silence à quiconque tentait d'aborder le sujet. Les premiers mois avaient été insoutenables. Il se sortait à peine du fait de s'être retrouvé sans aucune explication avec une toute petite fille. Cependant, il venait d'en parler à Alexandra. Il avait à peine effleuré le sordide, mais jamais il n'en avait laissé échapper autant.

Elle ne devrait pas se tirer les cheveux comme ça en arrière, songea-t-il en la regardant. Cette femme faisait tout son possible pour garder ses distances vis-à-vis de son personnel, rappeler à longueur de journée que c'était elle la responsable. Et elle échouait, Dieu merci. Tous savaient qu'elle avait un cœur d'or.

Il rêva que le regard très doux qu'elle adressait à Sofia lui était destiné. A ce moment, elle leva la main pour repousser les cheveux bouclés de Sofia de son front, et la petite fille la remercia d'un de ses sourires éblouissants.

Depuis qu'il connaissait sa fille, c'était la première fois qu'il la voyait montrer une forme d'affection à quelqu'un d'à peine connu, à une femme qu'elle avait rencontrée seulement la veille, et dans des circonstances effrayantes pour elle. Il en fut tout retourné. Une onde de chaleur se répandit en lui, relâchant le souci qu'il se faisait en permanence pour Sofia.

Qui aurait dit qu'Alexandra arriverait aussi vite à gagner la confiance de sa fille ? Deux âmes perdues se reconnaissant l'une l'autre ?

— Incroyable, murmura Gina par-dessus son épaule.

Il désigna le bureau des infirmières d'un signe de tête.

— Viens, chuchota-t-il. Laissons-les avec Harry et Bella.

— Alex lui lit une histoire de chiens ? Mais Sofia a peur d'eux ! Il lui suffit d'en voir à la télévision pour aller se cacher derrière toi en pleurant.

Gina était manifestement aussi perplexe que lui.

— Peut-être que les chiens de papier ne la dérangent pas, dit-il, humant la divine odeur de fromage chaud du petit paquet qu'elle avait en main. Est-ce mon petit déjeuner ?

— Tout chaud sorti du four, répondit Gina en le lui donnant. Les garçons voulaient des muffins au chocolat à mettre dans leurs boîtes-déjeuner, alors j'en ai fait aussi au fromage pour toi.

Gina avait peut-être son lot de problèmes, mais elle était toujours là pour lui.

— T'ai-je déjà dit que tu es la meilleure des sœurs ?

— Combien de fois t'ai-je entendu le dire à n'importe laquelle d'entre nous ? ironisa-t-elle en souriant.

Une vision d'Alexandra et de ses yeux brillant d'envie d'avoir une famille soudée s'imposa à lui.

Elle ignorait ce que c'était d'avoir quelqu'un qui pense à vous.

Elle ne l'avait pas expressément formulé, mais c'était visible dans son regard triste.

— Merci pour tout, dit-il en étreignant Gina.

— *Non c'é problema*, répondit celle-ci en lui rendant son étreinte. Au fait, tu devrais essayer d'apprendre à connaître mieux Alex. Elle serait parfaite pour toi.

La traîtrise de cette déclaration le prit au dépourvu.

Gina ne savait-elle pas à quoi s'en tenir ?

— Pas question ! brailla-t-il.

— Chut, tu perturbes le service.

— Au diable le service ! Où vas-tu chercher cette idée ?

— En t'observant chaque fois qu'Alex est dans les parages. Il te suffit d'entendre sa voix pour être sur le qui-vive. Et regarde-toi. Tu n'élèves jamais la voix, surtout au travail, et que viens-tu de faire ?

— Je ne crie pas ! hurla-t-il.

— Tout va bien, ici ? s'enquit Kay en sortant la tête par la porte de son bureau.

— Et pourquoi ça n'irait pas ? lâcha-t-il en fusillant du regard les deux pipelettes.

Il dépassa à grands pas le bureau, mais sur son passage Kay ajouta joyeusement :

— Gina a raison. Alex se conduit de la même manière.

N'importe quoi ! Rien ni personne en ce monde ne pouvait distraire l'attention de cette femme.

Il se retourna pour remettre Kay à sa place.

— Je suis sûr que vous avez plus important à faire que vous immiscer dans la vie personnelle des médecins.

Kay ne se démonta pas. Elle eut même le culot de faire un clin d'œil à Gina, qui se mit à rire.

— Tu es mal barré, frérot.

Une fois encore, une image d'Alexandra s'imposa à lui, et au fond de lui quelque chose lâcha, laissant la chaleur pénétrer des endroits restés glacés depuis que Lucy lui avait joué ce tour immonde.

Il tourna la tête et planta les yeux dans ceux de sa sœur.

— Tu te trompes, assena-t-il.

Il *fallait* qu'elle se trompe. Il avait rencontré Alexandra trop tard pour lui donner ce dont elle avait besoin. Il n'avait pas de temps pour elle.

Son cœur cogna plus fort.

De déception ? Non, impossible, il n'était pas intéressé. Ou bien essayait-il de se convaincre ? De se prouver qu'elle ne lui était pas entrée dans la peau ?

Il ferma les yeux mais ne parvint à visualiser qu'un petit bout de bonne femme pétant le feu.

Il fila à la salle de bains, s'efforçant de distancer cette image irritante et délectable. A ceci près qu'Alexandra ne lui avait jamais fait de rentre-dedans.

Il ralentit l'allure.

Elle était fabuleuse avec Sofia. Et Sofia ne l'avait pas repoussée. S'il ne les avait pas vues nichées l'une contre l'autre, il ne l'aurait pas cru. Sa fille savait-elle juger les gens mieux que lui ? Peut-être qu'il avait eu tout faux dès le départ, et ce ne serait pas la première fois.

Lucy était la preuve de son incapacité à déchiffrer les femmes. Elle lui avait dit qu'elle l'aimait, elle avait accepté de l'épouser, et un soir elle avait disparu pour ne jamais revenir, laissant un petit mot disant qu'elle ne pouvait plus vivre avec lui, qu'il n'avait jamais de temps pour elle et que sa famille la phagocytait. Sans dire qu'elle était enceinte ni qu'elle allait confier Sofia aux services sociaux.

6

— Il faut vraiment que je m'en aille ? dit Amelia, la fillette atteinte par la dengue. Mes parents me renverront illico à l'école.

— Je croyais que tu aimais bien l'école, répondit Mario.

— Pas vraiment. J'aimerais mieux suivre une école par correspondance.

— Et si je te faisais un mot te prescrivant du repos à la maison jusqu'à la rentrée des vacances scolaires ? proposa-t-il. Je ne vois pas l'intérêt que tu y retournes pour une semaine.

— Ça pourrait marcher. Merci, Mario.

— Je parie qu'elle est l'intello de la classe, chuchota Alexandra alors qu'ils sortaient. Je déteste ça, quand les parents font peser leurs propres rêves sur leurs enfants. Et si cette gosse voulait être charpentier ?

— Est-ce ce que tu voulais être ? demanda Mario.

La pensée de ce petit bout de femme maniant le marteau le fit sourire, même s'il en savait Alexandra capable, comme de toute chose si elle l'avait décidé.

— Non, je voulais être chanteuse de cabaret. Avec mon père, on poussait souvent les meubles contre les murs pour danser dans le salon en chantant à tue-tête. Ma mère détestait ce boucan et passait son temps à lui reprocher de m'encourager. Pour elle, je devais me consacrer à mes études et garder une longueur d'avance sur les autres. Papa la laissait dire, mais j'ai parfois entendu de violentes disputes tard le soir, quand ils me croyaient endormie.

— Donc, tu sais *aussi* chanter ? demanda-t-il.

— Une vraie casserole ! rétorqua-t-elle en riant de bon cœur.

Il l'imita, soulagé qu'elle ne soit pas parfaite, après tout.

— Ça a dû sonner le glas de tes aspirations au cabaret.

— Jamais de la vie ! Qu'est-ce qu'on s'amusait !

— Et la danse ? Pourrais-tu par hasard imiter une danseuse du Moulin-Rouge ?

— Avec des jambes plus courtes que des pattes de poulet ? Je ne crois pas, non, fit-elle en posant un regard pétillant sur lui.

Il baissa les yeux.

Non, ces jambes galbées n'avaient rien du pilon de poulet.

— En revanche, il m'arrive parfois de brailler sous la douche, juste pour le plaisir.

— En ce cas, rappelle-moi de ne pas te rendre visite quand tu es sous la douche, lâcha-t-il sans réfléchir.

Elle faillit trébucher et le fixa.

— Je ne vois pas pourquoi tu viendrais me rendre visite. Surtout quand je suis sous la douche, répondit-elle, écarlate.

Etait-il possible qu'elle ait le cerveau aussi cramé que lui ? Il aurait pourtant juré qu'elle ne jouait jamais, qu'elle ne savait même pas comment on faisait. Cependant, elle avait réussi à enflammer toutes les hormones dormantes dans son corps. Il la désirait. A toute force.

Il ne pouvait pas l'avoir. Pas maintenant. Jamais. Il était bon pour la douche froide.

Il entra en trombe dans la chambre suivante, saisit le dossier de Gemma Lewis et regarda sans les voir les mots et les chiffres qui dansaient devant ses yeux.

Des chiffres… Comme des chiffres, pas comme une petite personne compacte et féminine à talons dont la tête lui arrivait un peu plus haut que le torse. Et dont les courbes somptueuses sous sa blouse le rendaient fou de désir chaque fois qu'il les regardait.

Raison pour laquelle il ne regardait pas. Enfin, pas souvent.

Dans la chambre suivante, il discuta avec le père d'un petit patient, l'esprit enfin loin de la tentation. Car il avait beau se rabâcher l'échec de sa relation avec Lucy, son corps comme son esprit refusaient d'ignorer Alexandra.

Exaspérante, sexy, envoûtante Alexandra Prendergast.

Installée sur son canapé, Alex berçait une tasse de thé entre ses mains. Une pluie incessante martelait les vitres, renforçant sa répugnance à aller se chercher quelque chose pour dîner. Elle se contenterait d'œufs et de pain grillé…

De toute la semaine, elle n'avait pas fait de courses. Où étaient donc passées ces journées ? Elles s'étaient écoulées dans un tourbillon de patients, d'urgences, de problèmes de personnel, sans oublier le nouveau spécialiste et sa petite fille. Elle avait la sensation d'avoir fait son retour à l'hôpital et d'avoir été frappée par la présence de Mario Forelli seulement hier.

La sonnerie de l'Interphone résonna dans l'appartement silencieux.

Perplexe, elle alla répondre.

— Alexandra ? C'est Mario. Puis-je monter ?

Mario ? Ici ? Pourquoi ?

— Bien sûr.

Un coup d'œil à sa montre lui apprit qu'il était 21 h 30.

Relativement tard, donc, pour passer voir quelqu'un, surtout une connaissance de travail. Au moins ne chantait-elle pas sous la douche !

Voulait-il éclaircir les choses quant à cet instant ridicule dans le service ? Elle aurait préféré qu'il n'y prête pas attention. Mais peut-être s'agissait-il de tout autre chose. Etait-il arrivé autre chose à Sofia, une autre crise ? songea-t-elle, le cœur soudain lourd.

La sonnette retentit au moment où elle baissait les yeux sur sa mise débraillée.

Bon sang, elle ne pouvait pas se montrer comme ça, avec ce pantalon de jogging et ce pull qui bâillait, Mario en ferait des gorges chaudes pendant des semaines !

— Alexandra ? lança-t-il derrière la porte.

D'accord, il n'avait certainement aucune envie de passer plus de temps avec elle que nécessaire, alors au diable son apparence.

Mais, quand elle ouvrit et que Mario passa en trombe devant elle, elle songea qu'elle aurait pu porter le soutien-gorge de Madonna, il ne l'aurait même pas remarqué.

Bizarrement, ça l'exaspéra.

— Merci d'avoir passé autant de temps avec Sofia et de lui avoir donné ce livre, dit-il en lui fourrant une bouteille de merlot dans les mains. Elle est dingue d'Harry et Bella. Maintenant, ils dorment sous son oreiller.

Puis il souleva le sac qu'il avait dans l'autre main.

— Un autre ragoût. D'Averill, cette fois.

Il sortit un paquet de riz de la poche de son manteau avant de s'en débarrasser.

— J'ai pensé qu'on pourrait le manger ensemble. Est-ce que tu as dîné ?

— Non. J'en étais encore à essayer de décider si j'allais sortir me chercher à manger ou pas.

— Eh bien, ce ragoût tombe à point nommé, non ? Où ranges-tu tes verres ?

Fais comme chez toi, songea-t-elle en partant vers la cuisine, qui ne lui servait guère qu'à faire chauffer de l'eau.

— Désolé, j'en prends peut-être trop à mes aises ?

Il la suivait de si près qu'elle percevait son odeur, son après-rasage, son souffle quand il parlait. Et il lisait dans les pensées. Dans les siennes, tout du moins.

— Si tu préfères que je m'en aille, tu n'as qu'un mot à dire et je disparais. Mais…

Comme il laissait sa phrase en suspens, elle se retourna pour le regarder et s'adossa au plan de travail afin d'y puiser la force de résister à son sourire assassin. Le genre de sourires qui devait lui ouvrir toutes les portes.

— … mais je n'ai vraiment pas envie de retourner déjà sous cette flotte. Pas avant d'avoir goûté ce vin.

— Et moi qui croyais que c'était un cadeau !

Quand il sourit de plus belle, elle s'efforça de nier ce brutal afflux de chaleur qui la submergeait.

Rien à faire. Autant changer de sujet.

— Qu'avais-tu à me dire pour sortir par ce temps ?

Elle fit quelques pas de côté afin de ménager plus d'espace entre eux.

Mais Mario remplit aussitôt cet espace.

— Je tenais à te remercier pour ce que tu as fait pour Sofia. Tu n'imagines pas à quel point ça a été beau de la voir se détendre en compagnie de quelqu'un qu'elle ne connaissait même pas deux jours plus tôt.

Deux nouveaux pas en arrière.

— Tu aurais pu me dire cela dans la journée.

Il avança de nouveau.

— Non. Tu aurais pu me trouver désinvolte.

— Mais non.

Le pas en arrière suivant la mena contre l'îlot central.

La bouche en buvard, elle regarda Mario la dévisager.

Cet homme était un sacré personnage et il le savait. Mais, pour une fois, ça ne la dérangeait pas. Il se montrait ouvert et franc. Elle soupçonnait que ce qu'elle voyait...

Eh, où allait-elle ? Cet homme était un collègue de travail. Il était venu la remercier d'un peu de gentillesse et d'attention, pas lui arracher ses vêtements. C'étaient du vin et un ragoût qu'il avait apportés, pas du homard et du champagne.

— Alexandra, dit Mario, la dominant de toute sa stature.

Elle n'avait jamais remarqué à ce point la plénitude de ses lèvres. Ses baisers devaient être magiques.

Elle fit un pas de côté, réussissant de justesse à éviter tout contact avec lui.

— Pourquoi ne m'appelles-tu pas Alex ?

— Tu as un beau prénom, pourquoi ne pas s'en servir ?

— Il n'y a que ma famille qui m'appelle comme ça.

— Est-ce pour cela que tu ne veux pas que je le fasse ?

Pouvait-il vraiment lire en elle avec ces yeux d'étain poli, ces yeux qui faisaient s'entrechoquer ses genoux ? Devinait-il la tourmente qui la secouait intérieurement ? Bien sûr, il connaissait les femmes, il devait savoir déchiffrer leurs moindres nuances. Alors qu'elle, elle était au jardin d'enfants en ce qui concernait les hommes.

— Alex, c'est bien moins féminin qu'Alexandra, ajouta-t-il avant de détourner les yeux d'elle pour examiner sa cuisine. Tu as tout ce qu'il faut ici pour préparer des repas de roi. Rien que d'y penser, j'en ai l'eau à la bouche.

« Féminin. » « L'eau à la bouche. »

Blam. La bouteille qu'elle avait à la main atterrit bruyamment sur le plan de travail, tandis que le sac, soudain très pesant, glissait de son autre main et tombait sur le tabouret, en équilibre précaire.

Ils tendirent tous deux la main, qui se rencontrèrent, empoignèrent le sac et sauvèrent le repas.

Elle libéra aussitôt la sienne, surprise par la chaleur qui lui remonta le bras jusqu'au cou et la fit s'empourprer.

Mario fit un pas en arrière en respirant rapidement. Quand elle s'enhardit à le regarder, il avait fourré ses mains dans ses poches et s'était tourné vers la fenêtre.

Elle s'efforça de surmonter l'instant, le faux mouvement.

Cela n'avait pas d'importance, pas au point de lui faire tambouriner le cœur, ou de la faire rêver qu'il soit venu la voir comme une femme qu'il aimerait connaître mieux plutôt que comme une collègue qu'il voulait remercier.

D'accord, elle avait besoin de vin, pas de thé.

La porte du placard heurta le mur alors qu'elle tendait une main tremblante vers les verres.

— Là, laisse-moi faire, dit Mario en sauvant deux verres d'une mort certaine et en les posant sur le comptoir.

Il avait l'air si calme, si peu ébranlé par ce contact précédent. Bien sûr qu'il ne l'était pas. Il avait de l'expérience, non ? Elle avait dû s'imaginer qu'il respirait vite tout à l'heure. Alors que son corps à elle n'arrivait pas à retrouver sa stabilité habituelle. Son cœur non plus, et ses genoux ne valaient guère mieux. On aurait dit qu'elle venait de courir le marathon de New York. Et, autant l'avouer tout de suite, elle n'avait pas couru ni embrassé depuis très longtemps.

Le *pop* que fit le bouchon de la bouteille résonna dans la cuisine. Un arôme d'excellent vin rouge flotta alors que Mario versait le nectar dans les verres.

Et elle continuait à n'être pas elle-même.

Mario lui tendit un verre et leva le sien.

— *Salute.*

— Santé.

La saveur du vin fut un délice à sa bouche parcheminée, même si elle n'arrangea en rien l'état de son corps. Seule peut-être une heure au lit avec Mario...

Elle retourna dans le salon et se laissa choir sur le canapé tandis que Mario allait se planter devant les baies.

— On ne voit pas grand-chose ce soir, dit-il. Je me demande quelle épaisseur de neige est en train de tomber sur le Mount Arthur.

— Assez pour faire étinceler les collines quand le soleil se lèvera demain. Je ne me lasse pas du spectacle des montagnes enneigées. Le premier hiver que j'ai passé ici a été une grande nouveauté. Et ça l'est toujours...

Allons bon, maintenant elle était atteinte de logorrhée ?

— Ce dont je ne raffole pas, c'est des matins de gel, quand la lessive gèle sur l'étendage extérieur.

— Es-tu déjà montée jouer dans la neige ? demanda Mario en s'asseyant à l'autre bout du canapé.

— Non, jamais.

— Avant que Sofia ne tombe malade, j'avais prévu de les emmener ce week-end faire une bataille de boules de neige là-haut, elle et ses cousins.

— Ce doit être amusant.

La note de nostalgie dans sa voix la mit mal à l'aise, mais Mario reprit avant qu'elle puisse redresser la barre :

— Fichtrement ! Les enfants adorent ça.

Comme elle aimait le regarder parler de quelque chose qui l'enthousiasmait ! Elle dut se retenir pour ne pas poser les doigts sur sa bouche généreuse.

Mince, serait-elle, au cours de la semaine passée, revenue au stade adolescent ? Ou cet étrange changement s'était-il produit au cours de son voyage aux Etats-Unis ? Et d'abord, depuis quand avait-elle envie de toucher un homme avec qui elle travaillait ? Et pas seulement le toucher...

Mario dissimula sa jubilation en reprenant une gorgée de vin.

Quand Alexandra se détendait, son visage s'éclairait, ses yeux brillaient, et sa jolie bouche s'incurvait en un sourire délicieux. Elle était adorable quand elle oubliait d'être sérieuse... Mais elle était adorable en permanence, même quand elle était à cran, que sa bouche n'était plus qu'une ligne mince et ses yeux des lance-roquettes.

— J'ai essayé d'aller voir Liz après le travail, mais elle n'était pas chez elle. J'espère que tout va bien, disait-elle.

— Kevin et elle sont probablement sortis dîner.

— Sans doute. Ils doivent profiter du temps qu'il leur reste avant que junior ne fasse son apparition.

Encore cette intonation nostalgique dans sa voix. Le Dr Prendergast aimerait-elle avoir des enfants à elle ?

Et pourquoi pas ? Une femme aussi attentionnée envers ses jeunes patients devait aspirer à devenir mère elle-même.

La main qui portait son verre à sa bouche s'arrêta net alors que l'image d'une flopée de superbes petites Alexandra lui passait par la tête. Oh ! bon sang !

Elle goûta le vin, le fit rouler sur sa langue et le savoura.

— Il est excellent. Merci, mais ce n'était pas nécessaire.

Elle déplia les jambes et se leva, faisant d'autres dégâts sur ses hormones déjà enthousiastes.

Un pantalon de jogging et un pull trop grand. Qui aurait cru que Mlle Responsable, avec sa kyrielle de tailleurs stricts, faisait dans l'informe et le laisser-aller ?

Il biffa mentalement le mot « informe ».

Rien ne parvenait à dissimuler ce corps tout en courbes. Ni ces seins insolents ni ces cuisses dures et galbées.

Le désir naquit en lui. Encore.

Il fallait qu'il s'en aille avant de faire une bêtise comme lui faire des avances. Comment serait-il reçu ? Oh ! il connaissait la réponse : autant donner à Alexandra un gourdin pour l'assommer sur-le-champ. Sans compter qu'il n'osait imaginer l'ambiance dans le service lundi matin. Elle le traiterait de telle façon que le pôle Nord semblerait étouffant.

Pourquoi était-il venu ? C'était bien la chose la plus bête qu'il ait faite depuis longtemps...

Puis une image s'imposa à lui : Sofia agrippant *Harry et Bella vont à la pêche* et refusant de se coucher tant qu'il ne lui aurait pas relu son histoire.

C'était pour ça qu'il était venu dans l'antre du lion. Il était là car Alexandra était la seule personne à avoir réussi à atteindre Sofia, et il avait voulu la remercier dans un cadre personnel, pas au travail au milieu d'enfants malades, de médecins et d'infirmières.

Il comprenait maintenant l'erreur que ça avait été.

— Je suppose que, vu l'heure tardive, tu n'as plus envie de manger ? dit-elle, hésitante.

Pardon ? Il pensait sexe et elle nourriture ? Alexandra Prendergast avait vraiment l'art de le ramener à l'essentiel. C'était ça le moyen d'abattre les barrières entre eux !

— J'ai *toujours* envie de manger ! assura-t-il avec un sourire d'ogre.

— Quel délicieux dîner ! dit Alex. Je découvre juste que je travaille avec au moins deux cordons-bleus.

Les tasses de café étaient vides sur la table basse, et la pluie avait cessé de tomber. Ils avaient englouti tout le ragoût et jusqu'au dernier grain de riz. Il n'y avait plus de vin non plus, et ils étaient à présent côte à côte sur le canapé, repus.

— Merci de ne pas m'avoir fichu à la porte quand j'ai pris la direction des opérations dans ta cuisine, dit Mario en se frottant la cuisse.

— Au contraire, répondit-elle, le regard attiré par son geste. Je n'y mets pratiquement jamais les pieds.

— Et merci également pour cette soirée entre adultes. Pour cette conversation n'ayant rien à voir avec l'apprentissage du nouage de lacets, avec une convive qui ne chipote pas dans son assiette.

— Sofia n'aime pas manger ?

— On y arrive, peu à peu. Quand je l'ai ramenée à la maison, j'aurais pu compter sur les doigts d'une main ce qu'elle aimait manger... Que des cochonneries, dit Mario en commençant à pianoter sur son genou.

Alex s'étira, réprimant le besoin de couvrir ses doigts des siens et de soulever sa main pour la parsemer de baisers.

Elle était grande, cette main, elle pourrait facilement se refermer sur sa joue. Et s'il le faisait lui caresserait-il les lèvres du pouce ? Aïe, dans ce cas, rien ne pourrait l'empêcher d'aspirer ce pouce dans sa bouche.

— Alexandra…

La voix de Mario était devenue un murmure caressant et séducteur.

S'il la touchait, s'il la caressait comme sa voix le faisait déjà, il n'y aurait plus aucun calme ici. Elle prendrait feu, et ça ferait du bruit.

— Regarde-moi, Alexandra.

Son prénom, en roulant sur sa langue, fit naître en elle un frisson. Elle leva lentement les yeux, croisa le regard de Mario et y lut le désir.

Le sien crut en intensité. Malgré elle, elle commença à se pencher vers ce corps d'homme qui la fascinait depuis qu'elle avait pour la première fois posé les yeux sur lui. Plus près, encore plus près de l'homme qui l'avait éveillée d'une longue sécheresse d'émotions.

— Mario, murmura-t-elle, les lèvres sèches.

Elle posa les mains sur le fabuleux torse qui emplissait sa vision. Elle perçut les muscles durs sous la chemise, l'instant où il frémit, et elle rejeta la tête en arrière pour le regarder.

Il lui prit les coudes pour l'attirer plus près encore, si près que ses seins l'effleurèrent…

Ce fut alors qu'elle perçut les vibrations de son bipeur, et au même instant son propre portable sonna.

Ils se séparèrent en un sursaut, tels des adolescents pris en faute.

— Génial, maugréa Mario.

— Il doit y avoir une urgence dans le service, dit-elle en se plaquant le téléphone à l'oreille.

Dire que, s'il avait sonné quelques instants plus tard, elle n'aurait peut-être pas eu la force de décrocher ! Elle avait été à deux doigts d'embrasser Mario Forelli. Et ça, ç'aurait sûrement été la plus grosse boulette de sa carrière. Enfin, peut-être pas la plus grosse, mais pas loin.

— C'est Jenny. Urgences pédiatriques. Liz accouche.

— « Urgences pédiatriques », lut simultanément Mario sur son bipeur.

— Liz ? Mais elle est très loin d'être à terme ! s'écria Alex, les bras cette fois hérissés de chair de poule. On arrive.

— Liz est en travail, dit-elle en refermant son téléphone.

Elle courut à sa chambre, enfila des tennis et une veste chaude, puis revint dans le salon où Mario avait éteint les lampes. Il vérifiait à présent si le gaz était bien fermé.

— On se retrouve là-bas. Pauvre Liz, elle doit être folle d'angoisse.

— Viens avec moi, je te ramènerai après, lui suggéra-t-il, les yeux pleins d'inquiétude, et d'autre chose qu'elle ne comprit pas.

— Allons-y, dit-elle en lui prenant le bras.

7

— Va prendre une douche et un peu de repos, Liz, dit Alex en passant un bras autour de la taille de son amie. Je vais rester avec Chloé jusqu'à ton retour.

— Elle est si petite ! Comment pourra-t-elle seulement survivre ?

Plantée devant l'incubateur, Liz observait sa fillette née quinze heures plus tôt, et à qui une multitude de fils et de tubes procuraient oxygène, fluides et antibiotiques. Les écrans clignotaient et bipaient. Une source de lumière particulière destinée à faire baisser le taux trop élevé de bilirubine accentuait la coloration jaune de sa peau et ne faisait que souligner sa situation précaire. Le patch protégeant ses yeux complétait un tableau terrifiant.

Près de Liz, Kevin était dans le même état d'hébétude.

— Il faut qu'elle survive, Lizzie. Il le... faut, bégaya-t-il.

Alex alla vérifier le flux d'oxygène.

— Sur un plan médical, tu sais qu'elle peut le faire, Liz. Oui, je sais, vous êtes parfaitement conscients de tout ce qui pourrait mal se passer, et je suis sûre que vous avez déjà imaginé tous les scénarios possibles. Raccrochez-vous au fait que les prématurés de trente-deux semaines survivent plus souvent qu'on ne le croit.

Liz tourna vers elle des yeux désespérés.

— Seigneur, Alex, comment fait-on ? C'est si différent d'être de ce côté de la barrière. Tu n'imagines même pas.

Oh si, elle imaginait ! Bien plus que Liz ne le pensait. Pire, elle savait ce que cela faisait de voir son bébé mort, songea Alex, la bouche amère. Mais Liz n'allait pas connaître cela. Chloé n'allait pas mourir.

Elle inspira une grande goulée d'air, les yeux embués.

— Je suis le médecin de Chloé, pas sa maman, reprit-elle, je ne suis donc pas dans votre position à vous. Mais faites-moi confiance, je vais faire tout mon possible pour l'aider.

— Et moi de même, enchaîna une voix familière derrière elle. Chloé a la meilleure équipe du monde à son service.

— Et elle a déjà montré qu'elle est une combattante, ajouta-t-elle en risquant un coup d'œil vers Mario, pour le regretter aussitôt.

Il l'observait avec une intensité dérangeante et paraissait lire en elle, là où elle cachait ses secrets les plus intimes.

Elle baissa la tête et cilla afin de dissimuler l'humidité révélatrice de ses yeux.

Avec un peu de chance, il ne l'aurait pas remarqué… Mais, sans trop savoir pourquoi, elle savait qu'il l'avait fait. Rien n'échappait à cet homme.

Kevin s'éclaircit la gorge.

— Vous avez pensé au syndrome de détresse respiratoire ? Elle a les poumons si peu développés…

— Nous lui donnons des tensio-actifs pour aider ses poumons. Tu sais que ça permet un meilleur échange entre oxygène et dioxyde de carbone.

— Je veux la serrer contre moi, cria Liz en pleurant. Ce n'est pas juste qu'elle ne puisse pas être tenue par sa maman ou son papa.

Un frisson parcourut Alex. Ce cri du cœur, elle le comprenait trop.

Pendant que Kevin attirait Liz dans ses bras et la berçait contre lui en lui murmurant à l'oreille, une main effleura celle d'Alex. Mario.

Elle fit un pas de côté pour feuilleter le dossier de Chloé mais fut aussitôt rejointe par Mario.

— Est-ce que ça va ? lui chuchota-t-il à l'oreille.

— Bien sûr. Pourquoi est-ce que ça n'irait pas ? répondit-elle en se redressant. Je souffre pour mes amis, c'est tout.

« Je t'en prie, ne me demande rien de personnel pour le moment. »

— Tu parais secouée, dit-il.

Elle l'était, en effet. Il fallait qu'elle trouve quelque chose à dire pour faire passer cette voix compatissante.

— Tout comme Liz et Kevin s'efforcent d'être des parents et pas des médecins pour Chloé, je m'efforce de traiter leur enfant en comparaison avec le bébé d'une totale inconnue. Je ne ferai rien de différent, je n'y mettrai pas moins d'efforts, mais j'ai la sensation que ce cas est différent.

Les yeux gris ne se détournèrent pas, mais la bouche de Mario s'incurva en un sourire chaleureux.

— Je sais ce que tu entends par là. C'est plus dur quand on connaît personnellement la famille d'un patient. Ça ne devrait pas être le cas, mais c'est ainsi.

— C'est vrai. Essayons de persuader ces deux-là de faire une pause et d'aller se rafraîchir.

Mario se dirigea vers la chambre de Sofia, pensif.

Pourquoi avait-il le sentiment qu'Alexandra lui cachait quelque chose ? Pas seulement à lui mais à tous ? Cela avait-il un rapport avec la tristesse de son regard quand elle pensait que personne ne la regardait ? Tout à l'heure, quand elle avait dit à Liz qu'elle ferait tout son possible pour sauver Chloé, on aurait dit qu'elle éprouvait autre chose que ce qu'éprouve un médecin — une connexion avec les parents de Chloé.

— Bonjour, papa. Regarde ce qu'Alex m'a donné, dit Sofia en brandissant un autre livre d'Harry et Bella. Où est Alex ? Est-ce qu'elle va venir me voir ?

Il rit. Lui qui avait pensé que Sofia serait ravie de le voir, il devait bien constater qu'Alex était plus populaire que lui.

— Elle s'occupe d'un bébé très malade, mais je suis sûr qu'elle va venir te dire bonjour plus tard. Veux-tu que je te lise ton nouveau livre ?

Le regard solennel, Sofia secoua la tête.

— Non.

Oh ! Bon.

— Et si on faisait une partie de petits chevaux ? Je parie que tu peux me battre.

— Bien sûr que je peux. Où est passé le plateau ?

Elle se pencha tant par-dessus le bord du lit pour le chercher qu'il la rattrapa juste avant qu'elle ne tombe tête la première sur le sol.

— Eh, attention, loupiote ! protesta-t-il, l'esprit encore occupé par Alexandra.

Cinq parties plus tard, Sofia s'assoupit.

Elle était tirée d'affaire et, sans l'obligation de rester la nuit pour Chloé, il l'aurait ramenée à la maison. Pour l'instant, elle était mieux ici, où il pouvait passer du temps avec elle. Et puis ce n'était pas juste de demander encore une fois à Gina de s'occuper de sa fille.

— Alex ! s'exclama Sofia. Tu es venue me lire une histoire ?

— D'accord, si c'est ça que tu veux, répondit Alex en s'asseyant sur le lit et en souriant gentiment à sa fille.

Sofia semblait s'être totalement entichée d'Alex ! Il ne savait pas s'il devait en être amusé ou jaloux. Même lui, elle ne l'avait pas accepté aussi vite. Jamais encore il ne l'avait entendue demander à quelqu'un de faire quelque chose pour elle. Pas même à Gina.

— Incroyable, marmonna-t-il.

Une main tiède recouvrit la sienne.

— Tu es son père, c'est à toi qu'incombe le plus gros travail, murmura Alexandra en refermant les doigts sur sa main et en la serrant avant de la lâcher. Pour le moment, je suis une nouveauté, sûrement à cause de mes histoires qu'elle aime tant écouter.

Allons bon, elle lisait en lui, à présent ? Ça faisait peur. Il allait devoir veiller à penser uniquement au travail quand elle serait dans les parages.

Il releva les yeux vers elle.

— Je ne suis donc pas obsolète ? lança-t-il en plaisantant.

— Ta fille t'adore, elle s'inquiète dès qu'elle ne t'a pas vu depuis une demi-heure. Elle parle de toi à quiconque est là pour l'écouter, lui dit Alex en reprenant aussitôt son sérieux, mais avec une lueur malicieuse dans le regard. Mais, bien sûr, personne ne croit à ses balivernes.

— C'est sympa d'avoir un fan-club.

— Sûrement, dit-elle en baissant les yeux.

Donc, la solitude ne la rendait pas heureuse.

Quelle était son histoire, au juste ? Elle parlait peu d'elle-même et n'avait jamais fait mention d'un mari ou d'enfants. Elle vivait seule, mais elle avait peut-être été mariée ? Avait-elle une famille, un ex-conjoint ? Il en savait si peu sur elle et pourtant il se sentait si à l'aise en sa présence qu'il lui avait craché le morceau en ce qui concernait Sofia et Lucy.

— Tu vas écouter l'histoire avec nous, papa ?

La voix haut perchée de sa fille lui rappela qui était censé être le centre de l'attention.

— Je pense que ton papa a des choses à faire, dit Alexandra en rougissant.

— Oui, lécher mes plaies après avoir été ridiculisé aux petits chevaux, dit-il en se levant à contrecœur.

Il aurait bien aimé rester et observer Sofia et Alexandra, mais il sentait que ça mettrait cette dernière mal à l'aise.

— Je vais aller voir Chloé. Je reviens bientôt, chérie.

— D'accord, papa.

Il sortit de la chambre en tâchant de déterminer laquelle de ces deux femelles il avait appelée chérie.

— Combien d'arrêts respiratoires Chloé a-t-elle eus ? demanda Alexandra.

Mario répéta à Jackson la dose qu'il était sur le point d'administrer au minuscule bébé puis se tourna vers elle.

— Elle fait régulièrement des épisodes d'apnée, d'où le méthylxanthine.

— Et moi qui pensais qu'elle s'en sortait bien... Des signes de bradycardie avec l'apnée ?

— Malheureusement, oui. Et d'hypoxie.

Alexandra pinça les lèvres.

— Liz et Kevin doivent être fous d'inquiétude.

— Il a fallu tout le pouvoir de persuasion de Mario pour qu'ils descendent boire un café, intervint Kay.

— Ils sont épuisés, ajouta-t-il. Mais qui pourrait les blâmer de vouloir être avec Chloé à chaque minute du jour et de la nuit ?

— Il semble que l'on a besoin de moi ailleurs, dit Jackson en entendant son bipeur. Je reviens dès que possible.

— Prends une pause dès que tu le pourras, lui dit Alexandra. Je vais rester ici un moment.

— Moi de même, déclara Mario.

Il s'assit près de l'incubateur et relut les observations sur les mouvements respiratoires, le rythme cardiaque et l'oxymétrie de pouls de Chloé, envahi de tristesse pour ce bout de fille et ses parents.

— La vie est si fragile que ça fait peur, dit Alexandra, debout de l'autre côté de l'incubateur.

— Chloé n'a pas encore dit son dernier mot, répondit-il en observant sa respiration lente.

— La capacité qu'ont ces bébés à combattre pour la survie est étonnante. C'est comme s'ils comprenaient ce qu'ils ont à faire, reprit Alexandra, avant d'étouffer un soupir. Je crois que les parents ne s'attendent jamais à ce que quelque chose comme ça arrive à leur enfant.

Il compléta le dossier de Chloé et le suspendit.

— Nous avons tous l'optimisme chevillé au corps. Mais, là encore, je ne me suis pas inquiété parce que je n'ai jamais su que j'allais être père, dit-il avant d'inspirer à fond. Et toi ? As-tu déjà songé à avoir des enfants ?

Elle glissa les mains dans les poches de sa blouse, son visage se troubla, et ses yeux verts prirent la teinte de la forêt.

— Non. Je suis programmée pour le célibat, répondit-elle, le regard toujours braqué sur Chloé.

— Tu ne voudrais pas une famille à toi ?

Pourquoi insistait-il ? Qu'est-ce qui le poussait à vouloir le savoir, alors qu'ils ne seraient jamais autre chose que des amis, au mieux ?

— Je suis bien trop impliquée dans ma carrière pour donner à un enfant toute l'attention qu'il mérite, avec ou sans compagnon. J'ai des objectifs à atteindre. Je pense que ce ne serait pas juste pour un enfant.

Cependant, les yeux qui finirent par rencontrer les siens ne lui parurent pas si convaincus que cela.

Si elle pensait l'avoir persuadé que sa carrière était tout ce qui comptait pour elle, elle se fourrait le doigt dans l'œil. Autant lui dire de se mêler de ses oignons.

Ce qui n'empêcha pas le diablotin en lui d'ajouter :

— Il ne faut jamais dire jamais. Je t'imagine très bien avec une flopée de marmots, en train de leur lire des histoires de chiens et en chantant faux à l'heure du dodo.

— Tu n'as vraiment jamais entendu mes « prouesses », dit-elle en dessinant des guillemets en l'air.

Il s'esclaffa avec elle.

Au moins ne l'avait-elle pas rabroué. Si seulement il savait comment bannir cette nostalgie dans son regard quand elle regardait Chloé... Quant à ne pas vouloir d'enfants, il n'y croyait pas une seule seconde. Sa carrière n'était qu'une excuse. Chaque fois qu'il apprenait quelque chose de nouveau à propos d'Alexandra Prendergast, il se retrouvait devant un autre mur à abattre.

Planté sur le seuil de la chambre de Chloé, Matthew en bloqua l'entrée à Mario et Alex.

— Allez-vous-en, tous les deux. Allez dormir. On s'occupe de tout ici.

— Oui, et emmenez Sofia s'amuser, ajouta Jenny.

Alex regarda Mario en souriant.

— Je crois que les ordres sont clairs.

Deux semaines s'étaient écoulées depuis la naissance de Chloé, et celle-ci allait de mieux en mieux. Matthew était régulièrement intervenu pour leur permettre de se reposer.

— C'est toi le patron, répondit Mario en haussant ces épaules qui la fascinaient.

— En fait, je suis ravie d'avoir quelques heures de liberté.

Elle allait aller à sa maison sur la plage, marcher au bord de l'eau pendant une heure ou deux...

Mais, alors qu'elle observait l'homme dont la pensée la tenait éveillée une partie de la nuit depuis ce fameux vendredi et leur presque baiser, une tenace sensation de solitude la saisit.

Ce presque baiser l'avait mise à cran. Si l'hôpital n'avait pas téléphoné à cet instant précis, se seraient-ils embrassés ? Auraient-ils fini dans son lit à faire follement l'amour ?

Depuis, elle avait retrouvé la raison. En tant que responsable de service, elle devait conserver son ascendant sur Mario en vue des moments inévitables où elle devrait le reprendre. De plus, il avait déjà une enfant à problèmes sur les bras, il n'avait pas besoin *en plus* d'une femme à problèmes. Moralité : pas de baisers torrides, pas de relations sexuelles.

Ce qui ne la rendait pas plus heureuse pour autant. Au contraire. Sa vie manquait nettement d'excitation ces temps-ci. A part les urgences qui la laissaient épuisée et soucieuse, tout le contraire d'heureuse ou d'euphorique.

Aujourd'hui, dans son jean, son pull bleu et sa veste de bûcheron, Mario était aussi appétissant que l'autre soir en pantalon noir et chemise blanche. Oui, il était définitivement craquant.

— Que penses-tu faire pendant ton temps libre imposé ? demanda-t-il d'un ton désinvolte.

Aller se cacher au cottage et essayer de retrouver l'Alex d'avant, celle qui gardait le contrôle de ses émotions en toute circonstance, celle qui ne se laissait pas exciter par un homme. Un peu de repos ferait le plus grand bien à son esprit et son corps.

Mais sa bouche ne fut pas d'accord.

— Je vais aller marcher sur la plage. Ça te dit ?

— Il faudrait que j'emmène Sofia.

— Mais j'espère bien !

La présence de l'enfant serait le tampon idéal. Juste au cas où la température grimperait de nouveau entre eux. Ce qu'elle n'avait pas à faire.

— Et où allons-nous ? A Tahunanui Beach ou plus loin ?

— A Ruby Bay, répondit-elle avant de préciser devant le regard interrogateur de Mario : j'y ai un cottage sur la plage, qui me vient de mon père. C'est là que nous venions tous les étés passer un mois de vacances, Noël et le nouvel an.

C'était là qu'elle avait appris à nager. Là que son père l'emmenait pêcher sur son petit bateau ou lancer des filets. Sa mère s'était opposée à ce qu'elle hérite du cottage, mais elle avait tenu bon et lutté pour ce qu'elle voulait. D'un certain côté, son père y était toujours là pour elle, la faisant parfois rire et parfois pleurer.

— Je parie que tu y as une tonne de bons souvenirs.

— Oh oui ! C'est d'ailleurs la raison pour laquelle je préfère cet endroit à tout autre.

Il lui avait souvent servi de refuge. C'était là qu'elle s'était laissée aller à son chagrin après l'enterrement de son fils. Là qu'elle avait tenté d'accepter la défection de Jonty. Le cottage et la plage regorgeaient de souvenirs. L'essence de sa vie, les bons et les mauvais. Ce qui l'avait rendue heureuse et ce qui lui avait brisé si terriblement le cœur qu'elle ne le mettrait plus jamais en danger, même pour un homme comme Mario. Parce qu'elle ne survivrait pas une seconde fois.

Debout devant la baie, Mario s'imprégna de l'atmosphère apaisante de l'endroit spécial d'Alexandra, encore étonné qu'elle l'y ait invité.

Ici, il en apprenait bien plus sur elle qu'au cours d'une conversation… Sauf que, bien sûr, il n'avait aucune relation avec Alexandra autre que professionnelle, plus un repas et un presque baiser chez elle.

Sur la plage, des enfants shootaient dans un ballon en riant beaucoup.

Si seulement Sofia avait assez confiance en elle pour les rejoindre ! Mais, comme d'habitude, elle était restée collée à lui quand ils étaient sortis sur la pelouse. A présent, assise à la table de jardin, elle lisait un livre d'Harry et Bella.

Bah, si elle était heureuse, il l'était aussi.

— Tu as de la chance d'avoir un tel endroit. C'est tellement magique, dit-il avec un soupir. J'ai l'impression d'avoir atterri sur une autre planète.

Alexandra fit une pause dans ses préparatifs du déjeuner et vint le rejoindre. Le rondin de pin qui brûlait dans un angle de la pièce embaumait.

— Oui, ça me fait le même effet.

Il tourna légèrement la tête et, fasciné, la regarda lui sourire. Sans plus réfléchir, il leva la main, suivit son sourire du doigt et vit ses lèvres s'entrouvrir et le happer.

Il voulut reculer mais n'y arriva pas, les pieds cloués au sol.

Alexandra caressa son doigt de la langue.

Ce baiser inachevé était là, entre eux. Il était dans ses coups d'œil timides quand elle pensait qu'il ne la regardait pas, dans ses sourires circonspects. Chez lui, ce baiser pétillait dans ses veines et lui passait le cerveau à la friture, refusant d'être nié plus longtemps. Où cela les mènerait-il, il n'en savait rien, il ne voulait pas le savoir. Il fallait juste qu'il le fasse. Maintenant.

Alors, il inclina la tête et posa sa bouche sur la sienne.

Il la goûta et ne parvint pas à s'en rassasier. Il infiltra la langue dans sa bouche, plus loin. Il savoura, il explora. Le monde se mit à tourner. Plus rien, plus personne ne compta.

Alexandra referma les mains sur sa nuque pour l'attirer plus près et lui rendit son baiser avec une ardeur mêlée de douceur, de passion et de désir. Pour lui.

Il s'imprégnait d'elle, de sa féminité, de ses cheveux, de sa peau, de son corps tiède. Il fallait qu'il touche cette peau, qu'il la perçoive sous ses mains.

D'une brève secousse, il libéra son chemisier de son pantalon et glissa les mains sous le tissu pour les poser sur sa peau soyeuse. Chaude et douce.

Elle gémit sous ses lèvres.

Une torture. A peine quelques instants plus tôt ils discutaient sans se toucher, et voilà qu'il était déjà prêt, que tout son corps la réclamait. Il fallait qu'il s'enfouisse en elle, qu'il sache tout d'elle.

Alors que sa bouche dévorait toujours la sienne, il la souleva et la pressa contre lui, plaquant son érection contre son ventre.

Comme elle laissait échapper un autre gémissement, il ouvrit les yeux pour voir les émotions sur son visage.

Un désir semblable au sien avait assombri ses yeux verts, et il crut se noyer dans un lac sans fond.

Mais elle tourna la tête et se figea.

— Mario, murmura-t-elle.

Il suivit son mouvement de la bouche, bien décidé à prolonger le baiser.

Elle ne pouvait pas l'interrompre. Pas déjà. Arrêter serait insupportable. Tous ses fantasmes depuis ce soir chez elle n'auraient jamais pu s'approcher de la réalité, il découvrait à présent qu'embrasser Alexandra était devenu son passe-temps favori.

— Mario ! répéta-t-elle sur un ton plus insistant.

Il s'efforça de regarder alentour sans cesser de l'embrasser et cilla.

Génial. Les gamins qui jouaient peu avant au ballon s'étaient ne t'a rien dit pour ta fille, surtout si elle ne voulait pas d'elle. Elle devait savoir que ta famille l'accueillerait de bon cœur, non ? dit Alex en secouant la tête.

Elle, jamais elle n'aurait abandonné son fils, quelles que soient les circonstances.

— Elle s'est probablement vengée de la façon dont elle croyait qu'ils la traitaient. Avec le recul, elle était plutôt égocentrique. Elle m'avait dit qu'elle n'était pas prête à fonder une famille, mais j'avais pensé que ça lui passerait une fois mariée. J'avais tout faux. Et il me faut bien endosser une partie de la responsabilité : je travaillais comme un fou et faisais passer ma carrière avant tout.

— Sofia a de la chance que tu l'aies retrouvée. Tu te dis peut-être qu'elle a encore beaucoup de chemin à faire, mais elle t'aime tant que c'est un énorme progrès, vu ce qu'elle a dû traverser.

— J'ai démissionné de mon poste à Florence pour passer quelques mois près d'elle et la laisser s'habituer à moi avant de la sortir de sa famille d'accueil et de lui faire prendre encore un nouveau départ.

— Elle a une chance folle, répéta Alex.

— Oui, soupira-t-il. Oui. Je l'espère.

— Laisse-lui du temps.

— A présent, tu sais pourquoi je lui consacre ma vie entière. J'aurais pu retourner à Florence, vers ma famille, mais elle aurait dû apprendre l'italien, alors qu'elle avait déjà du mal à assimiler tout ce qu'il lui arrivait. Et puis j'ai eu une enfance heureuse ici et j'ai voulu qu'il en aille de même pour elle. Cela m'a paru la chose à faire. Voilà pourquoi je vis ici et travaille au Nelson. Et pourquoi je mène une vie de moine.

Elle haussa un sourcil, taquine.

— Alors, c'est comme ça que les moines embrassent ?

La bouche de Mario s'incurva, puis un éclat de rire lui échappa.

— Touché.

8

— J'espère que la nuit sera calme, dit Alex à Jenny en réprimant un bâillement après avoir achevé sa tournée des patients.

La petite Chloé avait nécessité sa venue à 2 heures ce matin-là, et elle n'était pas rentrée depuis.

— Il y a peu de chances, lui répondit l'infirmière en laissant tomber les dossiers sur un plateau. Mario est toujours en train d'opérer la fillette souffrant de complications postméningite.

— Il ampute les jambes de Bee Harvey ? Mais n'était-il pas prévu qu'il le fasse tôt ce matin ?

Ça aurait dû être fini et la fillette de retour dans le service.

— Oui, mais un carambolage monstre a réquisitionné la salle d'op et fichu le bazar dans le planning. Il a décidé de reporter l'opération à ce soir plutôt que demain afin de ne pas ajouter au niveau de stress des parents. Quoique je doute qu'ils se sentent vraiment mieux après, admit Jenny en se laissant choir sur sa chaise.

— C'est un gros coup dur pour eux, dit Alex.

Et en se demandant comment réagirait Mario une fois son épouvantable tâche achevée, quand il devrait parler aux parents. Il serait dévasté, triste, et terrifié à l'idée qu'une chose pareille arrive à Sofia.

— Mais alors, qui s'occupe de Sofia, tu es au courant ?

— Il l'a laissée à la garderie de l'hôpital jusqu'à ce que Gina puisse la récupérer à la fin de son service. Au fait, ça me rappelle qu'il y a des pâtes à emporter dans le frigo, c'est une infirmière des urgences qui les a apportées.

Dans toute cette noirceur, Alex ne put retenir un sourire.

— Ce type ne sait pas la chance qu'il a de vous avoir toutes aux petits soins pour lui.

— Qui n'aurait pas envie de gâter cette adorable fillette ? dit Jenny, avant de se mettre à rire devant l'expression incrédule d'Alex. Bon, d'accord, il est si craquant que personne ne le laissera mourir de faim. En plus d'un sens — à ceci près qu'il ne fait d'avances à personne.

Au moins avait-elle eu ses baisers. Et pas en rétribution de nourriture, en plus.

— Appelle-moi en cas d'urgence, surtout en cas de changement dans l'état de Chloé, dit Alex en croisant subrepticement les doigts. Et fichez la paix à Mario ce soir, sauf si ça a un rapport avec sa petite patiente.

— D'accord. Mais je pense qu'il va passer la nuit ici à cause de Bee, répondit Jenny en rédigeant une courte note au personnel, avant de décrocher le téléphone qui sonnait.

Alex passa ensuite dans son bureau.

Pourquoi ? Aucune idée. A moins que ce ne soit cette étrange agitation qui s'était saisie d'elle. Elle devrait déjà être dans sa voiture en route pour chez elle, avec juste un arrêt pour s'acheter quelque chose à manger. Et pas assise derrière son bureau à contempler le mur d'en face comme si elle ne l'avait jamais vu.

Une autre tournée avant de partir ? Partir à la recherche de Mario ? Voir s'il avait terminé en salle d'op ? Rentrer comme une fille raisonnable ?

Ce fut la « fille raisonnable » qui gagna et la fit éplucher sa liste de contacts sur son portable pour décider à quel restaurant commander un... dîner pour deux à manger ici à l'heure à laquelle Mario serait disposé à quitter sa petite patiente.

Il était grand temps de cesser d'être raisonnable dans absolument tous les aspects de sa vie. C'était très bien de ne prendre aucun risque, de ne pas mettre son cœur en danger, de ne pas sauter dans une relation sans avoir au préalable tâté le terrain, mais parfois — juste parfois — c'était diablement tentant d'outrepasser les limites qu'elle se fixait à elle-même.

Restait à définir le « parfois ». En fait, elle ne l'avait encore jamais fait.

Qui pouvait dire si Mario ne finirait pas par être un autre échec ?

Elle. Parce qu'elle ne voulait pas que ce soit le cas.

Sa propre franchise lui coupa le souffle.

Cependant, il avait été clair sur le fait qu'il n'y avait pas de place dans sa vie pour quelqu'un d'autre, qu'il se consacrait exclusivement à l'éducation de Sofia.

— Le Jardin d'Asie, bonjour, que puis-je pour vous ?

Elle renonça à son débat interne et commanda un repas pour deux pour dans une demi-heure.

Tout compte fait, elle n'était pas différente des autres femmes travaillant dans l'hôpital.

Mario fit rouler ses épaules et s'étira le dos, puis il jeta son bonnet dans le panier et intima silence à son ventre, qui gargouillait.

Il était trop tôt pour la réalité.

En salle de réveil, grâce à des médicaments soigneusement dosés, Bee Harvey reprenait conscience dans un état semi-comateux. Pour elle, la réalité était un monde où ses jambes avaient disparu à partir du genou.

Elle avait six ans et avait déjà vécu l'enfer lors de sa méningite, qui l'avait laissée étique, affaiblie et à la merci d'autres infections. Ce qu'il venait de lui faire lui avait brisé le cœur et donné le dégoût de son métier. Mais jamais il n'avait connu de chirurgien heureux d'amputer les jambes d'une enfant, quelles que soient les circonstances.

Il passa dans la salle de réveil et y resta un instant pour surveiller Bee alors qu'elle émergeait peu à peu de l'anesthésie, rêvant qu'elle reste inconsciente, y compris de son avenir.

Dans la réalité, et à son âge, il lui faudrait du temps pour mesurer l'impact de cette opération. Mais ça arriverait, il n'y avait pas moyen de l'éviter. Surtout quand elle serait prête à rejoindre ses copains et à retourner à l'école. Au moins avait-elle des parents aimants, qui l'aideraient durant cette épreuve.

— Ses constantes sont bonnes, lui dit l'infirmière chargée de la fillette.

— Laisse cela et va voir ta patiente, lui dit Alex en lui prenant son assiette des mains. Toi, Jenny, dis à tout le monde de venir manger ce qu'il reste.

— Rentre chez toi dormir un peu, Alexandra, fit Mario sur le pas de la porte. Le service n'a pas besoin que l'on soit deux à s'écrouler de fatigue demain.

— Oui, m'sieur, lança-t-elle en souriant.

Et elle rentra chez elle sans discuter.

Mario éteignit le moteur et resta un instant dans sa voiture, les yeux levés vers l'immeuble devant lui.

Seul le salon d'Alexandra était encore allumé. Il était minuit passé, serait-elle incapable de dormir ? Elle devrait pourtant être au pays des rêves.

Lui aussi, d'ailleurs. Mais ses rêves étaient classés X et ne servaient qu'à le mettre un peu plus à cran. Dire qu'il n'avait partagé qu'un baiser avec elle…

Etait-il sur le point de commettre une grosse erreur ?

Sa raison lui disait : « Vas-t'en ». Toutefois, il n'avait jamais été lâche.

Il étudia les étoiles à travers le pare-brise, mais elles ne lui apportèrent aucune réponse. Il allait devoir se fier à son instinct.

Descendu de voiture, il hésita encore, laissant l'air nocturne lui rafraîchir les idées.

Quand Alexandra lui avait apporté à dîner deux jours auparavant, sa prévenance l'avait touché. Depuis, il s'était posé mille questions sur la raison pour laquelle elle avait agi ainsi : parce qu'elle était gentille et attentionnée ? Parce qu'elle lui réservait un traitement de faveur ?

Ça, ça lui plaisait bien plus. Et ça s'accordait avec cet instant de tension qui les aurait conduits à un autre baiser fiévreux si Jenny n'était pas arrivée.

Il jeta ses clés en l'air, les rattrapa, les jeta de nouveau, les rattrapa encore. Puis il les fourra dans sa poche, s'en fut vers le bâtiment et pressa le bouton de l'Interphone.

— Oui ? répondit la voix méfiante d'Alexandra.

— Alexandra, c'est Mario. Je sais qu'il est tard, mais j'aimerais bien te voir.

« Te serrer contre moi, t'embrasser, te faire l'amour. »

Il ravala la boule de désir coincée dans sa gorge et attendit. Elle allait sûrement lui répondre d'aller au diable, et comment le lui reprocher à cette heure ?

Bzzzz, fit la porte en se débloquant.

Une poussée, et il fut à l'intérieur, puis devant l'ascenseur, qui l'emmena très vite au dernier étage. Et elle fut là, debout sur le seuil, dans un autre jogging informe, des chaussettes duveteuses aux pieds et les cheveux répandus sur les épaules.

Ce furent les cheveux qui le décidèrent.

Il avait passé des nuits à se les imaginer libres de toute attache, et voilà qu'ils retombaient en vagues luisantes, qu'ils soulignaient ses traits d'elfe et son regard.

A court de mots, il enfouit les mains dedans, inhala leur parfum de shampooing au citron et sentit une forte chaleur se répandre dans son ventre puis dans son torse.

— Mario ? murmura Alexandra.

— Chut !

Il referma les bras sur elle et l'attira contre lui. Puis il la souleva, entra chez elle et referma la porte de la hanche.

Alexandra écarquilla de désir ses grands yeux verts. Pour lui. Sa bouche sensuelle s'incurva, tentatrice. Ses mains aux doigts minces se faufilèrent derrière son cou, l'arrimant mieux à elle.

Alors qu'il se dirigeait vers ce qu'il pensait être la chambre, elle s'étira dans ses bras pour atteindre ses lèvres des siennes.

Il poussa un grognement sourd, se mit à lui dévorer la bouche, et tout vestige de retenue s'envola.

La salle à manger ? C'était la chambre qu'il leur fallait. Tout de suite. Il était à la limite de l'explosion.

Salle à manger, table…

Il la déposa au bord de la table tandis que des doigts agiles débouclaient sa ceinture, son jean…

Il arracha sa bouche de celle d'Alexandra afin de tenter de reprendre un minimum de sang-froid.

— Alex ? Il faut que l'on ralentisse un peu.

Elle cilla et lui sourit, sexy en diable.

— Ah oui ?

— Euh, ou alors peut-être pas, lâcha-t-il. Tu es sûre ?

Si elle ne l'était pas, il était mal !

— Oui, répondit sa bouche somptueuse avant de parsemer de baisers son menton et son cou.

Elle referma les dents sur le lobe de son oreille, et il ne fut plus capable d'arrêter. Il lui caressa les cuisses pour découvrir, ahuri, qu'elle était déjà nue en bas.

Hein ? Quand est-ce que ça s'était passé ?

Ce fut alors qu'Alexandra pivota dans ses bras et plaqua les fesses contre lui. Il la sentit s'emparer de son sexe érigé pour le...

— Attends, hoqueta-t-il, préservatif.

Il chercha son portefeuille dans sa poche revolver, priant pour que le préservatif qu'il y gardait depuis des mois n'en soit pas tombé. Il était dans une telle hâte qu'il eut du mal à le retrouver, mais finalement il réussit à s'en gainer.

Aussitôt, elle se cambra et le guida en elle. Ce fut à son tour d'haleter alors qu'il s'enfouissait dans sa chaleur. Et puis les sensations prirent le dessus, elles se bousculèrent et emmenèrent Mario jusqu'au précipice.

Avec Alexandra.

La tête sur l'oreiller, Alex étudia l'homme allongé près d'elle dans la faible lueur venue du couloir et sentit la jubilation bouillonner dans ses veines.

Etonnant. Cet homme était étonnant. Si grand, et pourtant si fabuleusement tendre !

— Eh, chuchota-t-elle, comment ça va par chez toi ?

— Ça ne pourrait pas aller mieux, répondit Mario en roulant sur le côté pour passer un bras autour de sa taille et l'attirer à lui.

Elle se nicha tout contre lui avec l'impression d'être inhabituellement chérie et lui sema des baisers sur le torse.

Ils avaient fait l'amour deux fois. Et chaque fois avait été plus belle que ce qu'elle aurait jamais pu imaginer. Pas parce que ça faisait un moment, non, mais parce que, avec sa façon de la caresser avec ses mains, sa langue, ses yeux, Mario lui avait donné l'impression d'être une déesse.

L'appréhension la saisit.

Heureusement que, dans la frénésie de l'instant, il ne lui avait pas ôté son T-shirt dans la salle à manger ! Elle serait en ce moment même en train de répondre à des questions pour le moins difficiles. Ensuite, au lit, quand il avait essayé de soulever le drap qui lui couvrait le ventre, elle avait joué les timides. Ce n'était pas le bon moment pour raconter l'histoire de sa vie à Mario. Ce moment n'arriverait peut-être jamais, d'ailleurs. C'était dur de laisser voir à quiconque son aspect vulnérable, surtout après Jonty, qui ne l'avait pas prise au sérieux et l'avait accusée de tout dramatiser...

— Allô, Alexandra, où es-tu partie ? dit Mario en lui caressant le dos. Tu n'es plus avec moi.

Perspicace.

— Je baignais juste dans la félicité.

Il se mit à rire.

— Ça, c'est ta faute, tu es trop désirable, dit-il en lui tapotant le nez du doigt. Ç'aurait été un péché que de t'ignorer, ajouta-t-il avant de lui effleurer les lèvres. Tu es une femme très sexy, Alexandra Prendergast.

Alors qu'il faisait rouler son nom sur sa langue tel du miel chaud, elle s'étira dans le lit, heureuse d'être si près de lui et d'avoir sa cuisse passée sur les siennes. C'était une chose qu'elle n'avait pas dans sa vie, et elle comprenait maintenant à quel point ça lui manquait. Oui, bien sûr, au fil des années, elle avait invité quelques hommes dans son lit, mais elle les en avait chassés dès qu'ils avaient fini de coucher ensemble. Alors que là, elle avait envie que Mario reste, de le garder pour lui faire plein de choses si l'envie lui venait, et même de se réveiller près de lui au matin. Ça faisait peur.

Donnant encore une fois l'apparence de lire en elle, Mario se redressa et passa les jambes hors du lit.

— Je ferais mieux d'y aller. Ça ne le ferait pas si quelqu'un du service me voyait partir d'ici demain.

La déception s'empara d'elle. Il lui semblait qu'elle n'en avait pas fini avec lui. Mais en aurait-elle fini un jour ?

— Il y a très peu de chances que ça arrive.

— Tu es prête à courir le risque ? Pas moi.

Elle se rassit très vite et s'appuya contre le montant du lit, en veillant à ce que le drap la couvre.

— Ça dépend de ce que l'on veut faire ensemble.

— Ce qui nous ramène à la raison de ma venue ce soir. Mais laisse-moi d'abord m'habiller.

Elle regarda Mario sortir de la chambre, et la sensation de perte prit le dessus sur tout le reste, sur la satisfaction sexuelle, sur l'espoir qu'ils trouvent le moyen de vivre une relation sans que cela influe sur le travail.

Crispée d'avance à l'idée de l'entendre lui dire que ç'avait été une erreur, elle sauta hors du lit, enfila une robe de chambre et le suivit.

Il était en train de passer sa chemise par-dessus sa tête et de la lisser sur son torse, l'air pensif. Trop pensif.

Elle se figea.

A peine deux heures plus tôt, elle n'aurait jamais espéré faire un jour l'amour avec lui et maintenant elle ne voulait pas perdre l'occasion de le refaire. Les mots pour le faire attendre, pour retenir ce qu'il était sur le point de dire, refusèrent de sortir de sa gorge serrée. Elle tripota et tortilla la ceinture de son peignoir.

Alors, Mario vint vers elle, lui prit les mains et planta les yeux dans les siens.

— Avoir une liaison avec toi me plairait beaucoup.

9

En voyant Alexandra écarquiller les yeux de surprise, Mario jura intérieurement.

Il n'avait pas énoncé cela de la façon la plus délicate. Mais, à sa décharge, il était nerveux. Ce qui ne lui ressemblait pas. Alexandra avait un drôle d'effet sur lui.

Il tenta de se rattraper.

— Pardon. Ce n'est pas ainsi que je voulais te le dire.

— Tu ne... tu ne veux pas avoir une relation avec moi ? bégaya-t-elle, soudain très pâle.

L'espoir éclaira le brouillard qui lui embrumait la tête.

— *Sì*. Je veux ! s'écria-t-il, résistant à l'envie de la jeter par-dessus son épaule pour la ramener au lit.

Elle n'émit aucune protestation.

— Bien.

— Bien ? C'est tout ? marmonna-t-il en se frottant le menton.

Il avait cru devoir consacrer des heures à la persuader, et elle lui disait juste « Bien » ?

— C'est *parfaitement* bien, lui dit-elle alors qu'un sourire lui incurvait la bouche. Je ne suis pas encore rassasiée de toi.

— Alexandra, reprit-il en allant se planter par précaution devant la baie surplombant le port, je te dois une explication. Ça ne peut être qu'une liaison, et rien d'autre. Il me faut d'abord penser à l'avenir de Sofia, je me suis juré qu'elle passerait toujours avant tout dans ma vie, ajouta-t-il en faisant volte-face pour la regarder dans les yeux. Du moins, pas tant qu'elle ne sera pas mieux dans sa peau. Et, vu comme les choses sont parties, ça peut durer des années.

— Je ne cherche pas non plus une relation sur le long terme, répondit Alexandra, les yeux braqués sur un point derrière lui. On pourrait juste s'amuser un peu jusqu'à ce que la flamme s'éteigne. Ou que ça ne marche plus entre nous.

— Alors, on s'est compris.

Trop bien, même. Pourquoi cette douleur dans son thorax ? Il devrait sauter de joie à l'idée d'avoir une liaison avec cette femme splendide qui savait l'exciter d'un regard. Alexandra l'avait ramené à la vie ce soir, elle lui avait rappelé tout ce qu'il lui manquait, et l'usage auquel étaient destinées certaines parties de son corps. Il allait avoir avec elle la liaison qu'il désirait. Pourtant, ça ne semblait pas lui suffire.

Et pourquoi Alexandra avait-elle accepté ? Il aurait volontiers juré qu'elle voudrait la totale : la maison, le mariage, les bébés. Même après avoir précisé que Sofia avait la priorité dans sa vie, il ne parvenait plus à faire comme si cette décision le rendait heureux. C'était lui qui voulait la totale ! Il avait trente-cinq ans, tout de même. Et, s'il avait écouté *Mamma*, il serait déjà marié depuis longtemps et entouré d'une flopée de *bambini* cavalant partout. Mais aucune des filles qu'elle avait fait parader sous son nez ne lui avait particulièrement plu. Aucune ne ressemblait, même de loin, à Alexandra.

Stop ! Alexandra était une femme étonnante, belle et sexy, mais c'était son patron.

Et puis après ? Ce ne serait pas la première fois qu'un patron aurait une aventure avec un collègue.

— Je crois deviner que cela doit rester entre nous ? lui demanda Alexandra d'une voix timide. Pas de départ en douce de chez moi aux premières heures du matin ?

— Non, j'en ai bien peur. D'une part, parce que je dois rentrer pour Sofia. La nouvelle nounou est une perle et elle habite avec nous du lundi au samedi, un bonus de taille, mais je dois tout de même être là pour ma fille. D'autre part, ce ne serait pas une bonne idée de mettre nos collègues au courant… Qu'en penses-tu ? dit-il, lui retournant la question.

— Je ne pense pas non plus, admit-elle en se mordillant les

lèvres. Donc, on exclut de se cacher dans un placard à linge pour s'embrasser à bouche que veux-tu ?

Il mit un bâillon aux questions qui se bousculaient dans sa tête et tendit les bras vers cette femme extraordinaire pour l'y enfermer et la serrer contre lui. Le menton posé sur sa tête, il huma avec délectation le parfum de ses cheveux.

— Dans ce cas, il faudrait de toute façon que l'on actionne le signal d'alarme incendie.

Alex arriva en retard au travail le lendemain matin, à la fois étourdie, joyeuse et excitée.

Comment allait-elle bien pouvoir se concentrer sur ses petits patients avec l'esprit envahi de souvenirs de la nuit passée ?

Elle vit alors Mario, qui discutait de la garde de nuit avec Jenny et Kay comme si rien d'extraordinaire ne s'était produit.

Peut-être que c'était le cas pour lui ? Peut-être avait-il l'habitude des relations sexuelles torrides et étourdissantes ?

Mais il releva la tête, la regarda droit dans les yeux, et elle sentit une vague de chaleur l'envahir.

Cet homme devait être le mâle le plus beau et le plus sexy de la terre. Il avait le pouvoir de lui mettre la tête à l'envers. Elle le désirait. Immédiatement. N'importe où, n'importe comment. Où donc se trouvait le signal d'alarme le plus proche ?

— Bonjour, Alexandra.

Sa voix de miel roula dans le couloir pour atterrir droit dans son ventre, lui ramollissant les genoux.

— Bonjour, Mario, répondit-elle en baissant la tête, avant d'ajouter de peur que les infirmières ne remarquent quelque chose : bonjour, Kay et Jenny. Pas de désastre ni de problème majeur dont je devrais être informée ?

— La nuit a été calme, si l'on excepte les hurlements de Bee ici ou là, lui apprit Jenny avant de se tourner vers Mario. Comme Jackson n'arrivait pas à vous joindre, il a demandé à Matthew d'augmenter la dose d'analgésiques, et ça a marché. Apparemment, elle s'est calmée.

Une vague de culpabilité traversa le regard de Mario.

— Désolé, j'ai éteint mon téléphone par inadvertance. Ça n'arrivera plus, promis.

— Non ! s'écria Alex. Tu n'es pas d'astreinte vingt-quatre heures sur vingt-quatre, Mario. Personne ne l'est.

Cela pourrait mettre un terme à leur liaison avant même qu'elle commence.

Un regard aimant la caressa.

— Ce n'est pas un problème. Nous savons tous les deux qu'être disponible à toute heure entre dans la description du travail du pédiatre… Mais si nous manquons un appel et que l'on s'adresse à un autre praticien, dit-il en baissant imperceptiblement les paupières comme en un clin d'œil, c'est bien aussi. Ça oblige les autres pédiatres à rester en alerte et à veiller sur les patients sans nous avoir toujours sur le dos.

Ouf, la liaison était toujours d'actualité, en ce cas ! Et leurs patients entre de bonnes mains, car Mario avait raison : ils avaient ici une excellente équipe, à même de les seconder, voire de les remplacer à l'occasion.

— Tu as raison.

Le téléphone retentit dans le bureau des infirmières.

— Pour vous, dit Jenny en tendant le combiné à Mario, qui s'éloigna hors de portée d'oreilles.

— Il faut que Mario aille jeter un œil sur Bee. Quelque chose cloche dans sa respiration.

Alex fit un bond à la voix forte de Jackson derrière elle.

— Il est occupé. J'y vais.

Elle pivota et dévisagea l'interne comme si elle ne l'avait encore jamais vu. Derrière lui, elle remarqua une flaque de soleil sur le sol au fond du couloir.

Est-ce que c'était toujours comme ça, ou juste aujourd'hui ?

— Bee a une mauvaise toux, et sa température grimpe de nouveau, ça m'inquiète, lui apprit Jackson, inconscient de sa façon de voir le monde ce matin.

Elle secoua la tête et reprit ses esprits. Jusqu'à ce que Mario, toujours au téléphone, lui adresse un autre semblant de clin d'œil, et que son cœur refasse ce qu'il avait fait tout à l'heure.

Mince, ça allait être encore plus dur qu'elle ne l'avait envisagé.

Elle n'avait qu'une envie : le tirer dans le plus proche placard et être très vilaine avec lui.

Une envie tellement peu professionnelle qu'elle en fut choquée, revint dans le monde réel et pressa le pas en direction de la chambre de Bee.

— Je suis là avec toi, disait Rochelle à l'enfant en lui essuyant le visage et en lui répétant des mots doux.

— Un jour, tu feras une maman d'enfer, lui glissa Alex en saisissant le tableau de Bee.

Elle fut stupéfaite de voir Rochelle s'empourprer.

Oh ! oh !, était-elle sur le point de perdre un autre membre de son personnel pour raison de congé maternité ?

Un jour, ce serait son tour à elle…

Le tableau faillit lui échapper, et elle regarda autour d'elle comme si quelqu'un pouvait l'avoir entendue déraisonner.

Heureusement, tout le monde était concentré sur Bee.

Allons bon, si son cerveau se mettait aussi à lui jouer des tours… Autant mettre tout de suite les choses au point : elle s'embarquait peut-être dans une liaison avec Mario Forelli, mais rien ne changeait. Donc, pas d'enfants. Jamais.

Elle parcourut rapidement les données de la nuit.

— Faites une prise de sang, NG, TS, FH et enzymes cardiaques. Cette infection ne répond pas aux médicaments, et je veux savoir pourquoi, ordonna-t-elle avant de faire le tour du lit, de s'accroupir et de dire d'une voix douce : Bee, est-ce que ta poitrine te fait mal ?

Le teint grisâtre de l'enfant ne lui disait rien de bon. Elle prit son poignet et y chercha le pouls. Il était plus irrégulier que la normale, et bien trop rapide.

— Mal là, dit Bee en se tapotant le centre de la poitrine. Et là, ajouta-t-elle en posant les doigts sur le haut de son corps tout en peinant à respirer. Maman. Je veux maman, dit-elle encore, les lèvres tremblantes, en se mettant à pleurer.

A cet instant Jill, la mère de Bee, se faufila dans la chambre, aussi pâle que sa fille.

Alex se mordit la lèvre.

Bee n'allait pas bien. Elle risquait l'arrêt cardiaque à tout instant.

Cependant, nul besoin de presser le bouton des urgences, elle avait tout le personnel requis sous la main.

— Jackson, le défibrillateur. Tout de suite. Récupère Mario au passage, dit-elle d'une voix calme et posée en opposition totale avec la panique lui faisant battre le cœur.

Jackson comprit aussitôt l'urgence et courut chercher le chariot de réa.

— Rochelle, j'ai besoin d'un affichage continu de pression sanguine.

« S'il te plaît, Bee, ne fais pas d'arrêt cardiaque. J'ai horreur de ça. Je sais que je peux te sauver si ça arrive... Mais si je n'y arrivais pas ? »

Mais où donc était ce chariot ?

Jackson jaillit dans la chambre en traînant le chariot, Mario sur les talons ainsi que Kay. En quelques instants, les électrodes furent collées sur le torse de Bee et les câbles les reliant au moniteur furent connectés. Le graphique de son rythme cardiaque commença à défiler sur le moniteur.

— Electro plat, annonça Mario d'une voix calme. Elle est en arrêt.

Aussitôt, Alex bondit à cheval sur la fillette, entrecroisa les mains et commença le massage cardiaque sans lâcher le moniteur des yeux, en l'implorant de se remettre à tracer des crêtes.

— Allez, Bee, tu peux le faire. Tu dois le faire, murmura-t-elle, plus pour elle-même que pour l'enfant.

A côté d'elle, Mario prit le médicament censé stimuler le cœur de Bee, vérifia le dosage puis pratiqua l'injection.

Elle ne cessa pas ses compressions, l'estomac noué, les yeux rivés sur le moniteur.

« Allez, Bee, vas-y ! »

— On a quelque chose, dit Rochelle dans le silence pesant.

— Arrête les compressions, Alexandra, c'est bon, dit Mario en lui donnant une petite tape sur les mains.

Elle le savait, mais le besoin de continuer à faire battre ce petit cœur était violent.

Lentement, à contrecœur, elle souleva les mains de la poitrine de Bee.

Une main qu'elle connaissait bien lui pressa gentiment l'épaule.

— Fabuleux. Tu viens de lui sauver la vie, dit Mario d'une voix pleine d'admiration.

Le soulagement la saisit, enfin.

Ils avaient eu de la chance. Cette fois-ci. Elle pouvait se détendre. Elle n'avait peut-être pas été capable de sauver son fils, mais elle avait sauvé la fille de Jill.

— Alexandra ?

L'admiration s'était muée en inquiétude.

Elle leva les épaules et se redressa.

— Ça va.

Jackson la dévisageait.

— Etonnant, vraiment. Comment as-tu su que son cœur était à la limite de l'arrêt ?

— Je reviendrai avec toi sur mes observations dans un instant, dit-elle avant de descendre du lit.

Alex laissa Mario près de Bee et alla signer des papiers que lui avait préparés Averill. Puis elle alla voir Chloé.

Sur le fauteuil, Kevin ronflait légèrement, épuisé. Chloé était sortie d'affaire pour l'instant, mais ses parents étaient là nuit et jour, chacun son tour.

— Bonjour, ma puce. Comment vas-tu, ce matin ?

Le bébé la fixa en cillant.

— Ça fait plaisir de voir que tu n'as plus le teint jaune, chérie. Et maman te nourrit, paraît-il ?

Le bras de Mario effleura le sien.

— La petite Chloé me semble bien partie, non ?

A ce geste discrètement intime, Alex sentit une nouvelle onde de chaleur la parcourir. Elle se sentit spéciale, plus vivante, même. Et son espoir qu'il y ait en ce monde quelqu'un pour elle — quelqu'un qui l'aimerait comme elle l'aimerait — renaquit de ses cendres.

— Elle progresse à pas de géant maintenant, et Liz et Kevin commencent finalement à envisager l'avenir.

— Ils ont vécu un véritable cauchemar.

— Les bébés soudent vraiment une famille, n'est-ce pas ? dit-elle après avoir laissé échapper un petit soupir.

— *Sì*. Sans *bambini*, on est juste un couple, pas une famille, répondit-il en lui effleurant la main. Quant à ce que sont un père célibataire et sa fille, je n'en sais rien.

— Vous êtes une famille, assura-t-elle, avant de lui sourire. Peut-être un peu bancale, toutefois.

Mario se mit à rire.

— Merci, dit-il avant d'ajouter tout bas : et qu'en est-il pour toi ? Toujours résolue à ne pas en avoir ?

— Bien sûr.

Mais l'était-elle vraiment ? Voir Liz et Kevin exhorter leur fille à gagner la bataille la poussait à se demander si elle n'avait pas tort de penser qu'elle n'aurait jamais de seconde chance. Voir Mario et Sofia s'aimer en dépit de leur départ chaotique accroissait ses doutes. Mario montrait à la petite fille perturbée où était sa place dans la vie, dans sa vie, avec douceur, avec patience, et surtout avec des tonnes d'amour.

— Tu peux avoir les deux, reprit paisiblement Mario. Je le fais bien, on le fait tous. Maintenant, que je sois ou non un bon père, ça reste à déterminer.

Elle leva les yeux vers lui.

— Eh, tu fais un travail extraordinaire. Sofia est loin d'être malheureuse !

— Comment se fait-il que tu voies si bien en moi et pas en toi ?

— C'est là que tu as tort. Je vois très bien en moi. Je sais ce que je risquerais si j'essayais d'avoir une famille.

Sur ce, elle s'écarta afin de ne pas le laisser percevoir le tremblement de son bras, tout en se demandant une fois de plus si elle ne faisait pas une erreur. Si elle ne pourrait pas réaliser ce rêve impossible avec lui.

10

— *Que plaidez-vous, Alexandra Katherine Prendergast ? Coupable…, dit le juge en marquant une pause. Ou non coupable ?*

La bouche plus sèche que du buvard, Alex sentit les larmes dévaler ses joues.

— *Coupable, murmura-t-elle avec difficulté.*

— *Non, Alexandra, c'est faux ! Tu n'es pas coupable. Tu es innocente. Ça ne te revient pas ? dit l'homme debout de l'autre côté de la table d'opération en posant sur elle un regard gris et amical. Tu ne laisserais jamais délibérément mourir un enfant. Tu ferais tout pour le sauver.*

— *Comment le sais-tu ?*

— *Je te connais. Tu es un excellent médecin. Tu es concernée, Alexandra. Vraiment concernée. Tu as sauvé la vie de Bee. Tu en as sauvé d'autres. Fais-moi confiance.*

— *Je voudrais tant, mais…*

— *Fais-moi confiance, Alexandra.*

Ces intonations si chantantes et si certaines, elle les connaissait.

Elle ouvrit brusquement les yeux, et un rapide coup d'œil dans l'obscurité lui permit de reconnaître sa chambre.

Mario était-il là ? Il venait juste de lui parler. Il devait être quelque part dans l'appartement.

Elle tâtonna à la recherche de l'interrupteur, alluma sa lampe de chevet et regarda autour d'elle.

Non, elle était seule chez elle.

Elle se passa la main sur le front et le découvrit trempé de sueur.

Le cauchemar, il était revenu. Mais quel rapport avec Mario ? Il n'y avait jamais figuré auparavant.

C'était comme s'il refusait de croire le juge du cauchemar, comme s'il pensait qu'elle était un excellent médecin. Et s'il avait raison ? Si elle n'avait vraiment rien pu faire pour sauver Jordan ?

Oui, mais il ne savait rien de Jordan.

Elle se leva, enfila son peignoir et alla se préparer une tasse de thé, les mains étonnamment fermes après ce cauchemar. Son thé en main, elle alla se pelotonner dans un fauteuil près de la baie, baissa les yeux sur le port et suivit le va-et-vient d'un chariot élévateur entre cargo et entrepôt, songeant qu'elle avait gardé pour elle la naissance mort-née de Jordan toutes ces années sans jamais dire à personne qu'elle avait eu un enfant.

Ce soir pour la première fois, elle avait le sentiment de pouvoir réarranger les faits en un scénario plus tolérable. La culpabilité n'avait pas disparu et ne disparaîtrait jamais, mais brusquement elle comprenait qu'elle pouvait vivre avec.

Elle termina sa tasse et s'en fut vers la plus petite pièce de l'appartement.

Sur la table à dessin, Harry et Bella disputaient une course de kart, et Bella essayait de faire sortir Harry de la piste.

Elle s'installa, choisit un crayon rouge et entreprit de dessiner le drapeau rouge de l'arrivée.

Ensuite, au crayon bleu, elle ajouta en arrière-plan un homme au sourire rayonnant et une petite fille brune. Puis un autre enfant, un tout petit garçon.

Le leur, à Mario et à elle ?

Le crayon se brisa entre ses doigts.

Non, c'était dingue. Elle *ne pouvait pas* penser à avoir un enfant avec Mario. Elle pouvait juste continuer à se régaler de leur liaison.

— Papa dort, chérie, grommela Mario en percevant des petits doigts sur sa joue.

« Pitié, Sofia, laisse-moi rattraper les heures de sommeil perdues avec Alexandra. »

— Non, c'est pas vrai, il me parle ! gloussa la fillette. Allez, papa, j'ai faim.

Il émit un ronflement sonore.

Un autre rire s'ensuivit, puis les mêmes petits doigts lui grattèrent le menton et le cou.

— Allez, debout... J'ai faim, moi.

Pas de repos le week-end pour les papas épuisés. Dieu merci, il s'était souvenu d'enfiler son pantalon de pyjama après le départ d'Alexandra au petit matin.

Il bâilla à s'en décrocher la mâchoire, se demandant quand il s'était autant activé physiquement. Chacun de ses muscles se rappelait à lui, ce matin. Mais, bon sang, qu'il se sentait bien ! Depuis qu'ils avaient commencé cette liaison, le temps passait trop vite.

— Bon, d'accord. Que veux-tu pour le petit déjeuner, petite demoiselle, des toasts ?

Sofia fit nettement non de la tête.

— Des céréales ?

Même refus muet.

— Des œufs ?

— Non.

Il poussa un soupir exagéré.

— Je suis à court d'idées.

— Pas vrai, papa. Il y en a encore une.

— Hum, laisse-moi réfléchir, dit-il, pensif. Oh ! Bien sûr, je pourrais préparer des crêpes au sirop d'érable.

— Oui, oui, oui, oui ! s'écria Sofia en tapant dans les mains, avant de se pencher et de lui faire un bisou baveux sur la joue. Je t'aime, papa.

Il sentit ses yeux s'embuer, et une douce chaleur l'envahit de la tête aux pieds.

— Moi aussi, ma poupée, je t'aime.

C'était ça qui rendait si spécial le fait d'être parent et qui rattrapait les instants d'angoisse.

Et la raison pour laquelle il ne pouvait avoir qu'une liaison avec Alexandra. Car il n'y avait pas de place pour deux femmes exigeantes dans sa vie.

Cependant, alors qu'il versait la pâte dans la poêle où grésillait le beurre, il en vint à se demander s'il n'avait pas pris cette décision un peu trop vite. Ne pourrait-il pas avoir Sofia *et* Alexandra ? Et d'autres *bambini* ? Des petites Alexandra miniatures courant partout dans le jardin ? Avec la grande sœur, Sofia, pour se chamailler avec elles ?

Même s'il s'était souvent caché de ses sœurs afin de trouver un peu de calme, il savait que c'était cela qu'il voulait. Il n'aurait plus énormément de temps pour la pédiatrie, car une famille, c'était exigeant en temps et en affection. Mais ils seraient deux à être pédiatres dans la maisonnée. Ils pourraient se partager le travail...

Du calme. Alexandra avait été catégorique, elle ne voulait pas s'engager sur le long terme. Pas une seule fois elle n'avait admis désirer un enfant à elle.

Mais il n'avait jamais réussi à la croire. Elle était si aimante, si attentionnée. Elle était fabuleuse avec les petits malades. D'accord, cela ne voulait pas dire que cela ferait d'elle une bonne mère, mais elle était géniale avec Sofia. Et tous ces livres écrits et illustrés pour les enfants ? Impossible qu'elle n'ait pas envie d'être mère.

Malgré lui, crêpe après crêpe, il se mit à rêver d'une relation plus permanente avec Alexandra : il ne se voyait pas la laisser le quitter. Il ne se rassasiait et ne se rassasierait jamais d'elle. Elle était étonnante, drôle, sérieuse, et tellement, tellement excitante.

Les bras au-dessus de la tête, Alexandra s'étira comme un chat entre les draps.

— Je me sens si bien ! Tu réussis à réveiller des parties de moi que j'avais oublié posséder.

— Ravi d'apprendre que je n'ai pas perdu la main, susurra Mario en lui adressant un sourire malicieux.

Ils étaient rentrés chez elle dans l'intention de dîner au bout d'une journée particulièrement éprouvante. A ceci près que, depuis une heure qu'ils étaient là, aucun des deux n'avait approché la cuisine. Dès la porte claquée derrière eux, Mario l'avait soulevée et emportée dans la chambre, et ils avaient fait somptueusement l'amour. C'était comme s'ils ne pouvaient avoir assez l'un de l'autre, comme si la tempête refusait de se calmer.

Mario tendit la main vers l'interrupteur et alluma la lampe de chevet.

Aussitôt, elle attrapa le drap pour s'en recouvrir, mais il était coincé sous le grand corps de Mario.

— Eh, pousse-toi un peu, que je puisse récupérer le drap, dit-elle en lui touchant le coude. Allez, bouge.

Son cœur s'emballa, elle respira par à-coups.

Il fallait qu'elle se couvre. Tout de suite. Avant qu'il ne voie.

— S'il te plaît.

— Pourquoi ? Tu ne me laisses jamais te regarder nue. Je ne comprends pas. On a fait l'amour dans toutes les positions possibles et imaginables, et pourtant tu refuses de me laisser admirer ton corps, répondit-il en se haussant sur un coude et en laissant courir ses yeux sur ses seins, son ventre et le triangle de boucles au creux de ses cuisses.

Elle retint son souffle. Peut-être qu'il n'allait pas...

Il baissa les yeux sur ses jambes.

Elle tira encore sur le drap.

— S'il te plaît, tu me mets mal à l'aise.

En d'autres circonstances, ce regard languide l'aurait excitée, mais pas là.

Elle allait rouler sur le ventre, quand Mario l'arrêta d'une main qu'il posa à plat sur son ventre, avant de suivre du doigt les marques significatives.

— Tu as des vergetures.

Les lèvres douloureuses à force de les mordre, elle leva les yeux vers lui, le mettant au défi de la regarder franchement et d'y lire un avertissement. « On arrête là. »

— Effectivement, murmura-t-elle.

— Tu as eu un enfant, dit-il en enlevant brusquement la main de son ventre, comme s'il s'était brûlé.

Puis il la regarda, et ce qu'elle lut dans ses yeux la glaça : de la fureur, de la déception, de la douleur.

Incapable de lui faire face ainsi, elle bondit hors du lit, saisit son peignoir, l'enfila et s'assit dans le fauteuil.

— Oui, c'est exact.

— Quand ?

— Il y a presque dix ans. J'avais vingt-quatre ans.

— Dix ans ? Et c'est une excuse pour ne pas me le dire ? s'emporta-t-il en fourrant les jambes dans son jean.

Le jean fermé, il posa ses mains sur ses hanches.

— Comptais-tu m'en parler un jour ? Que m'as-tu caché d'autre ?

Cette attitude implacable attisa la fureur d'Alex. Elle redressa le dos et carra les épaules, combative.

— On a une liaison, pas une relation à long terme. Ce qui veut dire que l'on n'a pas à partager tous les détails de nos vies passées. De toute façon, quand on est ensemble, on est trop occupés à faire l'amour pour parler d'autre chose.

— Ne suis-je pas en droit de connaître la vraie Alexandra ? s'enquit-il. Où est ton enfant ? poursuivit-il, agressif. Avec son père ? A Nelson ? Ou l'as-tu laissé dans une autre ville ?

« Comme Lucy. » Il n'eut pas besoin d'énoncer les mots, ils étaient là, entre eux.

La douleur augmenta dans la poitrine d'Alex et lui rendit la respiration difficile alors qu'il continuait à l'admonester.

Ça ne le regardait absolument pas. C'était le passé. *Son* passé.

— Merci du vote de confiance, lâcha-t-elle quand il finit par se taire. Tu es plutôt rapide pour penser le pire de moi.

— Est-ce un garçon ou une fille que tu as eu, Alexandra ?

— Un garçon. Jordan.

La seule mention du prénom de son bébé suffit à lui percer le ventre de douleur.

— Et ?

Elle ne voulait pas parler de Jordan à Mario. Pas maintenant, pas alors qu'il était tellement en colère. Et surtout pas alors qu'il la croyait capable d'un acte aussi ignoble qu'abandonner son bébé. Son histoire avec Lucy n'était pas une excuse. Et puis pourquoi le lui dire ? A en juger par sa fureur, leur liaison venait de se terminer.

— N'as-tu pas assez aimé Jordan pour le garder ? L'as-tu confié à son père pour reprendre ta fabuleuse carrière ?

Elle devait le lui dire. Le lui crier, pour qu'il la comprenne sans ambiguïté.

— Je ne suis pas Lucy, Mario ! Si j'avais dû quitter la fac de médecine et travailler comme caissière au supermarché pour élever

Jordan, je l'aurais fait de bon cœur, s'écria-t-elle en bondissant du fauteuil. J'aurais fait n'importe quoi pour mon enfant... Mais je n'en ai pas eu la chance. Il est... il est mort-né.

Elle vit le choc traverser le visage de Mario.

— Alexandra, dit-il après avoir marqué une hésitation, pardon. Jamais je ne me serais attendu à ça. Mais je n'aurais pas abordé le sujet de cette façon si tu m'en avais parlé.

Il n'avait pas assez de remords. Mais, maintenant qu'elle avait commencé à parler, elle ne pouvait pas s'arrêter. Il allait avoir ce qu'il voulait. Tous les détails.

— Jordan n'a jamais entendu ma voix. Ni eu la chance de sentir mes mains sur lui. Ou même d'ouvrir les yeux et de me voir. Il n'a jamais éprouvé l'immensité de mon amour, poursuivit-elle, ignorant les larmes qui dévalaient sur ses joues. J'aimais mon enfant. Je l'aime toujours. Je vis avec lui tous les jours que Dieu fait. Quand je vois un garçon de neuf ans, je me demande quelle tête il aurait, ce qu'il aurait envie de faire, s'il m'aimerait autant que je l'aime. Je me demande ce qu'il voudrait faire à l'âge adulte. S'il serait petit comme moi ou grand comme son père.

Elle serra les poings afin de reprendre son sang-froid. Puis elle inspira longuement et conclut d'une voix à peu près calme :

— Voilà, tu sais tout. Je ne parle pas de lui. Il est à moi.

Sur ce, elle tourna les talons et sortit de la pièce, laissant Mario planté là.

Elle en avait terminé avec lui. Pour de bon. Il n'y avait pas de place dans sa vie pour un homme qui jugeait avant de savoir.

A la cuisine, elle brancha la bouilloire et se prépara un thé, les mains agitées de tremblements, l'estomac retourné.

— Alexandra, dit Mario, sa veste en main, je suis vraiment désolé. Je ne peux même pas imaginer ce que tu as traversé... Je m'en vais, ajouta-t-il devant son absence de réaction.

Il s'écoula encore une éternité avant que la porte claque derrière lui.

Elle laissa alors libre cours à ses sanglots. Les poumons brûlants, la gorge douloureuse, elle laissa la douleur et la colère familières s'emparer d'elle. Et, cette fois-ci, cette colère était dirigée vers Mario.

Qu'il aille au diable avec ses accusations ! Il travaillait en permanence avec des enfants malades, pourquoi ne lui était-il pas venu à l'esprit qu'il devait y avoir une raison pour qu'elle n'ait pas son enfant avec elle ? Comment avait-il pu avoir aussi peu de considération pour elle ?

Mais c'était aussi bien qu'elle apprenne maintenant à quel point il était porté sur les jugements catégoriques, avant de faire l'erreur grossière de croire que leur liaison pourrait déboucher sur de l'amour. Oh ! pourquoi la douleur de la perte de Jordan ne s'atténuait-elle jamais ? Et pourquoi était-elle pire ce soir que d'habitude ?

Parce que Mario l'avait accusée d'être une mauvaise mère. Elle pouvait le penser, mais lui, il n'avait aucun droit de le faire. Comment avait-il pu seulement le concevoir ? Ce n'était pas parce que Lucy avait été odieuse que toutes les femmes étaient des garces.

Avait-il seulement compris à quel point c'était dur pour elle de parler de Jordan ? Sa famille et ses amis l'avaient su, bien sûr, ses amis avaient été là pour elle quand elle s'était écroulée après sa mort. Ils l'avaient soutenue quand Jonty l'avait quittée. Ils l'avaient aidée à se rassembler en quelqu'un n'ayant que peu de rapport avec ce qu'elle avait été. A présent, ces mêmes amis disaient qu'ils ne la reconnaissaient plus, qu'elle avait changé. Et comment n'aurait-elle pas changé ? Qui pouvait rester entier, exubérant et joueur avec le cœur passé à la moulinette ? Elle avait perdu son enfant, mais aussi son mari, ses amis, son sens de la réussite. Elle était devenue intransigeante, déterminée à prouver à elle-même et au monde entier qu'elle pouvait réussir tout ce qu'elle entreprenait.

Sauf maintenir son bébé en vie.

Et Mario avait les nerfs parce qu'elle ne lui avait rien dit ? La belle affaire ! Pas étonnant qu'elle soit restée célibataire. Si un homme comme lui ne pouvait pas lui offrir une compréhension inconditionnelle, elle pouvait très bien se passer de lui. Qu'elle l'aime ou qu'elle ne l'aime pas.

Au volant de sa voiture, Mario conduisait à petite allure, s'efforçant d'absorber ce qui venait de se passer.

Pas une seule fois il n'avait pensé qu'Alexandra puisse lui cacher quelque chose. Il avait toujours imputé sa manie de se couvrir quand elle était nue à une sorte de timidité.

Voir ces quelques vergetures l'avait estomaqué, choqué, et dix mille questions s'étaient bousculées en lui, toutes exigeant des réponses immédiates. Pourtant, il n'avait pas réussi son approche. Il avait foncé dans la brèche avec la délicatesse d'un éléphant enragé.

Comment avait-elle survécu à cette perte ? Mal, à en juger par ses larmes déchirantes. Elle avait eu l'air si perdue, si désespérée. Ces larmes silencieuses dévalant ses joues l'avaient déchiré. Il avait eu envie de la prendre dans ses bras, tout en sachant que c'était impossible.

Il n'y avait aucun moyen d'arranger la situation. Dans une relation, une confiance sincère et absolue lui était indispensable. Il avait besoin que tout soit dit dès le départ. Dans ce domaine, il avait horreur des surprises.

Il obliqua dans son allée et coupa le moteur, indécis.

Peut-être allait-il rentrer, soulever Sofia hors de son lit et la serrer contre lui. Juste parce que c'était possible. Parce que Sofia était tout pour lui, et la raison pour laquelle il n'avait pas pu prendre Alexandra dans ses bras à la suite de sa révélation.

Lui qui avait pensé que leur relation pourrait devenir permanente… C'était une erreur, et la révélation de ce soir l'avait brutalement réveillé.

Il descendit de voiture et rentra en se demandant encore pourquoi Alexandra ne lui avait jamais parlé de Jordan.

Elle en avait eu l'occasion quand il lui avait parlé de Lucy, ou quand il lui avait demandé si elle désirait avoir des enfants. Peu lui importait qu'elle en ait eu un, mais pourquoi ne lui en avait-elle rien dit ? Elle savait pourtant à quel point il avait du mal à faire confiance à une femme.

Il passa la tête dans la chambre de Sofia, résista à son envie de la réveiller et s'en fut vers le placard à alcools pour se verser un whisky bien tassé. Il en but une bonne gorgée, laissant le liquide lui incendier la gorge. Puis il s'allongea sur le canapé.

La nuit allait être longue.

Il avait connu plusieurs nuits blanches récemment avec

Alexandra. Des nuits torrides, drôles. Leur liaison avait trouvé son terme, à présent. Il voyait déjà d'ici la déception de sa sœur... Mais il se devait de veiller sur son cœur, conclut-il en lui-même.

Ce qui ne lui parut pas aussi futé que ça sur le moment.

11

Dès qu'Alex put prendre une pause entre une opération et une consultation, elle fila voir sa patiente préférée.

— Bonjour, Chloé. Comment ça se passe aujourd'hui ?

— Je me porte comme un charme, merci, répondit la voix rieuse de Liz.

— Je croyais que tu étais rentrée chez toi, dit Alex en allant lui faire la bise.

— C'est l'heure du déjeuner de la petite demoiselle. Ou plutôt celle du deuxième déjeuner ? Maintenant qu'elle a commencé à prendre le sein, on ne peut plus l'arrêter, c'est une vraie vorace, expliqua Liz avec un plaisir évident.

Alex hocha la tête.

La maternité allait bien à son amie, surtout à présent que Chloé faisait chaque jour des progrès.

— Tu as l'air bien plus détendue maintenant.

Le sourire de Liz s'évanouit.

— Je continue à me réveiller terrifiée la nuit, effrayée qu'elle puisse avoir de nouveaux problèmes. C'est extraordinaire la chance que l'on a, dit-elle jetant un regard tendre vers le bébé endormi. Mario et toi, vous êtes les meilleurs, tous les deux. Les meilleurs pédiatres, les meilleurs amis, et… Bon, Kevin voulait que je l'attende pour poser la question, mais je ne peux pas. On veut que, tous les deux, vous soyez parrain et marraine de Chloé.

La boule dans la gorge d'Alex l'empêcha de répondre, et elle ne put que hocher la tête, les yeux brouillés de larmes.

Quel honneur ! Liz savait-elle seulement ce qu'elle lui demandait ?

Elle, Alexandra Prendergast, être marraine de sa précieuse petite fille ?

Et si l'histoire se répétait ?

Jamais elle ne s'en remettrait, songea-t-elle en allant vers le berceau pour regarder le petit bout de fillette.

Un petit bout qui était né dans la lutte et qui n'avait jamais baissé les bras, quoi que la nature lui jette à la figure. Un cœur fou-fou, un taux de bilirubine à crever le plafond, des infections des bronches à répétition, pas de câlins de ses parents pendant des semaines. Une petite dure, qui ne laissait rien l'empêcher de grandir en bonne santé.

Il fallait qu'elle prenne exemple sur elle, songea Alex. Qu'elle prenne exemple sur sa filleule.

— Dis quelque chose, Alex. Est-ce trop te demander ? la pressa Liz, aussi perplexe qu'elle.

— Non, pas du tout, répondit-elle. Je suis touchée, et honorée. Et je te jure que je ferai tout mon possible pour être la meilleure marraine de la planète.

Les larmes jaillirent, mais elle s'en fichait. Liz et Kevin avaient foi en elle, alors pourquoi ne devrait-elle pas aussi commencer à croire en elle ?

— Je t'ai observée avec Sofia, j'ai vu ta bonté, ta compréhension. Les petits et toi, c'est une seconde nature.

Mario ne lui avait-il pas dit la même chose quelques jours plus tôt, quand ils étaient encore en bons termes ? Il était temps de commencer à croire les autres et de mettre le passé derrière elle.

— Mario va-t-il passer la nuit à Wellington ce soir ? l'interrogea Liz. Comme je t'ai lâché le morceau, je suppose que Kevin voudra lui poser lui-même la question.

Alex se redressa.

— Je crois qu'il a prévu de prendre un avion dès la fin de la conférence. Il n'aime pas beaucoup quitter Sofia plus longtemps que nécessaire.

Depuis leur clash, elle faisait tout pour l'éviter, hormis lorsqu'ils discutaient de patients ou avec les collègues. Mais, alors qu'aujourd'hui elle pouvait se détendre en le sachant loin d'ici, elle se retrouvait à le chercher partout. Il lui manquait. Bon, d'accord, il lui manquait même quand il était là. C'étaient ses étreintes, ses baisers, son esprit acéré et son rire qui lui manquaient. A présent qu'il lui opposait une face fermée.

— Il ne viendra peut-être pas ce soir, Kevin ira le voir chez lui. Enfin, s'il n'interrompt rien entre vous deux…

Le clin d'œil de Liz lui fit mal.

Si seulement il y avait quelque chose à interrompre !

— Ne t'en fais pas, je serai chez moi ce soir, dit-elle.

— Quelque chose ne va pas, Alex ? Je me rends compte à présent que tu n'as pas été d'aussi bonne humeur que d'habitude ces jours derniers. Pardon, j'ai dû me laisser enfermer dans mes propres problèmes.

Le bipeur choisit cet instant pour sonner. Sauvée !

Elle lut le message, catastrophée : Sofia s'était cassé le bras et la clavicule.

— Désolée, Liz, il faut que je file.

Qu'était-il arrivé ? L'avait-on dit à Mario ? L'asthme de la petite fille était-il sous contrôle ?

Elle parcourut le couloir au pas de course, les mains moites et le cœur battant, mitraillant de questions quiconque pouvait lui répondre.

— Mario a éteint son portable. Je ne sais pas trop s'il est dans l'avion ou encore à l'auditorium, lui répondit Jackson. Je crois que son vol décolle à 17 heures de Wellington. Je lui ai laissé un message assez bref pour ne pas le paniquer.

— Sofia est tombée d'un arbre, annonça Kay. La radio indique des fractures à la clavicule et au cubitus gauche.

— Le sifflement asthmatiforme de Sofia est léger à modéré, mais il augmente en même temps que son niveau de stress. Elle a besoin de Mario tout de suite, pas dans quelques heures. Elle est là, précisa Jackson en s'effaçant pour laisser entrer Alex dans une chambre où résonnaient des hurlements.

Elle découvrit une Sofia livide de douleur, le regard apeuré, de grosses larmes coulant sur les joues. Quand la fillette reprit sa respiration, le sifflement était patent.

Alex se précipita.

— Je suis là pour que tu ailles mieux, Sofia, dit-elle en lui entourant la taille du bras. Chut, ma chérie, tout va bien. Je suis là.

— P... papa, où il est ? Je veux mon papa.

— Je sais, chérie. Il va venir aussi vite que possible, dès que l'avion l'aura ramené ici, dit-elle en croisant mentalement les doigts. Veux-tu que je reste avec toi ?

— Oui. Et papa.

Les grands yeux tristes qui la contemplèrent lui brisèrent encore une fois le cœur. Elle embrassa les boucles trempées de l'enfant et lui caressa le dos.

— Tu sais si Gina est ici, à l'hôpital ? demanda-t-elle à Kay.

— Elle a dû aller récupérer ses garçons à l'école. Un des deux s'est bagarré, lui apprit celle-ci.

— Le cadet a été récemment malmené par des grands, intervint Jackson. J'imagine qu'un de ses aînés a pris sa défense. Comme si Gina n'en avait pas assez sur les épaules...

Donc, Gina et lui se voyaient en dehors du travail.

— A-t-elle sauté les urgences en amenant Sofia ?

— Ça ne t'embête pas, au moins ? Elle a pensé que Sofia serait mieux avec nous qu'avec des inconnus.

La lueur protectrice dans les yeux de Jackson lui plut.

— Pas du tout, au contraire. Combien de temps depuis que tu n'as plus posé un plâtre ?

— L'an dernier, pendant mon stage aux urgences.

— Exact. Bien, réparons donc Sofia. Son épaule va lui faire mal, mais avec un peu de chance et une bonne contention elle ne la remuera pas trop en attendant qu'elle se ressoude.

— C'est d'une enfant que tu parles ! répliqua Jackson en roulant des yeux.

— C'est un vœu pieux, alors ?

— Tout à fait, pouffa Jackson. Ses cousins n'arrêtent pas de bouger, même quand ils dorment.

— Je crois que ces garçons n'ont probablement pas connu la moitié des traumatismes de Sofia.

— Leurs plus gros traumas concernent l'heure du prochain repas, dit Jackson en souriant.

Pour la première fois depuis des jours, elle se surprit à sourire, elle aussi.

Elle aimait bien Jackson, peut-être parce qu'il avait commencé ses études de médecine la trentaine passée et n'avait pas les complexes des jeunes praticiens.

— Sofia, je vais te donner quelque chose pour que ton bras arrête de te faire mal, ma chérie.

— Il est où, papa ?

Elle avait peut-être tout fait pour éviter Mario dernièrement, mais elle aurait donné n'importe quoi pour le voir franchir tout de suite le seuil de la chambre.

— Il arrive, ma puce. Je te prends sur mes genoux pendant que Jackson et Kay te réparent ?

Sofia hocha lentement la tête.

Une heure et demie plus tard, la fillette avait le bras dans le plâtre, l'épaule en contention, et son souffle revenait à la normale. En chien de fusil, un pouce dans la bouche, elle dormait du sommeil du juste.

Près du lit, Gina veillait sur sa nièce.

— Elle est si calme que c'en est étonnant, dit-elle. Aucun rapport avec sa dernière admission, pas vrai ?

— Une fracture, ça ne fait pas aussi peur que ne pas pouvoir respirer, déclara Alex.

— Que s'est-il passé entre toi et mon abruti de frère ? Qu'est-ce qu'il est ronchon en ce moment !

D'abord le soufflé coupé, Alex réussit à répondre :

— Ça lui passera. Je suis certaine que c'est temporaire.

— Ne te laisse pas faire. Il a tellement l'habitude que les femmes accèdent à tous ses désirs que, si tu lui as tenu tête, il doit encore être sous le choc.

— Je m'en souviendrai.

Même si elle n'avait plus l'occasion de lui tenir tête. Du moins pas en privé.

Dieu merci, Gina laissa tomber le sujet.

— Il faut que je parte à 17 heures pour récupérer les garçons. Tu crois que ça ira, si Sofia reste seule ?

Un regard à la fillette endormie suffit à faire comprendre à Alex que même un troupeau de bisons ne la ferait pas bouger.

— Je vais rester là jusqu'à l'arrivée de Mario, répondit-elle.

— As-tu vu la météo ? lui demanda Gina, pensive. Tempête de neige sur Wellington, ils ont fermé l'aéroport. Mario n'arrivera probablement pas avant demain.

— Eh bien, on gardera Sofia ici afin de surveiller son asthme. Et moi, je passerai la nuit ici.

— Mario va t'aimer pour cela.

Non, songea Alex. Il lui serait peut-être reconnaissant, mais il ne l'aimerait pas pour autant. Elle ne voulait pas de son amour.

Ben voyons. Si elle n'en voulait pas, pourquoi toutes ces nuits blanches, ces maux de ventre vingt-quatre heures sur vingt-quatre ? Pourquoi cette impression d'avoir perdu la chose la plus importante qu'il lui soit arrivée ?

Elle se détourna du regard trop perspicace de Gina.

— Je reviens dès que possible.

Ce fut avec plus de questions que de réponses qu'elle se rendit à sa consultation.

Est-ce qu'elle aimait Mario ? Etait-ce pour cela qu'elle ne se sentait pas bien chaque fois qu'elle le voyait, depuis le matin en arrivant jusqu'au moment de partir le soir ? Aimait-elle Mario Forelli ?

Oui, peut-être bien.

Non, sûrement pas.

Prise d'un vertige, elle prit appui contre le mur.

Il lui manquait depuis qu'il était parti de chez elle ce fameux soir, mais est-ce que ça voulait dire qu'elle l'aimait ?

Oui. Evidemment.

Génial. Voilà qu'elle était amoureuse d'un homme qui ne la regarderait plus jamais sans avoir envie de la voir disparaître en fumée !

Un homme qui passait quotidiennement dans sa vie avec des dossiers de patients entre les mains. Un homme qui l'avait aidée à redécouvrir sa sexualité à un niveau qu'elle ignorait précédemment. Un homme avec qui elle avait envie d'avoir des enfants, avec qui elle voulait passer sa vie. L'homme qui l'avait aidée à bannir ses insécurités à propos de Jordan.

— Alex, est-ce que ça va ?

Mario ?

Elle rouvrit les yeux, mais c'était Jackson qui était penché sur elle, la mine inquiète.

Déçue, elle se redressa et repartit vers l'ascenseur.

— Oui, tout va bien, je te remercie.

Jackson s'abstint sagement de tout commentaire. En l'accompagnant à la consultation, il parla des patients qu'ils allaient examiner, ce qui lui laissa l'opportunité de se remettre sur les rails.

Dans l'embrasure de la porte de la chambre de Sofia, Mario s'immobilisa devant le spectacle magnifique et paisible qu'il avait sous les yeux, et son rythme cardiaque s'apaisa enfin.

Il venait de passer six heures dans un état de panique avancé en s'efforçant de rentrer. En apprenant qu'aucun avion ne décollait plus de Wellington, il avait pris un ferry et enduré une traversée épouvantable jusqu'à Picton, où il avait loué une voiture. Il avait ensuite conduit sans cesse sous une pluie diluvienne et dans de violentes bourrasques pour finalement atteindre Nelson peu avant minuit.

Il était là à présent, mais nulle détresse ne l'attendait, bien au contraire. Un pouce dans la bouche, Sofia dormait. Au bout d'un plâtre, son autre main était nichée dans celle d'Alexandra.

Celle-ci dormait aussi, la tête sur l'oreiller près de celle de Sofia, et ses cheveux blonds offraient un contraste saisissant près des boucles brunes de sa fille.

Bella. Adorable.

Elle avait encore sur les genoux le livre qu'elles lisaient avant de s'endormir. Toutes deux semblaient parfaitement à l'aise. Les rides apparues ces derniers jours sur le visage d'Alexandra avaient disparu dans le sommeil. Sa bouche s'était adoucie, son corps détendu.

Quant à Sofia, qui savait quel traumatisme et quel stress elle avait endurés dans la journée ? Ils n'étaient pas visibles en ce moment, évidemment grâce à Alexandra.

Il entra sans bruit, plaça une chaise de l'autre côté du lit de sa fille et s'y installa.

Ça lui plaisait qu'Alexandra ait pris soin de sa fille pendant son absence. Elle avait des ressources à revendre dès qu'il s'agissait de Sofia. Il lui suffisait de lui lire une histoire d'Harry et Bella pour faire d'elle ce qu'elle voulait.

Il étira les jambes, appuya la tête contre le dossier et attendit que les questions cessent de tourbillonner dans sa tête, que les « Je te l'avais bien dit » cessent de le narguer.

Il avait fait une erreur avec Alexandra. Elle était parfaite pour lui et sa fille.

A ceci près qu'elle n'avait pas partagé son passé avec lui comme il l'avait fait avec elle.

C'est ça. Comme s'il avait été clair avec elle dès le départ ! Lui avait-il expliqué pourquoi Lucy avait lutté pour s'intégrer à sa famille italienne, comment il n'avait pas été là pour elle, pour la soutenir, trop occupé qu'il était par la poursuite de ses propres intérêts ?

Non. Il n'avait pas été juste vis-à-vis d'Alexandra.

Le laisserait-elle se rattraper ? Lui pardonnerait-elle ? Et, si elle le faisait, où iraient-ils ?

Le plafond se brouilla devant ses yeux, et puis il vit qu'une infirmière lisait les données de Sofia, et son cou lui faisait mal. Alexandra avait disparu.

— Papa ! Tu es là ! hurla Sofia, éveillant sans nul doute la totalité de l'hôpital.

— Salut, beauté. Comment vas-tu ce matin ? dit-il en étreignant le petit corps tiède.

— J'ai dégringolé de l'arbre dans le jardin de tante Gina et je m'ai cassé le bras, dit-elle en soulevant son plâtre. Tu vois ? Alex y a écrit son nom, et ça, c'est des bisous, ajouta-t-elle en désignant les dessins. Et puis elle m'a lu une histoire d'Harry et Bella pour que je m'endorme, conclut-elle en regardant partout. Où elle est, Alex ?

— Elle a dû rentrer chez elle, *amore mio*, répondit-il, le cœur lourd. C'est samedi aujourd'hui, et elle ne travaille pas toujours le week-end.

Elle était partie en douce pendant qu'il sommeillait. Parce qu'elle n'avait pas voulu le réveiller ? Ou qu'elle ne supportait plus leur guerre froide ? Ce n'était pas une guerre, mais ça en avait l'air. Ces dernières semaines, leur camaraderie lui avait manqué. Tout comme les quelques heures d'intimité volées à leurs vies trépidantes.

Il ferait mieux de s'y faire. Il ne pouvait toujours pas se fier à elle pour lui confier les faits importants de sa vie.

— Papa ?

— Oui, mon cœur.

— Pourquoi j'ai pas de maman ? Tout le monde en a une.

Et lui qui pensait avoir toutes les réponses...

La tempête de la nuit dernière avait fait place à une matinée radieuse. A croire que le grand soleil avait fait sortir la moitié de la ville : à presque midi, le marché affichait complet.

En jean, chemisier bleu et épais caban, Alex se fraya un chemin parmi la foule.

Des jonquilles ! Ses fleurs préférées !

Leurs joyeuses coroles jaune vif émergeaient de seaux en plastique un peu partout. Elle en acheta trois bottes et poursuivit son chemin vers le fromager, chez qui elle prit un bleu et un havarti. Juste à côté, chez le boulanger, elle acheta une miche, l'ajouta à son panier déjà bien plein et s'en retourna à sa voiture.

Avec un peu de chance, elle aurait envie de manger. Ses vêtements commençaient à bâiller.

En longeant le front de mer, elle admira le sommet enneigé du Mount Arthur, que le soleil faisait étinceler.

C'était vraiment une journée splendide. Le temps ne l'avait jamais déçue en ce jour particulier, pas une seule fois en neuf ans.

Une heure et demie plus tard, elle se gara devant sa maison de plage et coupa le moteur. Puis elle resta un instant derrière le volant à regarder, à se souvenir, les yeux tournés vers la baie.

Des vagues mousseuses dansaient. La mer était encore agitée à la suite de la tempête.

Finalement, elle sortit de voiture, rassembla ses emplettes et entra.

L'odeur de renfermé était oppressante, aussi posa-t-elle tout sur la table pour ouvrir grand les portes-fenêtres et laisser entrer chaleur et brise de mer. Alors, elle le perçut entre ses bras. Son bébé.

— Bon anniversaire, Jordan, mon amour.

Elle sortit sur la pelouse, descendit à la plage et alla se planter au bord de l'eau.

Au bout d'un temps indéterminé, les vagues recouvrirent ses chaussures, trempèrent le bas de son jean, mais elle ne bougea toujours pas. Elle resta là à laisser ses quelques souvenirs de Jordan l'envahir.

Son beau petit visage, ses doigts et orteils minuscules. Sa peau fripée de nouveau-né. Son odeur de bébé...

Ce ne fut que lorsqu'elle commença à avoir froid qu'elle recula et s'assit sur le sable, genoux sous le menton, bras passés autour des jambes. Et elle fit repasser ses souvenirs, encore et encore. Comme une catharsis.

Les mouettes criaient et se disputaient les trésors de la plage. Un squelette de poisson, une coque morte, un morceau de pomme. C'était le combat pour la vie du plus malin — ou du plus hardi. La vie à son niveau le plus élémentaire.

En dépit de ce que représentait cette journée, elle sourit malgré elle.

Ce coin, c'était l'endroit qu'elle préférait sur terre. Nulle part elle n'avait trouvé de lieu qui lui parle autant que ce bout de plage. C'était ici qu'elle avait vécu les instants les plus importants, excitants ou douloureux de son existence.

Elle perçut Mario avant de le voir ou de l'entendre. Elle ne se retourna pas mais continua de contempler son coin de plage tandis qu'il s'accroupissait près d'elle, les mains entre les genoux.

Il était si grand, si fort. Mais aimant ?

Le souhaiter ne le ferait pas devenir réalité.

— C'est ici que j'ai répandu les cendres de Jordan, dit-elle.

Ça avait été la seule chose à faire, et elle ne l'avait jamais regretté.

— L'autre fois, quand nous sommes venus, j'ai remarqué que tu regardais très souvent la plage comme pour y chercher quelqu'un.

Perspicace.

— C'est son anniversaire aujourd'hui. Il aurait dix ans.

Ils restèrent silencieux un instant, se laissant envahir par les bruits de la nature, enfin à l'aise ensemble depuis très longtemps.

Puis Mario lui prit la main et la tint entre les siennes.

— C'est une tragédie épouvantable à surmonter, dit-il tout bas.

— Parfois, j'ai cru devenir folle de chagrin.

— C'est logique. Puis-je te demander ce qu'il est advenu du père de Jordan ?

— Jonty m'a quittée un mois après sa naissance. Il a été odieux jusqu'au jour de son départ. Il fallait qu'il reproche à quelqu'un la mort de Jordan, et c'est tombé sur moi. Je pense qu'il était incapable d'assumer la situation, mais je ne l'ai pas compris à l'époque. J'ai cru qu'il ne m'aimait pas assez pour rester, expliqua-t-elle avant de réprimer un frisson. Et puis j'ai reçu les papiers de divorce...

De sa main libre, Mario prit une poignée de sable et la fit couler entre ses doigts.

— Notre amour était un amour d'adolescents. On s'était rencontrés un été où il était venu chez des parents. Quand il est rentré à Auckland, on a gardé le contact, et puis je suis tombée enceinte, et on s'est mariés.

Fin de l'histoire.

— Tu n'as donc eu personne pour t'aider à surmonter cette perte, dit-il en dessinant du pouce sur le dos de sa main.

— Ma mère et mon beau-père ont bien essayé, mais on n'a jamais été proches, et la connexion ne s'est pas faite. Je suis venue vivre un moment ici, parce que c'est ici que j'avais été heureuse avec mon père. Je me promenais des heures au bord de l'eau, je parlais à Jordan, je pleurais devant cette injustice, je rêvais de le tenir dans mes bras. J'étais en train de devenir folle, et c'est un miracle que les voisins ne m'aient pas fait enfermer.

— Ils te connaissaient, ils te comprenaient.

Comment savait-il cela ?

Parce que c'était ce qu'il aurait fait en la voyant traverser une telle épreuve. Il connaissait ce genre de choses.

— Si seulement je t'avais connu à ce moment-là, murmura-t-elle.

— Tu me connais, à présent.

Il lui passa un bras autour des épaules et la serra contre lui sans rien dire.

12

— Les anniversaires, c'est fait pour être célébré. Même celui de Jordan, dit Mario d'une voix douce.

Il perçut un sursaut de la main d'Alexandra entre les siennes et retint son souffle.

Pourvu qu'elle ne se méprenne pas sur ses intentions ! Il n'avait qu'une chose en tête : l'aider, inverser le cours de son chagrin.

Mais elle ne reprit pas sa main. Elle attrapa une poignée de sable de sa main libre et la fit couler entre ses doigts.

— Personne ne m'a jamais dit cela... J'ai acheté du fromage et du pain au marché. Il y a une bouteille de vin au réfrigérateur.

— Faisons un pique-nique ici, dit-il en se levant et en lui tendant la main pour l'aider à faire de même. De préférence avec des sièges, j'ai le derrière trempé.

— Mauviette, ironisa-t-elle en souriant, lui faisant battre le cœur plus vite.

Peut-être y avait-il un espoir de réconciliation ?

Comment avait-il pu croire qu'il pourrait la quitter ? Il n'aurait jamais dû la soupçonner d'avoir agi comme Lucy. Ça l'avait salement blessée, il l'avait lu dans ses yeux chaque fois qu'ils s'étaient retrouvés au travail. Il n'avait aucun droit d'attendre qu'elle se mette à nu devant lui sous le prétexte qu'ils couchaient ensemble. Il y avait intimité et intimité. Ils n'en étaient pas encore arrivés au stade où elle était totalement à l'aise avec lui. Il aurait dû le voir, au lieu de s'emporter comme un gamin. Il comprenait à présent sa réaction. Ce Jonty était le roi des salauds. Alexandra ne méritait pas d'être traitée de la sorte. Même si lui aussi souffrait de la perte de l'enfant, il aurait dû coller sa femme de près.

Il garda la main d'Alexandra dans la sienne alors qu'ils remontaient vers la maison.

C'était *sa* journée, il resterait aussi longtemps qu'elle aurait besoin de lui, il serait fort pour elle. Elle avait besoin de quelqu'un près d'elle en ce jour anniversaire. Qu'il remplisse ce rôle, c'était à elle de le décider. Il avait tant d'amour pour elle mais n'était pas disposé à risquer de le lui dire maintenant. Ni à demander pardon pour ses erreurs. C'était *son* jour, pas le leur. Pour l'instant, il allait se contenter de lui montrer à quel point il tenait à elle.

— Où est Sofia ? demanda-t-elle. Toujours à l'hôpital ?

— Non. A la maison avec Gina et les garçons, et pas du tout stressée par sa chute ou ses blessures. Elle se sent en sécurité avec toi maintenant, ce qui facilite ses visites à l'hôpital. Autrement dit, le monde n'est plus aussi détestable qu'avant.

Il assembla le pique-nique pendant qu'Alexandra allait échanger son jean trempé contre un pantalon sec.

Cette femme avait su créer un lien avec sa fille. Elle avait démêlé un des nœuds gordiens que celle-ci avait dans le ventre, ce qui ne l'en rendait que plus déterminé à rendre cette journée belle pour elle. C'était étonnant comme Sofia lui faisait confiance. Il ferait peut-être bien de suivre son exemple.

En la voyant revenir avec un autre de ces pantalons de jogging qu'elle paraissait priser, il sourit.

Une fois débarrassée de ses tailleurs de dirigeante, elle n'avait vraiment rien d'une gravure de mode. Mais il n'échangerait pour rien au monde cette femme si délicieusement attifée. Qu'elle se sente suffisamment bien dans sa peau pour s'habiller comme ça lui plaisait infiniment.

Assise sur une chaise en plastique sur la plage, Alexandra leva son verre.

— Merci, Mario. Je n'ai plus fait de pique-nique depuis une éternité.

— Tu as manqué bien des occasions de t'amuser.

— Ma mère et mon beau-père n'avaient pas le temps pour de telles frivolités.

— S'amuser avec son enfant, c'est de la frivolité ?

— Pour eux, oui. L'important, c'était étudier ou prendre des cours du soir pour être la première à chaque examen, pas jouer, dit-elle avant de réfléchir. Mais je pense maintenant que ma mère n'a jamais su s'amuser. Mes grands-parents étaient austères et stricts, je ne les ai jamais vus rire.

— Tu ne leur ressembles pas, en ce cas. D'où te sont venus Harry et Bella ? Eux, ils savent vraiment s'amuser.

Elle fit tourner son vin dans son verre, pensive.

— A l'école, j'adorais les cours de dessin. Papa m'y encourageait. Ce devait être plus sympa que m'entendre chanter ! Au début, ces histoires, je les ai fantasmées. Ça a commencé après sa mort. Je crois que j'essayais de retrouver ce que j'avais perdu, l'amusement, le rire. J'avais toujours rêvé d'avoir un frère ou une sœur à qui je pourrais faire des farces. Et puis, ces histoires, c'était quelque chose qu'on ne pourrait pas m'enlever sans prévenir.

C'était fabuleux, il avait l'impression d'en apprendre plus sur elle en une matinée qu'il ne l'avait fait auparavant.

— Et ta passion pour la médecine ?

— Papa était généraliste. Je voulais faire comme lui, mais je me suis passionnée pour la pédiatrie. Après la mort de Jordan, c'est devenu une manière de me racheter, dit-elle avant de boire une grande gorgée de vin.

— Tu ne peux pas te reprocher ce qu'il est arrivé à Jordan.

Elle tourna les yeux vers la mer.

— Et pourquoi pas ? Jonty l'a fait. Jordan était dans mon ventre, sous mes soins. Bien sûr, je sais que la mise au monde d'un enfant mort-né arrive, mais fais-moi confiance, ça compte pour du beurre quand c'est à toi que ça arrive.

La désolation dans sa voix le déchira.

— Il m'est facile de voir pourquoi tu penses cela.

Parfois, il trouvait sa famille insupportable, parfois, il rêvait d'une vie plus calme. Mais il avait toujours su qu'ils étaient là pour lui, et qu'il était là pour eux.

— Merci de m'avoir raconté ton histoire.

Les superbes yeux émeraude qui se levèrent vers lui scintillaient de larmes.

— Tu m'as écoutée. Ça, c'est spécial... Depuis que je t'ai connu, que je t'ai vu avec Sofia, et même en passant du temps avec elle, j'ai commencé à mettre de côté ma rage et mon chagrin. J'aimerai toujours Jordan, je rêverai toujours que l'issue ait été différente, mais je l'accepte à présent. Je commence aussi à croire que j'aurai peut-être une seconde chance.

— Bien sûr que tu en auras une. Tu la mérites, *tesoro*.

Avec lui, de préférence.

Il se pencha et lui posa un baiser sur le front, les joues et les lèvres. Puis il se redressa à regret.

Ce n'était pas le moment d'aller plus loin.

Le silence s'installa entre eux, un silence confortable, rompu à l'occasion par un cri de mouette. L'air se rafraîchit, la marée commença à descendre.

— Mario, resterais-tu avec moi cette nuit ? Ici ? J'ai besoin de toi.

Le rouge était monté aux joues d'Alexandra, mais ses yeux étaient toujours tristes. Et implorants.

Il repoussa sa chaise, la souleva dans ses bras et l'emporta jusqu'au cottage.

Cette nuit, il veillerait sur elle, il nourrirait son cœur et son âme, il lui ferait l'amour, il la serrerait contre lui toute la nuit durant. Ce soir, cette nuit, pour toujours, il lui appartenait.

Alex s'éveilla lentement.

Elle avait dormi la majeure partie de la nuit, ce qui était pour le moins étonnant après cette journée sur la plage à se remémorer Jordan.

Elle s'étira comme un chat sur les draps chiffonnés mais ne buta pas contre le mur chaud et solide de l'homme qui avait chassé ses mauvais rêves.

Oh ! pourvu qu'il ne soit pas déjà rentré chez lui, pas encore ! Elle savait bien qu'elle lui avait demandé de rester la nuit, mais elle n'était pas prête à ce qu'il s'en aille déjà.

Elle fixa le plafond, émerveillée au souvenir de la veille.

La nuit dernière, Mario avait été si tendre, si généreux ! Il lui avait fait l'amour de façon exquise. Plus tôt dans la journée, il s'était montré prévenant, attentif, aimant. Comme s'il avait tout oublié de sa colère contre elle, comme s'il lui avait pardonné et avait admis en même temps avoir dépassé les bornes. Oui, il lui avait présenté ses excuses. Pas en mots, mais pendant les heures qu'il avait passées à l'écouter, juste à l'écouter, en célébrant l'anniversaire de Jordan sur la plage, et la nuit avec elle.

Elle avait besoin de le serrer contre elle, de le remercier. Besoin de lui dire qu'elle l'aimait. Et si ça ne lui plaisait pas elle l'accepterait. Au moins aurait-elle été honnête.

Qui ne risque rien n'a rien, pas vrai ?

Mario refermait son portable quand Alexandra arriva dans la cuisine en humant l'air tel un chien courant.

— Salut, la dormeuse. J'ai cru que tu ne te réveillerais jamais.

— Je n'ai pas aussi bien dormi depuis une éternité, dit-elle. Oh ! du café fort ! Tu es un amour. C'est exactement ce qu'il me faut, ajouta-t-elle en lui décochant un sourire rayonnant. Mais, d'abord, j'ai besoin de toi.

Elle lui passa les bras autour du cou, se haussa sur la pointe des pieds et lui plaqua la bouche sur les lèvres pour un baiser avant de murmurer :

— Merci de tout ce que tu as fait, merci d'être toi. Tu as fait de la journée d'hier un événement spécial.

— Je suis heureux que tu m'aies laissé la partager avec toi. Maintenant, *amore mio*, et avant que tu prennes tes aises, je te préviens que l'on va bientôt être inondé d'Italiens.

— D'Italiens ? dit-elle en ouvrant de grands yeux.

— *Sì*. Sofia s'inquiétait, alors j'ai dit à Gina de l'amener ici avec les garçons. Je pense que Jackson sera aussi du voyage. Apparemment, il a passé la nuit chez elle. Pardon d'avoir pris des libertés avec ta maison...

Alexandra hocha la tête en versant le café dans les chopes.

— Combien de temps nous reste-t-il ?

— Assez pour la douche, pas assez pour ce que tu penses.

— Parce que tu crois que tu es capable de lire en moi ?

— Bon sang, non ! C'est un vrai bazar, là-dedans. C'est le « J'ai envie de toi » dans tes yeux qui t'a trahie. Tu es insatiable, fit-il en prenant la chope qu'elle lui tendait.

— Tu vas te plaindre, peut-être ? dit-elle en lui donnant une petite bourrade.

— Ouille ! Non, pas du tout, répondit-il en songeant, soulagé, que leur différend appartenait bel et bien au passé. Le brunch va arriver en même temps que la famille. Dieu merci, j'ai inspecté tes placards et le réfrigérateur : il y a de quoi mourir de faim, chez toi ! Au moins le café est bon.

— J'emporte le mien dans la salle de bains. Pas question de recevoir ta famille en peignoir.

— Ou avec « je viens juste de m'envoyer en l'air » écrit sur la figure, dit-il en riant, avant d'esquiver une autre bourrade. Fais gaffe, je pourrais bien te donner la fessée !

— Pervers ! s'écria Alex, avant d'inspirer un grand coup. Mario, il faut d'abord que je te dise quelque chose.

— Oui ? souffla-t-il, reprenant aussitôt son sérieux.

— Je t'aime, murmura-t-elle, avant de reprendre très vite avant qu'il puisse répondre quoi que ce soit : je ne sais pas comment c'est arrivé ni quand, mais c'est la vérité. Je t'aime. De tout mon cœur. De tout ce qui est moi. De...

Il se demanda s'il n'allait pas exploser de tout l'amour qu'il éprouvait pour cette femme.

Un doigt posé sur ses lèvres stoppa le torrent de mots.

— Merci, *amore mio.* Je t'aime, moi aussi. Ça fait un moment que je brûle de te le dire. Mais comme c'est ton week-end, le tien et celui de Jordan, je n'ai pas osé.

Elle le prit par le cou et attira sa bouche à elle.

— Au diable la famille ! Allons fêter ça.

Et elle l'entraîna vers la chambre.

Deux heures plus tard, Alex regardait autour d'elle, éberluée.

Cela faisait bien longtemps que le cottage n'avait pas reçu autant de personnes, et c'était fabuleux. Tout le monde riait et parlait en même temps dans un brouhaha général. La famille avait apporté de quoi nourrir un régiment et pris possession des lieux. L'air heureux et étonné, Jackson entraînait à présent les enfants dehors dans un concert de hurlements joyeux. Gina l'avait chassée de sa propre cuisine en lui disant de mettre le couvert dehors, là où les *bambini* pourraient mettre le bazar à leur aise.

— Oh ! Et n'oublie pas les verres pour le champagne que Mario m'a demandé d'apporter, ajouta-t-elle.

— Il a fait ça ?

— Que serait un brunch sans champagne ? dit une voix sexy près d'elle.

— Une polémique stérile ?

— Plus de polémique entre toi et moi, murmura-t-il contre son cou.

— Tu as raison. On l'a fait et on n'a pas aimé les conséquences. Donc, tout va bien entre nous maintenant ?

Mario s'humecta les lèvres.

— Viens avec moi, grommela-t-il en lui attrapant la main sans lui laisser le temps de protester pour la tirer vers la plage.

— Eh, tu ne devais pas m'aider pour le brunch ? lança Gina.

— On demande Jackson en cuisine, presto ! cria-t-il en réponse.

Au bord de l'eau, il s'arrêta, lui fit face, lui posa les mains sur la taille et prit une expression très sérieuse.

— Alexandra... J'ai cafouillé grave. Je n'avais aucun droit d'exiger de toi des réponses aussi personnelles. Je suis désolé, je te demande infiniment pardon.

— Tu me l'as démontré hier. Personne n'avait jamais fait de célébration pour l'anniversaire de Jordan, et ça, c'est énorme. Mais d'abord, Mario...

Il lui pressa les doigts sur les lèvres.

— Chut, laisse-moi terminer. Je sais que je vais vite en besogne, mais la journée me semble idéale, avec la famille ici et le champagne qui attend... Alexandra, je t'aime de tout mon cœur et je veux t'épouser. Je veux avoir des *bambini* avec toi, et même prendre ma retraite, et essayer de te battre à la course de chaises roulantes.

Le rire se mêla aux larmes quand elle referma les mains sur son visage pour l'embrasser.

— Oui, oui, oui, Mario ! Je t'aime tant que je ferais n'importe quoi pour passer le restant de ma vie avec toi. Je crois que je suis tombée amoureuse de toi quand je t'ai vu parcourir mon service comme si c'était le tien.

Mario poussa un rugissement, il l'attira vers la pelouse du cottage en appelant tout le monde, des vivats et des applaudissements retentirent, et elle tomba dans les bras de Gina.

— Bienvenue dans la mafia Forelli, lui dit sa future belle-sœur.

Jackson fit passer les verres de champagne aux adultes et de limonade aux enfants.

— A ma belle Alexandra, dit Mario en levant son verre.

— Qu'est-ce qu'il se passe, papa ? Pourquoi tout le monde rit ? demanda Sofia en se matérialisant près de Mario et en lui tirant la main. Pourquoi elle pleure, Alex ?

Alex tomba à genoux devant la fillette.

— Ton papa m'a demandée en mariage. Est-ce que tu es d'accord ?

De grands yeux bruns la dévisagèrent dans le silence brusquement revenu.

— Ça veut dire que tu vas être ma maman ?

— Est-ce que c'est ça que tu veux ?

Dans ses tempes, les battements de son cœur l'assourdissaient littéralement, car si Sofia disait non elle n'épouserait pas Mario. L'enfant avait la priorité.

— Oui, s'il te plaît, Alex.

Soudain, elle fut relevée et prise dans un câlin les incluant tous les trois, Mario, Sofia et elle, tandis que d'autres vivats s'élevaient.

— Songe à tous les *bambini* que l'on va faire, lui glissa Mario à l'oreille.

Leurs enfants. Ses propres enfants…

— Euh, on pourrait peut-être commencer par un seul ?

— Pas de problème. Mais je sais déjà que quand tu auras le premier dans les bras tu me supplieras de t'en faire un autre, lui dit-il, l'œil pétillant de malice.

— Combien de petits-enfants tes parents peuvent-ils gérer ?

— Des tas, répondit-il en souriant. Mais, autant te prévenir tout de suite, il y a des jours dans ma famille où l'on voudrait se cacher dans une penderie avec un bouquin et une lampe de poche.

— Alors, comme ça, tu essaies de me dissuader ? fit-elle sans cesser de sourire.

Un an plus tard

Adossée à l'oreiller de son lit d'hôpital, le cœur gonflé de fierté et de joie, Alex affichait un sourire jusqu'aux oreilles. Elle avait le bras gauche refermé autour de bébé Forelli fille, et le droit autour de bébé Forelli garçon. Age : deux heures et vingt minutes.

Au bout du lit, Mario et Sofia argumentaient quant aux prénoms des jumeaux : Sofia voulait les baptiser Harry et Bella. Mario, Alexander et Alexandra.

Quant à elle, elle voulait juste les serrer contre elle à jamais. C'était *sa* famille, bruyante et magnifique.

KATE HARDY

Sous le charme d'un Italien

BLANCHE

HARLEQUIN

Titre original :
UNLOCKING THE ITALIAN DOC'S HEART

Ce roman a déjà été publié en 2018.

1

— Jenna Harris ! Justement, je vous cherchais.

Robert Jones, le chef du service de pédiatrie, venait vers Jenna accompagné d'un homme qu'elle ne connaissait pas.

— Jenna, je vous présente Lorenzo Conti, notre nouveau chef de clinique. Aujourd'hui, il est affecté à l'unité d'évaluation pédiatrique, alors je me demandais si vous l'aideriez à s'installer.

— Bien sûr, répondit Jenna en tendant la main à Lorenzo. Bienvenue dans le département des enfants du Muswell Hill Memorial Hospital, docteur Conti.

— Je vous remercie, docteur Harris, dit Lorenzo en lui rendant son sourire.

Elle apprécia sa poignée de main, ferme sans être trop insistante.

— Appelez-moi Renzo, ajouta-t-il.

Sa voix, teintée d'un léger accent italien, était comme du chocolat fondu. Avec ses yeux noirs si expressifs, ses cheveux qui lui retombaient sur le front et son sourire ravageur, toutes les femmes de l'hôpital allaient tomber à ses pieds. Et elle-même constatait avec horreur qu'une simple poignée de main lui donnait des frissons.

Oh, pour l'amour du ciel ! C'était parfaitement déplacé. Lorenzo Conti était son nouveau collègue. Elle venait juste de le rencontrer et il avait peut-être déjà quelqu'un dans sa vie. Même si ce n'était pas le cas, elle s'était promis de se concentrer sur sa carrière et de regagner le terrain qu'elle avait perdu en prenant une année sabbatique. La priorité du moment n'était vraiment pas de s'engager dans une relation avec qui que ce soit. L'opposition de Danny à ses choix de vie et l'ultimatum qu'il lui avait imposé lui avaient à jamais fait passer l'envie de vivre avec un homme.

Pourtant, elle ne regrettait pas son choix. Si c'était à refaire, elle prendrait exactement la même décision. Son seul regret était d'avoir autant manqué de lucidité. Comment n'avait-elle pas vu plus tôt quel genre d'homme était Danny ? Comment avait-elle pu se laisser aveugler par son charme ?

— Renzo, dit-elle, ignorant le trouble diffus qui montait en elle. Moi, c'est Jenna.

— Jenna, fit-il en inclinant légèrement la tête.

La température de la pièce semblait soudain avoir augmenté de cinq degrés.

Jenna s'éclaircit la gorge. Elle devait se ressaisir. Maintenant. Se montrer professionnelle, compétente et courtoise, comme elle le faisait habituellement avec les nouveaux arrivés dans l'équipe. Elle devait tout simplement ignorer l'attirance qu'elle ressentait pour Lorenzo Conti, cela ne la mènerait nulle part.

— On y va ? proposa-t-elle en indiquant la porte.

Il lui lâcha aussitôt la main.

— Dans l'UEP, l'unité d'évaluation pédiatrique, nous voyons des enfants adressés par leur médecin de famille ou le service des urgences, lui dit-elle en l'invitant à la suivre.

— Nous avions un système similaire au London Victoria, où j'exerçais auparavant.

— Alors venir ici, à Muswell Hill, est une promotion pour vous ?

— En quelque sorte, oui.

Il ne lui disait visiblement pas tout, car son regard s'était voilé. Mais elle n'avait pas à savoir pourquoi. Cela ne la concernait pas.

Elle lui sourit.

— Laissez-moi vous présenter Laney, l'infirmière de triage qui est de garde ce matin à l'UEP. Laney, voici le Dr Conti, notre nouveau chef de clinique.

— Appelez-moi Renzo, dit-il en serrant la main de Laney.

Laney semblait aussi troublée par Lorenzo Conti que Jenna l'avait été.

Le premier cas que Renzo et Jenna eurent à traiter était une petite fille qui s'était introduit un pépin dans le nez en mangeant une orange.

— Si vous êtes d'accord, Renzo, je vais m'occuper d'elle ? dit Jenna.

— Bien sûr.

— Vous voulez bien venir par ici, madame Peters, je vais examiner Callie, dit-elle en invitant la jeune mère et sa fille à la suivre dans l'un des box.

Tentant manifestement de rassurer la maman, Jenna s'exprimait avec calme. Renzo appréciait sa façon d'être avec les patients, elle était directe, expliquant les choses en termes simples, sans effrayer la mère ni l'enfant. Travailler avec elle allait être agréable. Et ce qu'il avait pu voir du reste de l'équipe était du même acabit. Ce nouveau départ ici, au Muswell Hill Memorial Hospital, était visiblement une excellente idée.

— Nous voyons régulièrement de jeunes enfants qui mettent les choses les plus inattendues dans leur nez, dit Jenna, et je souhaite, dans la mesure du possible, éviter à Callie une anesthésie générale et une intervention chirurgicale.

Sans doute venait-elle d'examiner le nez de Callie avec une lampe stylo, car elle donna des détails.

— Je vois bien le pépin, mais comme c'est dur et rond, je ne peux pas l'attraper avec une pince crocodile. Et je ne peux pas non plus demander à Callie de souffler par le nez ; à son âge, elle n'a pas assez de force pour expulser le pépin. Je vais avoir besoin de votre aide. D'accord ?

— Oui, bien sûr. Dites-moi simplement ce que je dois faire, répondit Mme Peters.

— Je vais allonger Callie sur la couchette, avec la tête sur l'oreiller, et bloquer la narine où le pépin n'est pas entré. Puis je vous demanderai de souffler dans sa bouche, cela devrait faire sortir le pépin. Cela ne marche pas toujours et je vous déconseille fortement d'utiliser cette méthode chez vous, si l'incident se reproduisait. Mais si, là, elle fonctionne, on évitera l'opération.

Il y eut une pause. Jenna devait être en train de mettre ce qu'elle venait de décrire en œuvre.

— Oui, il est sorti ! s'exclama-t-elle. Bravo, Callie, tu as été très courageuse. Et merci, madame Peters.

— Le pépin a des crottes de nez toutes vertes sur lui ! fit une petite voix pointue. Berk !

Renzo, requis par un premier patient, n'entendit pas le reste de la conversation, mais il était certain que Jenna avait offert un magnifique autocollant à l'enfant et un sourire rassurant à la maman. C'était exactement ce que lui-même aurait fait.

Professionnellement, Jenna lui faisait une excellente impression. Mais il n'allait pas se laisser aller à l'attirance qu'il ressentait pour elle. Il avait appris de la plus dure des façons qu'il ne devait plus mettre son cœur en danger. Cela lui avait coûté trop cher, la dernière fois. Son mariage, sa fille et sa foi en l'amour.

Lorsque Jenna et Lorenzo en eurent fini avec leurs patients respectifs, Laney vint les trouver.

— J'ai besoin de vous deux pour le cas suivant, Billy Jackson, trois ans. Il y a une heure, il est tombé dans l'escalier et s'est blessé au front.

Sans doute assez sérieusement pour nécessiter des points de suture, sinon Laney ne les aurait pas réquisitionnés tous les deux.

Ils se rendirent auprès de l'enfant.

— Nous allons jeter un coup d'œil sur cette coupure, Billy, et voir comment soigner cela, dit Lorenzo avec un grand sourire.

Billy semblait anxieux. Il cachait sa blessure de la main.

— Je veux pas, dit-il. Ça fait mal.

— Je te promets que nous allons faire tout notre possible pour que tu n'aies pas mal, répondit Lorenzo en s'accroupissant au niveau de l'enfant. Tu aimes les voitures ?

Billy hocha la tête d'un air grave et se cramponna à la main de sa mère.

— Moi aussi. Dis-moi, pendant que j'examinerai ton front, tu veux regarder mes images de voiture et voir celle que tu préfères ?

De nouveau, Billy opina du chef.

— Génial. Je suis le Dr Renzo et voici le Dr Jenna. Nous allons nous débrouiller pour que tu n'aies plus mal à la tête.

Il sortit de sa poche un paquet d'images qu'il tendit à Billy, puis se tourna vers la maman.

— Ça va, madame Jackson ?

Elle afficha un sourire tendu.

— Eh bien... Il a beaucoup saigné, alors je l'ai amené aux urgences, et ils m'ont envoyée chez vous.

— Les blessures à la tête saignent toujours beaucoup et paraissent beaucoup plus graves qu'elles ne le sont réellement, dit-il pour la rassurer.

— Savez-vous comment Billy s'est cogné la tête ? demanda Jenna.

— Il a trébuché en montant l'escalier et sa tête a heurté une marche, dit Mme Jackson.

— Ça arrive souvent, nous voyons beaucoup d'enfants dans ce cas. Était-il inconscient après le choc, ou vous a-t-il semblé somnolent depuis ? A-t-il dit avoir envie de dormir ?

— Non. Il a pleuré.

— Probablement parce qu'il a eu très peur et que sa blessure au front le faisait souffrir. Mais c'est une bonne chose qu'il n'ait pas perdu connaissance. Il n'a sans doute pas de commotion cérébrale. Je sais que vous avez dû beaucoup vous inquiéter, mais, comme le dit Renzo, c'est souvent beaucoup moins grave que cela n'en a l'air. Vous voulez bien vous asseoir sur la couchette avec Billy pendant que nous examinons sa blessure et procédons à quelques tests ?

L'entaille était longue, mais les bords n'étaient heureusement pas déchiquetés. Lorenzo et Jenna observèrent ensuite les pupilles de l'enfant et sa réaction à la lumière.

— Par chance, il s'agit d'une simple coupure, sans commotion cérébrale ni rien d'autre de sérieux, dit Lorenzo. Mais comme l'entaille est longue, nous allons devoir la recoudre. Je te promets que cela ne te fera pas mal, Billy. Je vais te mettre une crème magique sur la tête et tu ne sentiras rien du tout lorsque je te soignerai le front. Et avant cela, je vais demander au Dr Jenna de te faire respirer un gaz spécial. Tu verras, c'est comme jouer avec un ballon de baudruche pendant une fête foraine.

— Un ballon ? fit Billy, pris de court. Je vais m'envoler ?

Jenna perçut un début de panique dans la voix de l'enfant.

— Non, mon chou, dit-elle, je te promets que cela n'arrivera pas. Tu vas rester assis là, tout près de ta maman.

— Et pendant ce temps-là, regarde bien les voitures et dis-moi celle que tu préfères, dit Lorenzo en montrant les images.

Jenna administra le mélange de gaz et d'air, et Lorenzo étala le gel anesthésiant sur la blessure.

— Sens-tu quelque chose quand je te touche la tête ? demanda-t-il.

— Non, répondit le petit garçon qui semblait très surpris.

— Bien. Maintenant, dis-moi quelles sont les voitures que tu aimes le plus.

Pendant que Billy, la main de sa maman bien serrée dans la sienne, passait les images en revue en s'enthousiasmant sur celles qui lui plaisaient, Lorenzo referma la plaie avec six points de suture.

— La bonne nouvelle, c'est que les fils vont se dissoudre, vous n'aurez pas à revenir les faire enlever, dit Jenna à Mme Jackson. Je vous indiquerai comment prendre soin de la blessure et je vous donnerai aussi un dépliant parce que, bien sûr, pour le moment, vous vous inquiétez pour Billy. On se rappelle moins bien les choses quand on se fait du souci. En gros, il faut garder la zone au sec durant les deux prochains jours, mais vous pouvez la laver rapidement avec de l'eau et du savon et bien la sécher après. Si la blessure s'ouvre de nouveau, ou si elle devient rouge et gonflée ou que du pus apparaît, ramenez-nous Billy immédiatement.

— Je vous remercie, dit Mme Jackson. Je le ferai.

— Alors, quelle est la voiture que tu préfères, Billy ? demanda Lorenzo après le dernier point de suture.

— Celle-ci, répondit le petit garçon en lui tendant une image de voiture de sport rouge vif.

— Excellent choix. C'est aussi ma préférée.

— Parce qu'elle est rouge ?

— Parce qu'elle est italienne, comme moi.

Billy ouvrit de grands yeux.

— Pour de vrai ? Vous avez une voiture comme celle-là ?

Lorenzo rit.

— J'aimerais bien ! Peut-être un jour.

— Je veux une voiture comme ça quand je serai grand !

— C'est un bon programme, dit Lorenzo.

Il sortit de sa poche un autocollant scintillant où était écrit : « J'ai été TRÈS courageux » et il le donna à Billy.

— Cet autocollant est pour toi. Grâce à lui, tout le monde saura combien tu t'es montré courageux aujourd'hui.

— Merci.

Après avoir jeté un regard timide à sa mère, Billy rendit le paquet d'images à Lorenzo.

— Merci, dit celui-ci.

Il sourit à Mme Jackson.

— Essayez de ne pas vous tracasser. Jenna vous a donné toutes les informations utiles pour surveiller la blessure, mais, si vous avez la moindre inquiétude, revenez nous voir.

— Je le ferai. Merci infiniment pour tout ce que vous avez fait pour Billy.

— Avec plaisir. Maintenant, Billy, il faudra monter l'escalier un peu plus doucement, d'accord ?

Le petit garçon hocha la tête.

— Beau travail, dit Jenna après le départ de Billy et de sa mère. Alors, vous vous servez d'images de voitures pour détourner l'attention des petits garçons ?

— Pas seulement celle des garçons. Les filles aussi aiment cela. Mais j'ai aussi des images de chiots et de chatons pour distraire les gamins qui n'aiment pas les voitures.

— Vous êtes proche de vos patients, pas vrai ?

— J'essaie, oui.

Elle consulta sa montre.

— C'est presque l'heure de déjeuner. Vous êtes déjà pris ?

Il ouvrit de grands yeux. Lui faisait-elle une proposition ? Cela ne le gênait pas qu'une femme prenne les devants, mais ils venaient tout juste de se rencontrer, c'était trop rapide à son goût. De toute façon, il n'était pas disposé à sortir avec qui que ce fût.

— Pour le déjeuner, je veux dire, précisa-t-elle aussitôt. Comme c'est votre premier jour ici, si vous n'avez encore rien de prévu, je vous propose de m'accompagner à la cantine, si vous avez envie d'un peu de compagnie et de quelqu'un pour vous guider.

Il ne s'agissait donc pas d'un rendez-vous, mais seulement d'une aimable attention de la part d'une collègue sur son nouveau lieu de travail. Cela lui convenait parfaitement.

— Merci, c'est très gentil à vous.

— Ne me remerciez pas trop vite.

— Pourquoi ? La nourriture n'est pas bonne ?

— Cela n'a rien à voir avec la nourriture. En fait, je compte vous offrir le déjeuner, car j'ai une proposition à vous faire.

Ce n'était qu'une façon de parler, mais le mot « proposition » fit naître en lui tout un tas d'idées déplacées. Jenna Harris était non seulement débordante de vie, mais aussi une femme superbe avec ses boucles blondes qu'elle ramenait en arrière avec un chouchou, ses grands yeux bleus et son sourire lumineux. Il aimait sa manière de se comporter avec les petits patients et leurs parents : gentille, précise et chaleureuse.

Mais après ce qui s'était passé avec Georgia et Florence, il n'était pas prêt à retomber amoureux et à voir son cœur foulé aux pieds. Il prenait un nouveau départ ici, il avait l'intention de se concentrer sur son métier, pas sur sa vie privée.

— Une proposition, répéta-t-il prudemment.

— Je vous expliquerai cela pendant que nous déjeunons. On se retrouve ici quand vous en aurez terminé avec votre prochain patient, d'accord ?

— D'accord.

À la cantine, Lorenzo opta pour un sandwich, un fruit et un café, et Jenna fit de même.

— Vous n'êtes vraiment pas obligée de m'offrir le déjeuner, dit-il tandis qu'ils faisaient la queue pour payer.

— Oh ! mais j'y tiens, je veux que vous vous sentiez un peu redevable envers moi.

C'était donc une manipulatrice, comme Georgia ? Mais Jenna annonçait clairement la couleur, au lieu d'agir en secret. Eh bien, il allait essayer de faire preuve d'ouverture d'esprit et d'écouter ce qu'elle avait à lui dire avant de la juger.

— Alors, quelle est cette proposition ? demanda-t-il une fois qu'ils furent assis.

Elle écarquilla les yeux.

— Attendez… Ne sommes-nous pas d'abord censés procéder à un échange de politesse ? Comme, par exemple : où avez-vous suivi votre formation, pourquoi avoir choisi la pédiatrie, votre famille vit-elle loin d'ici… ? Ce genre de choses.

Il haussa les épaules.

— D'accord. Je me suis formé à Londres, j'ai choisi la pédiatrie parce que c'est le stage que j'ai préféré, mes parents, ainsi que mon frère et ma sœur, vivent en ce moment tous dans la partie est de Londres, mais mes parents songent à retrouver leurs racines, près du lac de Garde, lorsque mon père sera à la retraite. Quant à moi, je suis célibataire et compte bien le rester.

Il s'était complètement trompé sur son mariage en s'imaginant que Georgia et lui étaient heureux. Les choses n'étaient pas ce qu'elles semblaient être. Il avait vécu dans le faux pendant près de deux ans, jusqu'au jour où Georgia avait finalement craqué et lui avait révélé la vérité au sujet de Florence. Mais tout cela, il le gardait bien enfoui en lui.

— Et vous ? demanda-t-il.

— J'ai été formée ici à Muswell Hill et j'ai choisi la pédiatrie pour la même raison que vous : j'aime les enfants et j'adore vraiment les soigner. Mes parents et ma sœur vivent à Londres, à environ une demi-heure de chez moi. Comme vous, je suis célibataire et entends le rester. Ce qui veut dire que vous et moi pouvons être amis, fit-elle avec un grand sourire.

— Cela fait-il partie de votre proposition ?

Elle éclata de rire.

— Absolument pas. Mais nous formons une équipe très soudée, dans le service, et nous faisons beaucoup de choses ensemble. Des soirées pizza, des parties de bowling, nous allons au cinéma, nous faisons des pique-niques sur la plage en été… ce genre de choses. C'est un peu comme si nous formions une grande famille. Souvent, les conjoints et les enfants viennent aussi, et c'est très agréable.

Une famille. Il en avait eu une et il l'avait perdue. Comme cela lui manquait ! Mais il avait de la chance d'avoir une grande famille italienne qui l'aimait. C'était abuser que de vouloir davantage.

Il se reprit. Jenna ne savait rien de son passé, et elle n'avait pas besoin de le connaître. Par ailleurs, elle confirmait qu'il avait trouvé un poste avec des conditions de travail très agréables.

— Cela semble très plaisant, dit-il en s'efforçant de prendre un ton léger.

Elle leva sa tasse de café vers lui.

— Bienvenue dans l'équipe. Je crois que vous allez autant que moi adorer cet endroit.

Il l'espérait, lui aussi, mais mieux valait attendre d'avoir passé quelque temps sur place pour se prononcer.

— Et cette proposition ?

— Je fais partie du comité qui collecte des fonds pour le service. Samedi prochain, nous organisons un tournoi de danse pour acheter de nouveaux jouets pour nos petits patients. Les gens paient un droit d'entrée et peuvent être sponsorisés soit au forfait, soit pour chaque heure qu'ils passent sur la piste de danse.

— Vous voulez que je sois l'un des danseurs ?

— Si vous n'êtes pas de garde, oui, j'aimerais bien que vous acceptiez.

Bien sûr, il aurait pu mentir et prétendre ne pas être libre ce jour-là, mais elle le saurait rapidement. Il ne voulait pas commencer sa nouvelle vie professionnelle avec un mensonge. Il avait eu son compte dans ce domaine.

— Je serai libre.

Elle sourit.

— Bien. Ce devrait être facile pour vous, les Italiens ne sont-ils pas tous de merveilleux danseurs ?

— C'est une réputation tout à fait exagérée. Au risque de vous décevoir, j'ai deux pieds gauches.

— Comme la moitié des personnes qui participent à l'événement. Peu importe de quoi on a l'air ou la façon dont on danse, tout ce qui compte, c'est de rassembler de quoi acheter les jouets. Ce sera très amusant. Et vous aurez l'occasion d'entendre jouer Maybe Baby.

— Qui est Maybe Baby ?

— C'est le groupe de musiciens de l'hôpital. Ils se produisent lors des mariages ou d'événements particuliers. La moitié d'entre eux travaillent à la maternité. Anton est guitariste et Gilly joue de la basse. Et dans notre département, il y a Keely, qui chante, et Martin, qui est à la batterie. Ils sont fantastiques.

— Ils jouent six heures d'affilée ?

— La moitié du temps, sans doute. Nathan, un brancardier des urgences, est DJ pendant son temps libre. Il assurera l'autre moitié de la soirée. Le tournoi de danse aura lieu dans le gymnase du lycée. L'un des pubs du quartier tient le bar et nous reverse la totalité de la recette. Certains parents des enfants que nous avons soignés ont entendu parler du projet, ils s'occupent du buffet. Par ailleurs, nous avons convaincu des commerçants du secteur de nous donner des lots pour la tombola. Cela va d'articles de toilette à des boîtes de chocolats, en passant par des bons pour un repas au restaurant.

Il aurait parié qu'elle minimisait le rôle qu'elle jouait dans cette entreprise. Il était clair qu'elle s'était énormément investie, tout cela lui tenait à cœur.

— Je serais ravi de sponsoriser quelqu'un, dit-il, et peut-être pourrais-je aider à tenir la billetterie ou le stand de tombola. Mais je crains de devoir refuser pour ce qui concerne la danse.

— C'est dommage, parce que ce sera très amusant, mais je retiens votre offre de tenir un stand, le temps qu'il vous plaira. Je vous remercie.

— Et vous, vous danserez ?

— Absolument. Vous ne me verrez jamais courir ni soulever des poids dans une salle de sport, cela ne me tente pas du tout, mais je suis des cours de danse en semaine et, le week-end, je marche pour sortir le chien de ma voisine. C'est ma façon préférée de rester en forme.

Il aurait dû passer à autre chose. Cela ne le regardait pas. Et il n'était pas censé commencer à s'intéresser à elle. Il était là pour le *travail*. Mais il ne put s'empêcher de la questionner.

— Quel genre de danse ?

— Le mardi, ce sont des cours de salsa et, le jeudi, des danses de salon. Je ne suis pas assez élégante pour la valse et le fox-trot, mais j'adore danser la samba et le cha-cha-cha.

Des danses joyeuses et pleines d'entrain. À l'image de Jenna Harris, d'après ce qu'elle lui avait donné à voir jusqu'à présent.

— Ce tournoi de danse est donc une idée à vous ?

— Je plaide coupable. Mais les autres membres du comité ont trouvé l'idée très amusante. Sinon, nous ne l'aurions pas fait.

— D'accord. Comptez sur moi pour tenir un stand.

Il était censé garder une attitude professionnelle et maintenir une certaine distance entre eux, pas faire plus encore connaissance avec Jenna, mais les mots lui échappèrent malgré lui.

— Je peux aussi vous aider à installer, si vous voulez.

— Merci, répondit-elle en souriant. Et peut-être pourrai-je vous convaincre au moins pour une danse.

— Peut-être, mais je ne vous promets rien.

— Bien sûr.

Son sourire s'accentua, elle avait de toute évidence l'intention d'arriver à ses fins. Eh bien, elle n'avait aucune chance. Leur relation resterait strictement professionnelle. Certes, elle était attirante et il l'appréciait déjà beaucoup, mais il n'allait pas de nouveau se mettre en danger. Ils seraient collègues, rien de plus.

— Je crois que nous devrions retourner au travail, dit-il. Merci pour le déjeuner.

— Avec plaisir. Et merci d'apporter votre aide pour le tournoi de danse.

— *Prego*. C'est avec grand plaisir.

— Si seulement vous étiez arrivé il y a un mois ! Nous avons eu une soirée de bienfaisance et je parie que, rien qu'en souriant et en parlant italien, vous auriez obtenu beaucoup d'argent. Vous auriez été notre arme secrète !

Elle le regarda en plissant les yeux.

— Est-ce que, par hasard, vous seriez bon en culture générale ?

— Je ne suis pas mauvais.

— Ah, je vois, vous jouez les modestes, mais je ne suis pas dupe. C'est décidé. Je vais aussi vous faire intégrer l'équipe de quiz.

— Vous êtes effrayante ! Avec ce sourire angélique, vos yeux bleus au regard innocent et cette expression d'une douceur incroyable, vous obtenez ce que vous voulez des gens avant même qu'ils n'aient le temps de comprendre ce qui leur arrive ! Vous le savez, non ?

— Jenna l'arnaqueuse… c'est moi, dit-elle sans avoir le moins du monde l'air repentante. Si je pouvais organiser des concours de pronostic, je soutirerais des millions à des parieurs sans méfiance et nous aurions le service de pédiatrie le mieux équipé du pays.

Il ne put retenir un rire. Même s'il souhaitait rester à distance, la chaleur, le charme et l'incroyable aplomb de Jenna étaient irrésistibles. Même son côté autoritaire était plaisant. Elle était *charmante*. Mais il devait tenir bon. Sa relation avec Jenna serait uniquement professionnelle.

— J'ai le sentiment que vous allez récolter énormément d'argent avec votre tournoi de danse. Et je parie qu'ensuite vous serez dure en affaires avec le magasin de jouets.

— Je compte acheter à prix coûtant. Alors, si vous connaissez quelqu'un qui aurait des contacts avec un grossiste ou une boutique de jouets, je suis tout ouïe.

— Désolé, de ce côté-là, je ne peux vous être d'aucune aide.

— Cela ne fait rien. Vous m'aiderez à installer, vous tiendrez un stand pendant un moment et vous ferez une danse. C'est déjà beaucoup.

Il était certain de ne rien avoir promis en ce qui concernait la danse, mais il était tout aussi sûr que Jenna ne lâcherait pas l'affaire.

— Retournons à nos postes, dit-il.

Là, il pourrait se concentrer sur son travail et tempérer les sentiments inattendus qui le menaçaient.

2

— Oh, comme ça sent bon ! dit Jenna en entrant dans la cuisine. Elle serra sa sœur jumelle dans ses bras.

— Dis-moi que ce sont des lasagnes que tu as mises au four, Lu.

— Oui, tu as deviné. Ce sera prêt dans vingt minutes. Sers-toi un verre de vin. Will est dans la salle de séjour, le nez dans un livre. Comment s'est passée ta journée ?

— Bien, répondit Jenna en prenant un verre de vin. Le nouveau chef de clinique a commencé aujourd'hui.

— À quoi ressemble-t-il, ou elle ?

— Il est agréable. Robert m'a demandé de m'occuper de lui aujourd'hui dans l'UEP.

Lucy sourit.

— Parce que toi, ma chère sœur, tu sais prendre les gens sous ton aile.

— Parce que j'avais un bon modèle, en la personne de la meilleure institutrice qui ait jamais existé, répondit Jenna du tac au tac en lui portant un toast. Et toi, comment a été ta journée ?

— Bonne. Ava a passé son temps à bavarder.

Jenna afficha un grand sourire.

— Elle tient cela de sa tante.

— Au sens strict..., déclara Lucy.

— Je suis sa *tante*, dit Jenna d'un ton ferme. Lu, nous en avons déjà suffisamment parlé. Ava est bien ta fille et celle de Will. Tout ce que j'ai fait, c'est te prêter mon utérus pendant quelques mois. Et je sais que tu aurais fait la même chose pour moi si la situation avait été inversée.

— Oui, bien sûr, dit Lucy en se mordillant la lèvre. Mais c'était aussi ton ovule.

— Comme nous sommes de vraies jumelles, nous avons les mêmes gênes, et mon ovule est identique à celui qui aurait été le tien. Ava est ta fille, biologiquement parlant, autant qu'elle l'est légalement et moralement.

Leurs amis et leurs proches — mis à part une exception notable — les avaient soutenues dans leur projet de mère porteuse, pourtant, Jenna en avait conscience, Lucy se sentait coupable. Surtout si quelqu'un l'avait mise mal à l'aise en abordant le sujet avec elle.

— On t'a fait une réflexion ? demanda doucement Jenna.

— Non... Enfin, si, reconnut Lucy.

— J'espère que tu leur as conseillé de se mettre un moment à ta place et de s'informer avant de te faire part de leurs opinions.

— C'est ma faute. On en est venus à parler de ça dans le groupe qui s'occupe des tout-petits. J'aurais mieux fait de me taire.

— Tu n'as pas à avoir honte. En fait, ton histoire pourrait aider les personnes confrontées au même problème. Elles verraient qu'elles doivent garder espoir, qu'elles aussi apercevront de la lumière au bout du tunnel.

Jenna soupira.

— Mais tout le monde croit que son opinion est la seule qui compte, et donne son avis sans aucune considération pour les sentiments d'autrui.

Quelqu'un avait manifestement blessé Lucy en évoquant les mères porteuses. Jenna aurait aimé avoir une conversation avec l'irresponsable qui avait fait preuve de tant de légèreté, elle lui aurait dit le fond de sa pensée avec toute l'énergie voulue.

— Je vois, dit-elle en fronçant les sourcils. Lu, tu sais qu'Ava est à *toi*.

Cinq ans plus tôt, Lucy avait été victime d'un grave accident de voiture qui avait provoqué une rupture de l'utérus et endommagé ses ovaires. À vingt-sept ans, elle avait dû subir une hystérectomie qui lui avait ôté tout espoir de tomber enceinte.

— Je sais.

— S'il te plaît, dis-moi que personne n'a tenu des propos aussi abominables que ceux de Danny.

— N… non.

Ainsi, cela avait été le cas, mais Lucy ne voulait pas le reconnaître. Jenna posa son verre sur le comptoir et prit sa sœur dans ses bras.

— Écoute-moi, tu veux ? J'adore vraiment Will, mais comme s'il était mon frère. Je ne fantasme pas sur lui, et je ne l'ai jamais fait. Il ne fantasme pas non plus sur moi. Il me rendrait complètement dingue si je devais vivre avec lui parce qu'il a toujours l'air dans les nuages, comme moi je le rendrais dingue en voulant tout contrôler et tout organiser au lieu de le laisser agir à sa guise, ce que toi tu fais. Je t'aime plus que tout au monde, Lu. Je t'ai proposé de porter ton bébé parce que j'étais celle qui pouvait apporter une solution au problème. L'agence d'adoption avait rejeté votre demande, et je ne supportais pas de te voir si malheureuse. Je rêvais de pouvoir t'aider. Tu l'aurais fait si nos rôles avaient été inversés. Mais tu sais déjà tout cela, je ne vois pas pourquoi il faut que je te le répète une fois de plus.

Lucy déglutit.

— Je sais.

— Alors, je t'en prie, n'écoute pas une femme sans cervelle qui n'imagine sûrement pas ce que c'est que d'être dans cette situation, et qui se moque du mal que ses propos inconsidérés peuvent faire.

— Mais je me sens réellement coupable, Jen. Si tu n'avais pas fait cela pour moi, à l'heure actuelle tu serais mariée avec Danny.

— Et nous aurions sans doute déjà divorcé, répondit Jenna d'un ton sec. L'épouser aurait été une énorme erreur.

— Vraiment ? Parce que je m'inquiète que tu sois seule.

— Je n'ai pas besoin de partenaire pour avoir une vie épanouie, dit Jenna avec fermeté.

Pour rien au monde elle n'avouerait à sa jumelle que, oui, parfois, elle se sentait seule, lorsqu'elle se réveillait à 3 heures du matin sans parvenir à se rendormir.

— Et je n'ai absolument pas besoin d'un partenaire qui me poserait des ultimatums chaque fois que je ferais quelque chose qui ne lui conviendrait pas. Un homme qui me demande de choisir entre toi et lui est sûr de perdre à tous les coups.

Elle reprit Lucy dans ses bras.

— Danny n'avait aucune empathie. Je te dois beaucoup. Sa

réaction, lorsque j'ai parlé d'être mère porteuse pour toi, m'a fait prendre conscience qu'il voyait tout en termes de coût financier.

— Mais tu l'as perdu en choisissant de porter notre bébé.

— De toute façon, cela n'aurait pas duré longtemps, lui et moi, tu peux me croire. Je ne veux pas être avec quelqu'un qui met un prix sur chaque chose et qui n'accorde de valeur qu'à ce qui peut être comptabilisé et faire l'objet d'échanges commerciaux. Ce n'est pas ma façon de voir. Épouser Danny aurait été un désastre.

— Avec le traitement pour la FIV, puis la grossesse, cela a créé un trou d'une année dans ta carrière.

— C'est rattrapable.

— Et cela a eu un impact sur tes revenus.

Cela avait été l'un des arguments de Danny, ce qui avait suscité le mépris de Jenna. Certaines choses étaient beaucoup, beaucoup plus importantes que l'argent. Le bonheur de sa sœur, par exemple. La famille. *L'amour.*

— Je ne me soucie vraiment pas de l'argent, Lu. J'avais des économies et, Will et toi, vous m'avez aidée pour mon loyer. Nous nous sommes bien débrouillés. Ce n'est pas un problème.

— Tu as toujours réponse à tout, pas vrai ? dit Lucy avec un soupir.

— Eh oui. Alors, ma sœur chérie, essaie de ne plus te faire de souci et laisse-moi jeter un coup d'œil discret à ma merveilleuse nièce. Je te promets de ne pas la réveiller.

— Je t'adore.

— Moi aussi, je t'adore, fit Jenna avec un sourire.

Elle monta l'escalier sur la pointe des pieds et entra dans la chambre d'enfant. Couchée dans son berceau, Ava dormait profondément. Elle avait l'air d'un ange.

Même si Jenna avait donné naissance au bébé, elle avait toujours considéré Ava comme la fille de Lucy, et non la sienne. L'amour qu'elle ressentait pour Ava n'était pas celui d'une mère, mais celui d'une tante gaga. Et cela lui semblait tout à fait normal.

— Dors bien, ma jolie nièce, murmura-t-elle en quittant la pièce à pas feutrés.

Dans la cuisine, Will avait rejoint Lucy. Il salua Jenna d'une accolade.

— Vous êtes là tous les deux, c'est parfait, dit Lucy en souriant. Je vais pouvoir servir.

Après la première bouchée, Jenna poussa un soupir de satisfaction.

— Tu fais vraiment les meilleures lasagnes du monde.

— Et au moins je sais que tu manges sainement lorsque tu dînes avec nous le lundi soir.

— Mais je mange sainement ! protesta Jenna.

— Non. Quand tu es débordée, dans le service, tu n'avales qu'une barre chocolatée ou un bol de céréales.

Jenna fit la grimace.

— Tu fais exactement la même chose quand tu es submergée de travail lors des trois premières semaines d'une nouvelle année scolaire et que Will a oublié l'heure alors que c'était son tour de cuisiner.

— Je n'oublie jamais, dit-il d'un ton outré.

Les deux sœurs le regardèrent et éclatèrent de rire.

— Oh ! mais si, mon cœur, dit Lucy en se penchant pour l'embrasser. La plupart du temps, tu vis au premier siècle de notre ère, pas au XXIe siècle.

— C'est mon job. Quant à toi, Jen, je m'associe à Lu quand elle te conseille de manger sainement.

— Oh ! fiche-moi la paix ! dit Jenna en riant.

Elle savait que son beau-frère ne voulait que son bien.

— Maintenant que le nouveau chef de clinique est là, ce sera moins frénétique au travail.

— Alors, à quoi ressemble-t-il ? demanda Will.

— Il s'y prend bien avec les enfants. Pour les distraire, il a deux paquets d'images, avec des voitures ou des chiots. Cela s'est avéré très utile aujourd'hui pour soigner un petit garçon qui était tombé dans l'escalier. Il s'était blessé à la tête, assez sérieusement puisqu'il a fallu suturer.

— Les voitures ne devraient pas être réservées aux garçons, dit Will d'un ton sans appel.

— C'est vrai, et Renzo n'est pas sexiste. Il dit que les filles aussi aiment les voitures, mais peut-être parce qu'il est italien et qu'il aime les petits bolides, dit Jenna en souriant. Il s'imagine que tout le monde est comme lui. Il fallait les voir, lui et le petit Billy ! Ils bavaient presque devant l'image d'un coupé sport.

— Moi aussi, je baverais devant une voiture pareille, dit Will. Sauf que nous ne pourrions pas y installer de siège bébé.

— Un Italien, dit Lucy, l'air pensif.

— Non, non et non ! rétorqua Jenna.

Elle savait exactement ce qui traversait l'esprit de sa jumelle. *Grand, brun et superbe.* C'était une parfaite description de Lorenzo Conti. Elle n'allait certainement pas dire à Lucy qu'il était célibataire, car sa sœur essaierait aussitôt de jouer les marieuses.

— Il a accepté de donner un coup de main pour le tournoi de danse, dit-elle.

— C'est bien, dit Lucy. Moi, je me sens coupable de ne pouvoir participer.

— Tu as le mariage de la nièce de Will à Édimbourg. Et les parents de Will ont besoin de profiter un peu d'Ava. Vous m'avez fait tous les deux un don important, à quoi s'ajoute un lot pour la tombola, c'est déjà très bien.

— Nous voulions aider, dit Will.

— Et vous l'avez fait. Largement, même. Alors, comment a été ta journée, Will ?

— J'ai passé une bonne partie de mon temps à essayer de déchiffrer l'écriture illisible des étudiants, maugréa-t-il. C'est encore pire les jours d'examen, je crois.

— Ah, les joies du mois de mai, dit Jenna en riant.

Elle savait à quel point son beau-frère adorait son travail et ses étudiants. Qui le lui rendaient bien.

Après cette excellente soirée en famille, Jenna rentra chez elle détendue. Pourtant, elle ne parvenait pas à chasser complètement Lorenzo Conti de sa tête. Il s'était montré tellement catégorique lorsqu'il avait déclaré être seul et ne pas chercher de partenaire. Quelqu'un l'avait sans doute beaucoup fait souffrir. Ou peut-être avait-il perdu l'amour de sa vie d'une grave maladie ou d'un accident et ne voulait-il plus s'attacher à personne de crainte de trop souffrir ? Mais tout cela ne la regardait en rien, elle ne voulait avoir qu'une relation professionnelle avec son nouveau collègue. Après ce qui s'était passé avec Danny, elle ne croyait plus en l'amour. Elle n'avait plus confiance en son propre jugement.

Elle avait la chance d'avoir une famille qu'elle adorait et un métier dans lequel elle s'épanouissait. Désirer rencontrer quelqu'un et connaître la proximité dont Lucy jouissait avec Will, avoir un bébé à elle — c'était trop demander.

Le cas de la petite Maddie Loveday, huit ans, la première patiente que Jenna reçut en consultation le lendemain matin, s'avéra être un casse-tête.

— Cela a commencé il y a six semaines, expliqua la mère de Maddie. Elle est allée au club de football et elle est revenue à la maison avec les joues très rouges. Cela ressemblait à une brûlure, mais c'était bizarre parce qu'il ne fait pas très froid fin avril. Et puis elle a attrapé un très mauvais virus. Toute la famille a été contaminée et même moi je suis restée trois jours clouée au lit.

Une éruption cutanée et un virus. Deux choses vraiment difficiles à contrôler. La plupart du temps, il n'y avait aucun traitement efficace. Il fallait simplement attendre que cela passe.

— Les rougeurs ne sont pas parties, poursuivit Mme Loveday. Elles se sont étendues aux bras et aux jambes. Maddie se plaignait d'avoir mal aux jambes et au ventre, elle avalait difficilement. Son état s'est aggravé et elle pleurait parfois, ce qui n'est pas habituel. Je l'ai emmenée chez le médecin.

— Qu'a dit votre généraliste ? demanda Jenna.

— Il pensait à un eczéma d'origine allergique, mais ma plus jeune fille en a et je fais très attention aux produits que j'utilise pour la lessive et la toilette. Maddie n'a jamais eu d'allergie alimentaire et cette éruption cutanée ne ressemblait en rien à l'eczéma que je connais.

Elle poussa un soupir.

— Je crois qu'il a envoyé Maddie consulter ici uniquement pour me faire taire.

La voyant au bord des larmes, Jenna lui posa gentiment la main sur le bras.

— Madame Loveday, sachez que lorsque les mamans nous

disent que leurs enfants ne vont pas bien, nous les écoutons. En ce qui les concerne, c'est vous les expertes ; vous savez si quelque chose ne va pas. Notre rôle est de vous écouter et de vous aider.

— Merci. Je sais qu'il ne faut pas se fier à tout ce qu'on lit sur Internet, mais je me suis demandé si cela n'avait pas à voir avec un phénomène d'auto-immunité.

— C'est possible, dit Jenna. Les éruptions cutanées ont des causes diverses, le diagnostic peut s'avérer très difficile à poser. Et vous avez absolument raison de ne pas croire tout ce qu'il y a sur Internet, on y trouve beaucoup d'histoires très alarmantes.

Elle se tourna vers la petite fille.

— Maddie, tu veux bien que je t'examine ?

Maddie hocha la tête et Jenna étudia les rougeurs de près. L'éruption, les douleurs de l'enfant dans les jambes et au ventre, et ses difficultés à avaler, tout cela pouvait bien indiquer un problème d'auto-immunité, mais comment déterminer lequel ?

— Je n'ai encore jamais rien vu de ce genre, dit-elle. Je pense que vous avez raison, madame Loveday, cela ressemble beaucoup à une maladie auto-immune. Vous permettez que j'en parle un moment avec l'un de mes collègues les plus expérimentés ?

— Oui, bien sûr. L'essentiel, c'est que vous puissiez trouver ce qui ne va pas chez Maddie et faire en sorte qu'elle guérisse.

Jenna partit à la recherche d'un consultant. Aucun n'était dans les parages, mais Lorenzo était dans son bureau. Comme il avait trois ou quatre années d'expérience de plus qu'elle, il y avait des chances qu'il ait déjà rencontré des cas semblables à celui de Maddie.

Elle frappa à sa porte.

— Renzo, auriez-vous une minute, s'il vous plaît ?

— Bien sûr.

— Vous vous y connaissez en maladies auto-immunes ?

— J'en ai soigné quelques-unes. De quoi s'agit-il ?

— Je ne sais pas très bien.

Elle lui exposa le cas de Maddie et ses symptômes.

— Vous êtes manifestement occupé, alors je suis désolée de vous demander cela, mais... est-ce que vous viendriez jeter un coup d'œil ?

— Bien sûr, dit-il en refermant le dossier sur lequel il travaillait.

Jenna le présenta aux Loveday, puis Lorenzo examina la peau de Maddie.

— Dites-moi, madame Loveday, avez-vous déjà entendu parler de la DMJ, la dermatomyosite juvénile ?

La mère de Maddie parut surprise.

— Non, jamais.

— C'est une maladie très rare, qui touche environ trois enfants sur un million, et deux fois plus de filles que de garçons, dit Lorenzo. C'est une inflammation de la peau et des muscles et, d'après ce que m'a dit Jenna et ce que je vois là, j'ai bien l'impression que c'est ce dont souffre votre Maddie.

— Qu'est-ce qui provoque cette maladie ?

— En fait, nous l'ignorons. Jenna m'a parlé du virus que votre fille a attrapé et, dans les cas que nous connaissons, il y avait présence d'un virus.

— Combien de temps cette maladie dure-t-elle ? Est-ce permanent ? L'état de Maddie va-t-il empirer ?

— Parfois, un enfant souffre de DMJ pendant deux ans et puis en est débarrassé pour toujours. Parfois, cela revient après quelques années de rémission. Ou alors la maladie s'installe et il faut la gérer durant toute la vie du patient. Je suis désolé d'être aussi vague, mais l'évolution diffère drastiquement d'une personne à l'autre. Ce que je peux vous promettre, c'est que nous mettrons en place un traitement qui permettra à Maddie de vivre comme si elle ne souffrait pas de DMJ.

— En quoi consiste cette maladie ? demanda Mme Loveday.

— Les muscles s'affaiblissent et deviennent douloureux, ce qui explique pourquoi votre fille se plaint d'avoir mal au ventre et aux jambes. L'inflammation touche généralement les muscles des hanches et des épaules, et il devient difficile de marcher, de monter les escaliers, de se relever ou bien de lever les bras. Et cela te fatigue beaucoup, Maddie.

La petite fille hocha la tête.

— Depuis que j'ai ces rougeurs et mal aux jambes, je ne peux plus courir aussi vite quand je joue au football, et je suis vraiment fatiguée à la fin du match.

— Comment allez-vous soigner cela ? demanda Mme Loveday.

— Par des médicaments et de la kinésithérapie, dit Lorenzo. J'aimerais l'hospitaliser maintenant. Il faudrait que nous la gardions ici deux semaines afin de contrôler son état. Nous pouvons la soulager avec un médicament, mais il existe aussi d'autres traitements. Nous allons commencer par des stéroïdes, ce qui va vraiment lui faire du bien.

Mme Loveday était de toute évidence sous le choc.

— Des stéroïdes ? Comme ce que prennent les culturistes ?

— Non, ceux-là sont des corticostéroïdes, expliqua Jenna. En fait, le corps en produit aussi de façon naturelle. Nous les utilisons pour diminuer l'inflammation, si bien que Maddie n'aura plus mal aux muscles, et cela guérira aussi les rougeurs.

— Nous devons aussi effectuer quelques tests, dont un électromyogramme, dit Lorenzo. C'est un examen qui met en évidence l'activité électrique dans les muscles. Je te promets que cela ne te fera pas mal, Maddie.

— Bien, dit la petite fille, parce que, là, j'ai vraiment très, très mal et je ne veux pas que ce soit comme ça tous les jours. Tout ce que je veux, c'est jouer au football.

— Nous allons faire en sorte que tu ne souffres plus, déclara Jenna.

— Nos collègues kinésithérapeutes vont t'apprendre certains exercices, Maddie, et tes muscles fonctionneront mieux, dit Lorenzo.

— Ils vont te faire travailler dur, dit Jenna, mais en t'amusant. Vous pouvez venir aussi, madame Loveday, pour pouvoir refaire ces exercices à la maison avec Maddie.

— C'est comme les exercices que je fais au football ? s'enquit Maddie.

— C'est possible, répondit Jenna.

— Parce que je ne veux pas arrêter le football. Je veux être footballeuse quand je serai grande et devenir la capitaine de l'équipe féminine d'Angleterre. Je ne serai pas obligée d'arrêter de jouer, n'est-ce pas ? demanda-t-elle d'une voix étranglée.

— Certainement pas, dit Lorenzo. Je sais que c'est horrible de se sentir aussi malade, mais tu as choisi le bon moment : la saison de football est terminée, tu ne manqueras aucun match cet été.

— Mais il y a un camp d'entraînement pour le foot au mois d'août. Est-ce que je serai assez en forme pour y aller ?

— Pour le moment, nous ne savons pas encore comment tu réagiras au traitement, il faudra peut-être en changer, mais nous ferons tout notre possible pour que tu participes au camp, répondit Jenna.

— Une fois l'éruption cutanée et les douleurs sous contrôle grâce aux stéroïdes, dit Lorenzo, tu auras peut-être besoin d'un autre médicament, Maddie. Nous verrons comment cela évolue, mais une piqûre de méthotrexate toutes les semaines devrait suffire. L'infirmière qui travaille avec ton médecin de famille te la fera au cabinet médical, tu n'auras pas besoin de revenir à l'hôpital pour cela. Et tu auras aussi un médicament contre les nausées.

— Parfois, dit Jenna, les stéroïdes affectent la densité osseuse, c'est-à-dire la solidité de tes os. C'est pourquoi nous te donnerons du calcium et de la vitamine D.

— Et quand le traitement aura commencé à agir, nous diminuerons progressivement les doses de stéroïdes, dit encore Lorenzo. En cas de nouvelle poussée de la maladie, nous saurons alors quels médicaments sont le plus efficaces pour toi et nous pourrons te les donner en cas de rechute.

— L'été, dit Jenna, tu devras mettre de la crème solaire et porter un chapeau.

— Le coach nous met toujours de la crème solaire avant l'entraînement, répondit Maddie.

— C'est bien, dit Lorenzo. Nous allons donc t'hospitaliser maintenant et nous assurer que tu sois en forme pour ton camp cet été. Lorsque tu seras rentrée chez toi, nous te reverrons chaque mois afin de surveiller l'efficacité du traitement et, éventuellement, le modifier.

Jenna demanda à une infirmière d'installer Maddie dans une chambre du service, puis s'occupa des tests prescrits par Lorenzo. Les résultats de l'EMG confirmèrent son diagnostic. Elle nota qu'il avait renoncé à sa pause déjeuner pour s'asseoir au chevet de la petite fille et parler football avec elle.

Lorenzo Conti était vraiment un homme bien.

Elle aimait sa façon de travailler, de rassurer à la fois les petits patients et leurs parents. Elle avait l'impression de faire équipe avec lui depuis des années alors qu'elle ne le connaissait que depuis deux jours. Comment pouvaient-ils avoir si rapidement ce type de rapport ?

Pendant la pause de l'après-midi, elle le rattrapa alors qu'il se dirigeait vers la salle de repos du personnel.

— Je vous dois un gâteau pour m'avoir aidée pour Maddie.

— C'est tout naturel, je n'ai fait que mon travail, comme vous, répondit-il en souriant.

— Grâce à vous, j'ai appris quelque chose aujourd'hui, et j'aime cela. Et je sais que vous n'avez pas déjeuné — vous avez préféré rester auprès de Maddie et parler football avec elle.

Il haussa les épaules.

— Maddie était inquiète, je voulais l'aider à prendre ses marques ici. Nous avons eu une discussion fabuleuse pour savoir si les footballeurs italiens étaient meilleurs que les Anglais, ça lui a vraiment remonté le moral.

Jenna l'imaginait sans peine.

— Je veux juste vous remercier, ne pensez pas que je veuille abuser de votre complaisance.

— Je ne l'imagine pas une seconde. Nous sommes collègues, vous et moi. Je fais simplement mon job. Franchement, vous ne me devez rien du tout.

Une pensée désagréable traversa l'esprit de Jenna. Croyait-il qu'elle lui faisait des avances ? Ce n'était absolument pas le cas.

— J'en ferais autant avec n'importe lequel de mes collègues qui m'aurait donné un coup de main, dit-elle. Sans considération de sexe ni d'âge.

— Très bien.

— Merci, alors, j'ai vraiment apprécié votre aide. Je pensais que Maddie avait peut-être un problème de rhumatologie, mais je n'avais encore jamais rencontré de cas de DMJ.

— Pour être honnête, je n'en ai vu qu'un seul dans ma carrière et, en l'occurrence, ce n'était pas moi le médecin-chef.

— Je vais me plonger dans mes manuels de médecine dès ce soir, après le cours de salsa, dit-elle en souriant. Pour moi, le bénéfice est double, affiner le traitement de Maddie et, en même temps, réviser mes examens de pédiatrie.

Il la regarda fixement.

— Vous avez quoi… trois ou quatre ans de moins que moi ?

— J'ai trente-deux ans.

— Trois ans de moins que moi, donc. Je m'étonne que vous n'ayez pas encore passé tous vos examens.

— C'est parce que j'ai pris une année sabbatique.

— Sabbatique ?

Il avait un ton de voix si doux, si gentil, qu'elle faillit se confier et lui exposer les raisons de ce choix. Mais les propos de Danny lui revinrent en mémoire.

« Tu vas être mère porteuse pour ta sœur ? C'est l'idée la plus stupide que j'aie jamais entendue. Et ta carrière ? Comment peux-tu laisser tomber tout ça juste pour faire un gamin qui ne sera même pas à toi ? »

Lorenzo ne ressemblait certainement pas à Danny, mais la situation n'était pas pour autant facile à expliquer.

— La vie réserve parfois des surprises, dit-elle avec un sourire destiné à esquiver la question.

Lorenzo avait vu Jenna travailler avec les patients. Elle était compétente et avait suffisamment confiance en elle pour reconnaître que quelque chose lui échappait, comme cela avait été le cas avec Maddie. Sans doute n'avait-elle donc pas pris une année sabbatique parce qu'elle doutait de son travail et de son avenir. Alors, pourquoi ? Pour avoir un bébé, peut-être ?

Cependant, d'après son expérience, lorsque ses collègues avaient des enfants, ils en parlaient. Jenna, elle, n'avait pas dit un mot à ce sujet.

Peut-être avait-elle eu un enfant qu'elle avait ensuite perdu ?

Lui qui savait ce que c'était, il n'en parlait pas. Il comprenait qu'on ne souhaite pas évoquer le vide laissé par la disparition d'un enfant, aussi ne la pousserait-il pas dans ses retranchements. Par ailleurs, elle avait mis le doigt sur sa propre situation. Oui, la vie réservait des surprises. Dans son cas à lui, sa naïveté et sa stupidité en étaient la cause. Il n'avait pas compris que sa femme le trompait avec un ex-petit ami, ni que la petite fille qu'il croyait être la sienne était en fait celle d'un autre.

— C'est vrai, dit-il, la vie réserve des surprises. Si, avant vos examens, vous avez besoin d'un coach qui vous pose des questions, dites-le-moi.

— Merci, c'est très gentil.

Elle le gratifia d'un sourire qui donnait envie de quelque chose de plus intime qu'une simple révision d'examen.

C'était ridicule. Ils avaient l'un comme l'autre affirmé qu'ils ne cherchaient pas de partenaire. Après son histoire avec Georgia, il ne pouvait plus faire confiance à personne.

Cependant, quelque chose l'attirait chez Jenna Harris. Sa chaleur, sa verve, sa gentillesse.

Il allait devoir faire attention. Très attention, même.

Car il n'avait vraiment aucune envie de mettre de nouveau son cœur en danger.

3

Deux semaines après ses débuts au Muswell Hill Memorial Hospital, Lorenzo s'y sentait très à l'aise. Comme Jenna le lui avait dit dès le premier jour, l'équipe travaillait bien et formait presque une famille. Il avait déjà passé une soirée pizza avec tous les membres du service, joué au football le week-end dans le parc et rejoint l'équipe de quiz. Et le tournoi de danse aurait lieu ce week-end. C'était comme s'il travaillait au Muswell Hill depuis des mois.

La seule chose qui lui restait à régler, à présent, c'étaient les sentiments déplacés qu'il ressentait pour Jenna.

Chaque fois que leurs mains se frôlaient lorsqu'ils travaillaient ensemble, il ressentait un picotement tout le long du bras. Lorsqu'elle souriait, son cœur faisait un bond. C'était complètement fou.

Il ne voulait pas s'engager dans une relation sérieuse et elle ne le souhaitait pas non plus, il le savait.

Pourquoi lui faisait-elle un tel effet ? Tout aurait été plus facile si elle avait été cancanière, ou une ambitieuse prête à piétiner ses collègues pour une promotion — le genre de femme qu'il fuyait comme la peste. Mais elle était chaleureuse, douce, géniale avec ses petits patients et leurs parents, et il l'avait vue expliquer patiemment quelque chose à l'un des jeunes médecins du service.

Bref, elle l'attirait, physiquement et intellectuellement. Le problème, c'était qu'il avait déjà connu cela avec Georgia. Il était tombé amoureux d'une femme dont il se croyait aimé, et elle l'avait laissé tomber de la pire des façons. Il avait fini par accepter qu'elle l'ait quitté pour un autre ; même si cela faisait mal, il pouvait comprendre que lutter contre ses sentiments, quand on aimait passionnément quelqu'un, était impossible. Mais qu'elle lui ait ôté leur fille l'avait blessé plus profondément que tout ce qu'il avait pu connaître jusqu'alors. Il ne s'exposerait plus jamais à ce genre de souffrance.

Par ailleurs, si quelqu'un d'aussi agréable que Jenna était célibataire et entendait le rester, c'était qu'elle avait dû connaître une déception amoureuse. Peut-être cela avait-il quelque chose à voir avec son année sabbatique. Mais il n'aurait pas l'indiscrétion de lui poser la question.

Il devait donc garder la maîtrise de ses sentiments. Se rappeler qu'il était le collègue de Jenna. Peut-être pourraient-ils devenir amis. Mais, même cela, il n'était pas sûr de pouvoir y faire face.

Rester strictement professionnel, c'était le mot d'ordre à suivre.

Le samedi après-midi, jour du tournoi de danse, il alla au lycée à pied et suivit les indications jusqu'au gymnase, où Jenna se trouvait déjà. Elle avait attaché ses cheveux en queue-de-cheval avec un chouchou, comme elle le faisait au travail. À quoi ressemblait-elle lorsqu'elle lâchait sa chevelure blonde sur ses épaules ? Il se surprit même à imaginer l'effet de ces boucles étalées sur son oreiller à lui...

Oh, pour l'amour du ciel ! Une collecte de fonds n'était ni le lieu ni le moment pour fantasmer sur Jenna Harris. Elle était intouchable et ils avaient une tâche à accomplir.

— Prêt à me mettre au travail, comme promis, dit-il en souriant. Que puis-je faire ?

Jenna se tourna vers Lorenzo et son cœur fit un bond dans sa poitrine. La chemise classique, la cravate et le pantalon noir qu'il portait toujours sous sa blouse blanche à l'hôpital avaient été remplacés par un jean et un T-shirt qui lui donnaient l'air plus jeune, plus accessible. Elle allait lui poser la main sur le bras lorsqu'elle prit conscience avec effroi de ce qu'elle s'apprêtait à faire.

Il n'en était pas question.

Il était venu aider. C'était un nouveau collègue, et rien de plus. Elle devait rester sur un plan strictement professionnel.

— Salut ! Merci de venir donner un coup de main. Là-bas, il y a une table avec tous les lots pour la tombola. Si vous voulez bien coller un numéro sur chaque lot, puis plier le reste des tickets et les mettre dans la boîte, ce serait génial.

Elle lui tendit un carnet de tickets et un rouleau d'étiquettes autocollantes. Leurs doigts se frôlèrent et un long frisson parcourut aussitôt sa colonne vertébrale.

Était-ce le fruit de son imagination, ou avait-il écarquillé légèrement les yeux ? Allait-elle trop loin dans ses interprétations ? Ce n'était vraiment ni le moment ni le lieu.

Les tickets, se rappela-t-elle brusquement.

— Pour les tickets qui se terminent par zéro, et uniquement pour eux, nous prenons la partie droite et nous la collons sur les lots. Et nous mettons la partie gauche de tous les tickets dans l'urne, en les pliant pour en cacher le numéro.

— Ce qui veut dire qu'on a une chance sur dix de gagner un lot. Cela paraît raisonnable.

Il se dirigea vers la table et commença à préparer le matériel pour la tombola.

Nathan, du service des urgences, aidait le groupe Maybe Baby à s'installer sur scène, ils allaient brancher la sono pour effectuer la balance. Le pub du quartier chargé de la buvette agençait leur comptoir dans un coin de la salle. Et de nombreux parents d'anciens petits patients venaient consulter Jenna pour savoir où poser les amuse-bouches qu'ils avaient apportés.

Durant tout ce temps, Jenna était incroyablement consciente de la présence de Lorenzo. C'était fou. Pourquoi se serait-elle compliqué la vie ? Son travail et ses examens l'occupaient déjà suffisamment. Et elle aimait sa vie telle qu'elle était.

Cependant, une petite voix intérieure résonnait dans sa tête. *Et si…*

Et si elle pouvait avoir ce qu'avait Lucy ? Un homme qui l'aimait et avec qui elle fonderait une famille ?

Elle chassa cette pensée. Elle avait le sentiment que Lorenzo avait été profondément blessé par le passé — d'où son insistance sur le fait qu'il ne souhaitait pas s'engager dans une relation durable. Et vu le manque de jugement dont elle-même avait fait preuve à propos de Danny, comment être sûre de ne pas faire la même erreur avec Lorenzo ?

Il ne lui restait qu'à ignorer cette petite voix intérieure et à écouter tout simplement son bon sens.

Une fois la tombola mise en place, Lorenzo rejoignit un groupe de bénévoles qui installaient des chaises pour les simples spectateurs, ou pour les danseurs qui auraient besoin d'une pause.

— C'est vraiment gentil à vous de faire tout cela, dit Jenna en s'approchant de lui. Je culpabilise un peu de vous avoir demandé votre aide, vous ne travaillez avec nous que depuis quinze jours.

— Pas de souci. De toute façon, je n'avais rien de prévu ce week-end, et c'est une façon agréable de faire mieux connaissance avec l'équipe en dehors du travail.

— J'apprécie quand même votre coup de main.

Lorsqu'elle lui souriait ainsi, il devait faire appel à tout son professionnalisme pour garder son calme. Que lui arrivait-il ? Il était urgent de se ressaisir.

— Vous avez autre chose à me faire faire ?

Elle secoua la tête.

— Je n'ai plus qu'à distribuer les fonds de caisse aux différents stands, ensuite j'irai mettre mes souliers de bal.

— Alors, je vais faire mon possible pour vendre tous les billets de tombola, dit-il.

Le tournoi de danse démarra et Lorenzo, surpris, découvrit combien les musiciens de Maybe Baby étaient bons. Keely, une des infirmières en pédiatrie, avait une voix magnifique, elle aurait facilement pu envisager une carrière de chanteuse. Nathan, le brancardier qui faisait office de DJ, remplaçait le groupe lorsque celui-ci s'accordait une pause. Avec toutes ces musiques entraînantes, la piste de danse était pleine à craquer.

— Vous vous êtes déjà donné beaucoup de mal pour cette tombola, Renzo, dit Laney, autre infirmière en pédiatrie. Je vous remplace un moment. Allez donc danser, fit-elle en souriant.

Elle ne lui laissait guère le choix, même si danser n'était vraiment pas sa tasse de thé. Il se tenait au bord de la piste, se balançant maladroitement au rythme de l'orchestre. Combien de temps devait-il rester là avant de pouvoir regagner la table de la tombola ?

Jenna vint soudain se mettre à côté de lui.

— Alors, finalement vous vous joignez à nous sur la piste de danse ? demanda-t-elle.

— Ordre de Laney. Je vous ai avertie que tous les Italiens n'étaient pas des danseurs exceptionnels. Et moi, j'ai deux pieds gauches, fit-il avec un petit sourire triste.

— Tout le monde peut danser. Il suffit que quelqu'un vous montre. Là, c'est une salsa, et c'est très amusant.

Non, il n'était pas de cet avis. Il se faisait l'impression d'être un poisson hors de l'eau.

— Me balancer comme ça d'un pied sur l'autre, ça ne compte pas ? demanda-t-il d'une voix plaintive.

Elle sourit.

— Pas pour la salsa, mais je vous promets que les pas ne sont pas si difficiles que cela. Mettez-vous face à moi, je vous montre. J'irai doucement, au début, jusqu'à ce que vous maîtrisiez les figures. Nous allons commencer par le pas de base, le pas de côté.

Il se redressa face à elle, conscient d'avoir l'air d'un parfait idiot.

— Maintenant, faites mes mouvements en miroir.

Elle n'avait pas seulement changé de chaussures, elle avait troqué le jean fatigué et le vieux T-shirt de l'après-midi pour un pantalon noir et un petit haut à bretelles. Quant aux chaussures... Elles étaient vraiment faites pour danser. Rouge vif et pailletées. Pas étonnant qu'elle ait choisi cette couleur, qui correspondait parfaitement à sa personnalité.

— Pliez la jambe gauche et portez le poids de votre corps sur la jambe droite.

Comme au travail, elle donnait ses consignes d'une façon claire et concise, chose qu'il appréciait beaucoup. Mais il se méfiait. Sa relation avec Jenna devait rester strictement platonique, car il ne voulait pas risquer de souffrir comme avec Georgia. Mais Jenna l'attirait plus que toute autre femme auparavant. Sa chaleur, sa douceur...

Cependant, il était sûr qu'elle aussi avait souffert par le passé. Il en voulait pour preuve la façon dont elle évitait de parler de son année sabbatique.

Peut-être pourraient-ils s'entraider.

Ou bien cela ne ferait peut-être qu'empirer les choses. Mieux valait laisser tomber.

Il prit soudain conscience que Jenna était en train de lui parler.

— Désolé, j'ai perdu le fil. Pourriez-vous m'expliquer une nouvelle fois ?

— Bien sûr. Faites un pas à gauche avec la jambe gauche, pesez sur la jambe droite et resserrez les pieds. Le rythme est : 1, 2, 3, pause.

L'imitant de son mieux, il réussit à ne pas trébucher.

— Bravo, dit-elle, à présent on recommence en enchaînant les pas.

Difficile de reproduire exactement la façon dont elle bougeait les bras, mais il maîtrisait le mouvement de ses pieds. Elle parut satisfaite.

— Parfait, dit-elle. Nous ferons de vous un danseur. Il y a aussi un mouvement d'avant en arrière à apprendre...

— Restons-en au pas de côté, fit-il, peu sûr de lui.

Elle sourit.

— Pas de problème. Prêt ?

Il comptait les battements. 1, 2, 3, pause... Encore et encore. Soudain, il eut conscience de danser avec elle. Il dansait vraiment. Il ne s'agissait plus de bouger au hasard en espérant ne pas trop se ridiculiser sur la piste. Elle avait raison. C'*était* amusant. Depuis quand ne s'était-il pas autant amusé ?

Elle avait ôté le chouchou qui retenait ses cheveux sur la nuque, ses boucles tombaient désormais librement sur ses épaules. Elle riait, les yeux brillants, d'une beauté à couper le souffle — on aurait dit une déesse préraphaélite. Il n'avait pas ressenti une telle attirance pour une femme depuis son premier rendez-vous avec Georgia.

Cette pensée suffit à le déstabiliser. Il fit un faux pas et s'arrêta.

— Ça va ? demanda Jenna.

— Sûr. J'ai simplement deux pieds gauches, voilà tout.

Elle sourit.

— Des garçons qui suivaient notre cours de salsa ne savaient jamais quel pied bouger, alors notre professeur leur a conseillé de porter aux poignets des rubans de couleurs différentes, un jaune à gauche et un rouge à droite. Ces repères visuels les ont vraiment aidés.

Elle ralentit ses mouvements et le guida jusqu'à ce qu'il reprenne confiance en lui. Elle se comportait en dehors du travail comme dans le service, avec gentillesse et respect.

Il termina la danse, puis annonça qu'il quittait la piste.

— Il est temps que j'aille vendre les billets de tombola.

Au regard de Jenna, elle savait que c'était un prétexte pour s'échapper. En devinait-elle la raison ? Ce qui le terrorisait, ce n'était pas de danser, mais de se retrouver si proche d'elle.

Ressentait-elle la même attirance que celle qu'il avait pour elle ? Si c'était le cas, qu'allaient-ils faire ?

Tout en vendant ses billets, il ne la quittait pas des yeux. Elle dansait à présent plus rapidement et effectuait des pas plus savants en compagnie d'élèves du cours de salsa sans doute, car ils exécutaient les figures compliquées avec la même agilité.

Elle avait une manière stupéfiante de bouger. Elle ondulait, sensuelle. Il brûlait d'envie de la rejoindre, de danser avec elle, puis de l'embrasser jusqu'au vertige. Ce qui aurait été stupide. Ils étaient collègues et ne pouvaient être qu'amis, rien de plus. Autre chose ne ferait que lui briser le cœur.

Il dirigea son attention sur la tombola et, une fois tous les lots distribués, apporta un verre d'eau à Jenna.

— Merci, c'est très gentil, dit-elle.

Et elle eut un sourire qui suffit à affoler le rythme cardiaque de Lorenzo.

— Tous les lots ont été gagnés, dit-il, je vais compter l'argent avec Laney. Elle dit que nous devons soustraire le fonds de caisse.

— Il était de dix livres. Il y a un carton sous la table avec des sacs pour les pièces, des élastiques pour les billets, et un gros sac matelassé pour mettre le tout.

Elle avait sûrement l'expérience de ce genre de choses, elle était parfaitement organisée.

— Ma sœur est institutrice et je donne souvent un coup de main lors des fêtes de l'école, répondit-elle comme si elle lisait dans ses pensées. Je m'occupe notamment de la trésorerie et j'ai appris comment gérer l'argent recueilli.

— Je vois.

Une fois la recette comptée, Laney et Renzo inscrivirent le total sur le sac matelassé. Bientôt, Maybe Baby joua le dernier morceau de la soirée, et Keely fit monter Jenna sur scène et lui tendit le micro.

— Merci à vous tous d'être venus ce soir, dit-elle. Je voudrais remercier tous ceux qui ont tenu un stand, offert un lot, sponsorisé un danseur ou qui se sont eux-mêmes lancés sur la piste, et tous ceux qui nous ont apporté leur soutien et acheté des choses aux stands. Merci à tous les parents et aux commerçants du quartier qui ont donné des lots et de quoi boire et manger. Nous ferons les comptes durant le week-end et je publierai les sommes récoltées en ligne sur le site Web du service. Merci aussi au nom de tous nos patients, les jouets que nous allons acquérir grâce à votre générosité les aideront à supporter leur séjour à l'hôpital en leur faisant oublier un peu leurs soucis. C'est vraiment important, car cela rend le traitement moins stressant pour eux. Merci à tous.

Son discours fut suivi d'un tonnerre d'applaudissements, puis les participants commencèrent à tout remettre en ordre, rangeant les tables, les chaises et les quelques invendus qui restaient. Le groupe musical et le DJ évacuèrent la sono et leur matériel, tandis qu'armée d'un seau et d'un balai à franges, Jenna lavait le sol afin de laisser le gymnase parfaitement propre.

— Un grand merci à tous pour votre participation à cette soirée, dit-elle lorsque tout fut terminé.

— Puis-je vous aider à emporter cela chez vous ? demanda Lorenzo en montrant le carton qui contenait la recette.

— Je ne rentre pas à pied avec tout cet argent, dit-elle, je vais prendre un taxi. Vous pouvez en profiter, je vous dépose chez vous si c'est le chemin.

Il tenait là une belle occasion de s'esquiver. Même s'ils allaient dans la même direction, il pouvait refuser la proposition.

— En fait, fit Jenna, accompagnez-moi de toute façon. Je vous dois un verre pour avoir consacré une partie de votre journée et toute votre soirée à ce tournoi de danse.

— Je l'ai fait avec plaisir. Vous ne me devez rien du tout. Mais je vais attendre avec vous l'arrivée du taxi.

— Je vous remercie.

Ils ne patientèrent que quelques minutes, et Lorenzo se surprit à monter lui aussi dans le taxi.

— Venez boire un verre à la maison, dit Jenna lorsqu'ils furent devant chez elle.

Au lieu de trouver une excuse polie, il accepta.

Elle le fit entrer dans la cuisine et posa le carton contenant la recette de la soirée sur le comptoir.

— Que préférez-vous, vin blanc ou vin rouge ?

— L'un ou l'autre, si vous avez une bouteille déjà ouverte.

Elle regarda dans le réfrigérateur.

— J'ai du rosé. Cela vous va ?

— Ce sera parfait.

Elle remplit deux verres et lui en tendit un avant de porter un toast.

— À votre santé ! Et merci encore pour votre aide.

— C'était un plaisir.

Il but une gorgée et ne put retenir un rictus.

— Il est trop sucré pour vous, n'est-ce pas ? demanda-t-elle, anxieuse.

— Il est très bien, mentit-il.

— Vous disiez que votre famille vivait en Italie. J'espère qu'ils ne possèdent pas de vignoble...

— J'ai bien peur que si.

— Et ils ont été primés pour la qualité de leur vin, j'imagine ?

Il hocha la tête.

— Pour le *chiaretto* Bardolino.

— Un vin rouge, n'est-ce pas ?

— Le meilleur vin Bardolino est un rouge. Mais le *chiaretto* est un rosé. Léger, pas trop doux, parfait pour les soirées d'été.

— Désolée, celui-ci n'a rien d'un vin primé, mais il se boit très bien l'été.

Il le trouvait beaucoup trop sucré, mais il n'allait pas la mettre mal à l'aise.

— Il est très agréable.

— Comme nous avons seulement grignoté ce soir, j'aimerais vous inviter à dîner, mais je crains d'avoir peu à vous offrir. J'ai de la salade, des pâtes et de la sauce tomate en boîte, vous êtes italien. Je ne sais pas si j'oserais vous proposer un tel menu !

Sa cuisine ne ressemblait pas à celle d'un cordon-bleu. Il imaginait plutôt Jenna y bavardant avec des amies en buvant un café avec des gâteaux achetés à la boulangerie du coin. Au mur, une plaque de liège était couverte de fiches, et la porte du réfrigérateur s'ornait d'une dizaine de photos fixées par des magnets.

— Vous êtes debout depuis des heures, vous n'allez pas cuisiner pour moi, dit-il.

C'était le moment de prendre congé, mais quelque chose en lui le poussait à rester. Il avait envie de mieux connaître Jenna.

— Mais je peux vous préparer à dîner, si vous voulez, dit-il soudain.

Elle cligna des yeux.

— Attendez... Vous proposez de me faire la cuisine ?

— Je ne sais pas danser, mais je suis assez bon cuisinier.

— Contrairement à moi. D'après ma famille, je suis capable de faire brûler n'importe quel plat. Ma sœur, Lucy, m'invite à dîner tous les lundis pour être sûre que je mange convenablement au moins une fois par semaine.

Elle le regarda et fronça les sourcils.

— Votre famille possède un vignoble. Ont-ils également un restaurant ?

— Euh... Oui. Deux ou trois, en fait. Et deux hôtels.

— Alors, jamais je n'oserai vous inviter à manger chez moi.

Il rit.

— Ce n'est pas parce que mon cousin a obtenu une étoile au Michelin que nous sommes tous aussi doués que lui.

— Sérieusement ? Votre cousin a une étoile dans le Guide Michelin ?

— Oui, mais la cuisine de Matteo reste très simple. Ce qu'il aime, ce sont les bons produits, frais, bien cuisinés et bien présentés.

— J'imagine que, dans votre famille, personne n'ose cuisiner pour lui.

— Il est chef, pas critique gastronomique. Si un plat est préparé avec amour, il le mange avec le sourire, même si ce n'est pas absolument fabuleux. Mais le lendemain matin, celui qui a cuisiné a droit à un cours privé qui lui permettra de s'améliorer à l'avenir. Matteo n'hésite pas à partager quelques petits trucs qui changent tout. C'est lui qui m'a appris à préparer une sauce géniale pour les pâtes avec trois fois rien.

— Eh bien, si vous avez vraiment envie de cuisiner avec un réfrigérateur presque vide, vous êtes le bienvenu. Vous ne pourrez pas dire que je ne vous avais pas prévenu.

— Voyons ce que vous avez.

Ouvrant le réfrigérateur, il trouva de la margarine à l'huile d'olive, du fromage, des petits oignons, des tomates qui n'étaient pas de première fraîcheur, un demi-sachet d'épinards passablement flétris et de l'ail. Ce n'était pas brillant, mais il pourrait en faire quelque chose. Et il n'utiliserait pas la sauce tomate industrielle.

— Auriez-vous du piment frais ? demanda-t-il.

— Non, mais j'ai du piment en poudre, répondit-elle en fouillant dans un placard.

— Parfait. Tout ce qu'il me faut, maintenant, c'est un bon couteau, une planche à découper, une râpe, des pâtes... Oh ! et aussi deux casseroles, s'il vous plaît.

Elle sortit les ustensiles.

— Vous trouverez le couteau dans le tiroir à côté de l'évier, dit-elle. Je vous sors le pot de sauce tomate ?

— Non, répondit-il en souriant.

Il mit de l'eau à bouillir pour les pâtes.

— Ce sera prêt dans dix minutes environ, déclara-t-il après avoir jeté les pâtes dans l'eau en ébullition. Allez vous asseoir et détendez-vous. Euh... Désolé, je ne voudrais pas avoir l'air de tout prendre en main. C'est votre cuisine.

— Pas de problème. C'est très agréable d'avoir un chef cuisinier à domicile.

En fait, il aimait préparer des repas pour les autres. Il avait adoré faire sa sauce tomate pour Florence et la voir, le visage barbouillé, lui en réclamer davantage.

Pendant que les pâtes cuisaient, il coupa les tomates, les oignons et l'ail et les fit sauter à l'huile d'olive avant d'ajouter le piment et les épinards. Pour finir, il râpa le fromage.

Jenna avait mis la table. Une fois les pâtes cuites *al dente*, il en garnit les deux grandes assiettes qu'elle avait sorties, versa la sauce dessus et saupoudra le tout de fromage râpé.

— Voilà, c'est prêt, dit-il.

Jenna avala une pleine bouchée avec un plaisir évident.

— Je n'aurais jamais cru possible de faire quelque chose d'aussi délicieux avec ce qui restait dans le réfrigérateur, dit-elle. Même Lu, qui adore cuisiner, n'y serait pas arrivée. Je suis très impressionnée. Vous n'avez jamais songé à tenir un restaurant, comme votre cousin ?

— Non, j'ai toujours voulu être médecin.

— Votre père ou votre mère le sont ?

— Non, papa est architecte et maman travaille dans une école maternelle. Et vos parents, que font-ils ?

— Papa est médecin généraliste et maman est l'infirmière de son cabinet.

— Chez vous, la médecine est donc une affaire de famille. Votre sœur est aussi dans le milieu médical ?

— Non, elle est directrice adjointe dans une école primaire. C'est l'une des plus jeunes à ce poste, dit-elle, visiblement très fière de sa jumelle. Et vous, vous avez des frères et des sœurs ?

— J'ai un frère architecte, comme papa, et ma sœur est fleuriste. Je suis l'aîné.

— Moi aussi, dit-elle avec un sourire. Votre cousin chef vit à Londres également ?

— Il est à Vérone. Presque toute ma famille habite dans la région du lac de Garde. Ils travaillent tous dans le vignoble familial ou dans leurs propres hôtels ou restaurants. Mon père est le seul à avoir choisi une autre voie. Il a toujours voulu être architecte. Comme il était le plus jeune de la famille, tout le monde l'a soutenu, ils ont été très fiers de lui lorsqu'il a obtenu un poste important à Londres, même si cela signifiait qu'il viendrait vivre ici et qu'ils ne le verraient presque plus. Maintenant, c'est plus facile de rester en contact grâce aux téléphones portables et aux vidéos, et puis il y a l'avion. Nous passions toujours l'été au vignoble, quand j'étais enfant, et même pendant mes années d'étudiant. On donnait un coup de main pour les vendanges. La journée de travail terminée, nous partions en bateau sur le lac, nous pique-niquions en regardant le soleil disparaître derrière les montagnes.

— Vous en faites un tableau idyllique.

— Ça l'était. Le lac de Garde est le plus bel endroit du monde. L'Italie est ma seconde patrie.

— Vous semblez très lié à votre famille.

— Je le suis.

Il était le seul à avoir raté son mariage. Son frère et sa sœur, eux, étaient très heureux avec leurs conjoints et avaient l'un et l'autre un enfant de trois ans. C'était la vie dont il avait rêvé, sans succès. Comme il s'était trompé !

— Si j'en juge par les photos, dit-il en désignant le réfrigérateur, pour vous aussi la famille est importante.

— C'est vrai, dit-elle en souriant.

Elle saisit l'une des photos et la lui tendit.

— Voici Lucy, mon beau-frère Will et leur fille, Ava. Ils auraient dû assister au tournoi de danse, mais la nièce de Will se mariait cet après-midi, alors ils passent le week-end à Édimbourg.

Il examina la photo avant de la lui rendre.

— Lucy est votre vraie jumelle, non ?

— Oui. Je suis l'aînée, de trois minutes. Et je suis une tante très attentionnée. Et vous ? Avez-vous des nièces et des neveux ?

— Oui.

Et, pendant dix-huit mois, j'ai eu une fille. Mais ce n'était que mensonge.

— J'ai un neveu et une nièce. Riccardo a une petite fille, Emily, et Chiara un garçon, Jack. Tous deux ont trois ans.

Ils avaient deux mois de plus que Florence.

— Et ils fréquentent tous les deux l'école maternelle dans laquelle travaille ma mère. Cela leur a permis de s'adapter très vite.

— C'est la même chose lorsque Lu emmène Ava au cabinet de mon père pour les vaccins. Ma mère est là pour faire rire la petite et détourner son attention au moment de la piqûre.

Ils finirent de dîner en parlant de choses et d'autres.

— Je suis désolée, je n'ai pas de dessert à vous offrir.

— C'est très bien ainsi. Je vais faire la vaisselle.

— Non ! Vous avez cuisiné, je me chargerai de la vaisselle.

Il devait vraiment prendre congé, à présent.

— Je ferais mieux de vous laisser. On se voit lundi, au travail.

— Encore merci pour le dîner.

— Vous avez fourni les ingrédients, je les ai seulement cuisinés.

— Vous avez fait des merveilles avec presque rien.

— J'aime faire la cuisine. Ça me détend. Dites-moi, qu'auriez-vous mangé si je n'avais pas été là ?

— Sans doute un bol de céréales. Voilà pourquoi Lu me tarabuste.

— J'en ferais autant, à sa place. En fait, je traque ma sœur à propos du petit déjeuner. Elle se lève très tôt pour faire les marchés aux fleurs et prétend ne pas avoir le temps de manger. Chiara se contenterait de boire du café si je ne lui faisais pas la guerre pour qu'elle avale autre chose.

— Les aînés sont toujours autoritaires, non ?

Il rit.

— Et vous, vous faites la guerre à Lucy ?

— Parfois. Je parie que je suis encore plus autoritaire que vous, dit-elle d'un ton amusé.

— Vous êtes sûrement plus dynamique que moi, répondit-il en souriant. Je veux vous remercier pour la journée et la soirée, je me suis bien amusé.

— Et moi, j'ai vraiment trouvé ça sympa que vous donniez de votre temps pour aider.

Sans le faire exprès, il la frôla tandis qu'elle le raccompagnait à la porte. Il en eut aussitôt la chair de poule, et manqua trébucher.

— Si vous n'êtes pas trop débordée de travail demain, je pourrais peut-être vous inviter à déjeuner ? dit-il.

Elle ouvrit de grands yeux.

— C'est très gentil à vous et votre proposition me flatte, mais je dois désormais me consacrer à la préparation de mes examens. Je ne tiens pas à sortir avec quelqu'un.

— Moi non plus.

Il soupira.

— Je suis désolé. Je ne sais pas pourquoi je vous ai proposé cela. Mais il y a chez vous quelque chose qui... je ne sais pas. Qui m'attire, je suppose.

Et il voulait aller de l'avant, rompre avec sa solitude. Il avait l'impression que Jenna pourrait être celle qui lui ferait franchir le pas.

— Je ne sors avec personne, dit-elle, le visage fermé.

Quelqu'un avait de toute évidence dû la blesser profondément. Il était temps de faire marche arrière.

— Alors oublions cela, voulez-vous, dit-il en souriant. Bonne nuit, Jenna. À lundi, au travail.

— Bonne nuit, Renzo.

Et il s'en alla avant de faire une grosse bêtise. Céder à la tentation de se pencher vers elle pour l'embrasser, par exemple.

4

— Charlie, ai-je tort de refuser de sortir avec Renzo ? demanda Jenna, le lendemain matin, en s'adressant au chien de sa voisine.

Elle l'avait emmené au parc, comme chaque week-end, et le faisait jouer avec une balle.

— Je le connais depuis quinze jours, dit-elle, et j'ai vu comment il se comportait avec les patients, leurs parents et les jeunes recrues du service, mais aussi en dehors du travail, lors des sorties avec l'équipe, ou pendant le tournoi de danse. C'est vraiment quelqu'un de bien. Je l'apprécie beaucoup. Et il est très beau. La moitié des femmes de l'hôpital tomberaient à ses pieds.

Le chien aboya, et Jenna lui jeta la balle qu'il s'empressa de revenir déposer à ses pieds.

— Aucun homme ne m'a invitée à sortir depuis... Eh bien, depuis Danny. Je me suis tellement trompée sur son compte ! Je croyais qu'on allait se marier. Et puis l'agence d'adoption a rejeté la demande de Lu, ce qui lui a brisé le cœur. J'ai voulu l'aider, bien sûr, et je lui ai proposé de porter son bébé. Danny a eu une réaction abominable. Il m'a accusée de faire ça parce que je fantasmais sur Will, que c'était une façon d'avoir un bébé de lui. C'est complètement faux ! J'aime beaucoup Will, mais pas de cette manière-*là*.

Elle lança de nouveau la balle, le plus loin possible.

— Je ne me fais plus confiance pour juger les hommes. J'ai fait une telle erreur avec Danny ! Et si Renzo me décevait, lui aussi ? S'il me reprochait d'avoir été mère porteuse ? Je sais ce que Lu dirait : « Si c'est un type bien, laisse-lui le bénéfice du doute. »

Charlie aboya, comme pour approuver.

— Elle me conseillerait de lui parler, mais ce n'est pas si facile. Que lui dire ? « Au fait, juste une chose avant qu'on ne sorte ensemble : j'ai été mère porteuse pour ma sœur jumelle. » Ce n'est pas le genre d'information qu'on peut jeter en passant, au fil de la conversation, pas vrai ?

Charlie pencha la tête sur le côté, attendant visiblement qu'elle lui lance de nouveau la balle. Jenna s'exécuta et il revint en trombe vers elle.

— Il m'a invitée à déjeuner et j'ai refusé, mais je pourrais lui demander s'il est toujours disponible. Nous pourrions sortir en amis et prendre le temps de nous connaître pour savoir si cela pourrait aller plus loin entre nous. Et si c'était le cas, je chercherais alors comment lui parler d'Ava. Il vaut mieux que je laisse les choses se faire doucement plutôt que d'essayer de tout planifier.

Charlie attendait patiemment, couché à ses pieds. Elle lança de nouveau la balle et, lorsqu'il revint, lui caressa la tête.

— Allez, Charlie, c'est fini pour ce matin. Rentrons à la maison retrouver Evelyn.

Le chien aboya, comme pour dire : « Encore une fois, s'il te plaît ! »

Comment résister à ces adorables yeux marron ?

Lorenzo aussi avait des yeux marron adorables...

— Comme je suis faible ! N'est-ce pas, Charlie ?

Et elle jeta la balle une dernière fois.

Après avoir rendu Charlie à sa maîtresse, Jenna rentra chez elle. Devait-elle appeler Lorenzo ? Avant le tournoi de danse, il lui avait donné son numéro de téléphone au cas où il y aurait eu une urgence. Oserait-elle lui demander si son invitation à déjeuner tenait toujours ?

C'était prendre le risque d'être rejetée.

Mais elle devait aller de l'avant, elle le savait. Peut-être Lorenzo serait-il celui qui l'y aiderait ? Et peut-être en ferait-elle autant pour lui, peut-être chasserait-elle le souvenir qui assombrissait si souvent son regard ?

Il n'y avait qu'un seul moyen de le savoir.

Prenant une profonde inspiration, elle composa son numéro.

— Jenna ! Je ne m'attendais pas à votre appel.

— C'est à propos d'hier, dit-elle. J'ai été grossière. Je voulais vous demander de m'excuser.

— Mais non, vous avez été honnête, et c'est très bien ainsi.

— C'est que... Je me demandais si vous étiez encore libre à midi ? Parce que nous pourrions... déjeuner ensemble. En amis.

— Un déjeuner entre amis... L'idée me plaît beaucoup.

— Il ne s'agit pas d'un rendez-vous, dit-elle.

— Absolument. Vous promenez le chien de votre voisine le week-end, c'est bien ça ?

— Oui, mais je l'ai déjà sorti ce matin.

— Alors, nous pourrions nous rejoindre à la station de métro, disons, à midi ?

— Midi, c'est parfait. À tout à l'heure.

Et elle raccrocha avant d'avoir le temps de changer d'avis.

À midi précis, Jenna retrouva Lorenzo à la station de métro. Lorsqu'elle l'aperçut au loin, son cœur s'emballa. Lorenzo lui sourit et lui fit un signe de la main.

Elle se mettait en danger, elle en était consciente. Mais elle devait laisser le passé derrière elle et, là, elle franchissait une première étape. Elle rejoignit Lorenzo.

— Comment s'est passée la promenade avec le chien ? demanda-t-il.

— Il a passé son temps à courir après la balle que je lui lançais. Quand je l'ai ramené à Evelyn, ma voisine, il était épuisé, il va sans doute dormir tout l'après-midi.

— C'est gentil à vous de sortir son chien.

— Je ne suis pas la seule à le faire. Nous nous relayons, quatre de mes voisins et moi. Je le fais le week-end, car je n'ai pas d'enfant ni de contraintes si je ne suis pas de garde. Les autres sortent Charlie matin et soir pendant la semaine. Nous sommes heureux de le faire, cela permet à Evelyn de garder son chien malgré l'arthrite qui l'empêche maintenant de le promener. Et puis, c'est agréable d'avoir un chien à temps partiel, sans en assumer toute la responsabilité ni culpabiliser de le laisser seul à la maison toute la journée. Et puis cela nous permet de veiller sur Evelyn, de nous assurer qu'elle va bien, sans atteindre à sa dignité ni à son esprit d'indépendance.

— Vous semblez former une belle communauté.

— C'est le cas.

Lorsqu'elle était enceinte, tout ce petit monde avait aussi veillé sur elle, mais elle n'était pas prête à lui en parler maintenant.

— Alors, vous avez changé d'avis ? demanda-t-il.

— À propos du déjeuner ? J'avais faim.

Il la dévisagea, sourcils froncés, et elle eut une grimace.

— Bon, d'accord. Hier soir, quand vous disiez qu'il y avait chez moi quelque chose qui… Peut-être y a-t-il aussi chez vous quelque chose qui m'attire. Mais je dois être honnête. J'ai peur. Je n'étais pas en quête d'une relation.

— Moi non plus. Et, comme vous, j'ai peur.

— J'imagine que quelqu'un vous a fait du mal, mais je ne vous en demande pas plus.

Il hocha la tête.

— Vous aussi, vous avez souffert, je crois, et vous ne souhaitez pas non plus en parler.

— Exact.

Si elle ne se sentait pas prête à lui parler d'Ava, elle pouvait évoquer son histoire avec Danny.

— J'avais mal choisi mon partenaire, et cet homme m'a fixé un ultimatum. Je n'ai pas hésité une seconde, mais j'ai été choquée par son attitude. Il n'était pas l'homme que je croyais et, depuis, je n'ai plus confiance en mon jugement.

Un ultimatum. Quel homme pouvait agir ainsi face à une femme comme Jenna ? D'accord, Lorenzo ne la connaissait pas très bien et il se pouvait qu'elle ait de gros défauts, mais cela semblait peu probable.

— Sachez que je ne suis pas du genre à poser des ultimatums, dit-il pour la rassurer.

Elle venait de se confier, il lui devait donc quelques explications, même s'il n'allait pas lui raconter toute l'histoire.

— Mon ex-femme m'a quitté pour l'amour de sa vie, dit-il.

— Alors, nous avons tous les deux fait des erreurs, et nous en avons tiré la leçon.

Elle leva vers lui ses beaux yeux bleus.

— Donc, fit-elle, pas d'apitoiement.

— Pas d'apitoiement.

— Et nous verrons bien comment cela se passera. Pas de promesse.

— Je suis d'accord. Eh bien, où voulez-vous aller déjeuner ?

— Ça dépend. Je me disais que nous pourrions aussi faire quelque chose après le déjeuner.

Il sourit.

— Excellent projet. Vous avez une idée en tête ?

— Oui, mais il faut d'abord que je vous pose une question. Vous qui avez un frère architecte, aimez-vous les monuments ou vous ennuient-ils à mourir ?

— J'adore découvrir de nouveaux lieux.

— J'espérais que vous diriez cela. Et si nous visitions les bains romains ?

— Des bains romains ? Attendez... Ma famille est italienne et j'ai passé presque toute ma vie à Londres. Comment se fait-il que je n'ai encore jamais entendu parler de ces bains ?

— Ils sont au sous-sol d'un immeuble, dans la Cité, et je crois qu'on n'en fait pas trop la publicité. Mais des visites sont organisées. Si vous voulez, je regarde si je peux réserver pour cet après-midi.

— Ça me plairait beaucoup.

— Nous avons de la chance, dit-elle en consultant son téléphone, il y a de la place pour la visite de 14 heures, ce qui nous laisse le temps de déjeuner. Nous pourrions prendre le métro jusqu'à Moorgate puis marcher un peu à la recherche d'un restaurant.

— Parfait.

Elle réserva deux places.

— Combien vous dois-je pour le ticket ? demanda-t-il. Ou bien vous payez les tickets et je vous offre le déjeuner ?

— Très bien. Mais je ne sais pas du tout où nous irons déjeuner. Vous connaissez le quartier où nous allons ?

— Pas vraiment. Je connais mieux South Bank et, bien sûr, Victoria, parce que j'y ai travaillé pendant des années. Nous consulterons les menus jusqu'à ce que nous trouvions un restaurant qui nous plaît.

Arrivés à Moorgate, ils se mirent à marcher, bavardant de choses et d'autres.

— C'est surprenant, dit Lorenzo en montrant l'énorme colonne blanche qui se dressait devant eux. En fait, alors que tout le monde connaît le Monument, je ne l'avais encore jamais vu. Je ne l'imaginais pas si haut ni que l'urne dorée au sommet brillait tellement.

— Je l'avais déjà vu, mais je ne suis jamais allée tout en haut. Il paraît que la vue de la plate-forme est étonnante.

— Nous pourrions faire cela une autre fois.

— Et si nous faisions la liste de tout ce que nous aimerions visiter à Londres ? Tout ce que nous n'avons jamais vu alors que nous vivons ici depuis si longtemps.

— Génial ! Faisons ça en déjeunant.

Ils consultèrent les cartes accrochées aux devantures des restaurants.

— Celui-ci a l'air bien, dit Lorenzo.

Elle regarda les desserts proposés.

— Ah, des profiteroles au caramel... C'est ce que je préfère. Oui, allons dans celui-ci.

Quand la serveuse vint prendre la commande, Jenna demanda des croquettes de saumon fumé avec une salade verte, tandis que Lorenzo choisissait du poulet accompagné de petits légumes. Et tous deux optèrent pour des profiteroles au caramel.

Si les plats étaient bons, le dessert se révéla fantastique.

— Vraiment fabuleux, dit Jenna après la dernière bouchée. C'était une excellente idée de venir ici.

Après la naissance de Florence, Georgia s'était convaincue qu'elle devait perdre du poids alors qu'elle avait une ligne parfaite. Aujourd'hui, Lorenzo trouvait agréable de déjeuner avec quelqu'un qui appréciait la bonne chère.

Devenue mère, Georgia s'était montrée difficile à vivre. Il avait même envisagé qu'elle fasse une dépression postnatale. Il ne savait pas comment l'aider, d'autant qu'elle ne lui disait rien.

Jusqu'au jour où elle lui avait parlé de Scott. Soudain, Lorenzo avait tout compris. Il s'était senti trahi. Elle l'avait épousé sans vraiment l'aimer.

Découvrir que Florence n'était pas sa fille avait été un vrai choc, mais il aurait pu s'en accommoder. Il avait aimé ce bébé dès qu'il l'avait tenu dans ses bras. Le premier mot que Florence avait prononcé était *papa*. Il l'adorait et elle l'adorait aussi. Savoir qu'il n'était pas son père biologique n'avait en rien altéré ses sentiments pour elle. À ses yeux, elle était toujours *sa* fille.

La perdre avait été insupportable.

Il avait tenté de se raisonner, de se dire que Georgia avait eu raison d'essayer de reformer une famille avec Scott, son ex et le père naturel de Florence. Et, bien sûr, dans cette famille, Lorenzo n'avait pas sa place. La petite fille n'aurait pas su qui appeler papa. Par ailleurs, Georgia et Scott étaient partis s'installer à Birmingham. C'était trop loin pour que Lorenzo passe voir Florence le soir, après le travail.

Il espérait seulement que Scott avait *vraiment* changé. Qu'il n'allait pas reprendre ses mauvaises habitudes et finir une fois de plus en prison. Qu'il allait être un bon père pour Florence.

Les parents de Lorenzo avaient beaucoup souffert, eux aussi, de perdre l'un de leurs trois petits-enfants. Mais Georgia avait insisté pour faire une coupure nette. Une coupure qui avait laissé Lorenzo sans rien.

Il n'avait même pas essayé de se battre pour obtenir la garde de l'enfant, car le test ADN prouvait que Florence n'était pas sa fille. Et son nom à lui ne figurait pas sur l'acte de naissance. Georgia avait prétendu qu'elle ferait modifier le document une fois qu'ils seraient mariés, mais elle n'avait pas effectué la moindre démarche. Sans doute parce qu'elle avait toujours soupçonné qu'il n'était pas le père de Florence. L'enfant avait les yeux gris et les cheveux roux de Scott, alors que Lorenzo avait les yeux et les cheveux foncés.

Comme sa petite fille lui manquait ! Comme son rôle de père et l'intimité d'une vie familiale lui manquaient !

— Tout va bien ? demanda Jenna alors qu'ils arrivaient à Billingsgate.

Il se força à sourire.

— Bien sûr. Je rêvassais, tout simplement. Désolé.

— Pas de problème. Nous devons retrouver le guide ici, dit-elle en montrant un immeuble moderne d'allure banale.

Une fois le groupe des visiteurs rassemblé, le guide les fit entrer dans le bâtiment et descendre au sous-sol, où ils découvrirent les vestiges d'une maison de bains romaine.

Le guide expliqua la fonction des différentes salles, décrivant en détail l'utilisation qu'en faisaient les Romains.

— C'est étrange, dit Lorenzo en se penchant vers Jenna. En Italie, les ruines antiques sont parfaitement visibles, elles font partie de la ville, comme les arènes de Vérone, ou le Forum et le Colisée à Rome. Je croyais qu'à Londres, tout ce qui restait des Romains, c'était le vieux mur d'enceinte.

— Il existe en fait beaucoup plus de vestiges que vous ne le pensez. Seulement, ils sont sous terre, ou à l'intérieur des bâtiments modernes. Il y a un amphithéâtre sous le Guildhall, un temple de Mithra au cœur de la Cité et, dans la crypte de l'église Saint-Bride, près de Fleet Street, on trouve un fossé et une chaussée de l'époque romaine. Et il y a une autre chaussée dans la crypte de l'église All Hallows, près de la Tour de Londres.

Il était impressionné par l'étendue de ses connaissances.

— Comment savez-vous tout cela, Jenna ?

— Voilà ce que c'est d'avoir un beau-frère professeur d'histoire et passionné par son métier, répondit-elle en souriant. Will est un spécialiste de la présence romaine en Grande-Bretagne, il emmène souvent ses étudiants sur le terrain. Pour préparer les voyages, il fait des repérages auxquels nous participons, Lucy et moi. C'est ce qui m'a fait découvrir beaucoup de ces lieux historiques.

— Vous étiez déjà venue ici ?

— Oui, avec Will et Lucy.

— L'amour de l'histoire vous lie donc, votre beau-frère et vous ?

— Adolescente, je rêvais de devenir archéologue. Mais lorsque j'ai fait un stage de fouilles en Northumbria, l'été où j'attendais le résultat de mes examens, j'ai compris que, si je choisissais ce métier, je passerais ma vie à genoux dans la boue, sous une bâche dégoulinante de pluie. Cela m'a fait changer d'avis. J'ai préféré m'occuper des vivants que des morts.

Elle sourit.

— Mais chaque fois que je visite une ville, je commence par le musée. Par chance, Lu a le même goût que moi pour l'histoire. C'est comme cela qu'elle a rencontré Will.

— Dans un musée ?

— Elle voulait faire découvrir le Londres romain à ses élèves. Un ami lui a suggéré de s'adresser à Will. Ils se sont donc retrouvés au British Museum un samedi matin en pensant en avoir pour une heure. Ils étaient encore là au moment de la fermeture. Six mois plus tard, ils se sont mariés.

— Quelle belle histoire !

— Tout le monde aime Will. Il est adorable, et d'une distraction sans bornes, ce qui me met hors de moi !

— Votre jumelle est comme vous ?

— Vous voulez dire, organisée et dynamique ? En tant que directrice adjointe de son école, elle est obligée d'être incroyablement organisée et rigoureuse dans la gestion de ses budgets. Mais je crois qu'elle est plus gentille que moi et, en plus, elle est bonne cuisinière.

Les compétences culinaires n'étaient pas essentielles aux yeux de Lorenzo. Quant à la gentillesse... Plus il connaissait Jenna, plus il l'appréciait.

La visite terminée, ils refirent surface et retrouvèrent le soleil.

— Je connais un très joli endroit, juste à côté d'ici, dit Jenna. Je vous le montre ?

— Bien sûr.

Il la suivit jusqu'à un bâtiment qui ressemblait à une église, mais sans toit ni vitres aux fenêtres ; les murs étaient couverts de lierre.

Une plaque indiquait qu'il s'agissait de l'église de Saint-Dunstan, reconstruite après le Grand Incendie de Londres, puis bombardée pendant le Blitz au cours de la Seconde Guerre mondiale. Il ne restait plus qu'une tour, et l'endroit avait été transformé en jardin.

— Tout près d'ici, dit Lorenzo, il y a toute l'effervescence de la Cité de Londres, mais, dans ce jardin plein de fleurs et d'abeilles, nous goûtons la paix et le calme.

— C'est surprenant, n'est-ce pas ? Je suis venue ici avec Will et Lu. Ma sœur s'est inspirée de ce lieu pour créer un jardin des sens dans son école.

— Je peux le comprendre.

Ils s'assirent sur un banc et regardèrent les fleurs et les abeilles qui les butinaient.

— C'est une parfaite journée d'été en Angleterre, dit Jenna.

— Peut-être qu'à l'époque romaine, il y avait déjà un jardin ici.

— Un jardin clos, alors, pour le protéger du froid en hiver.

Alors qu'ils quittaient l'église, leurs mains se frôlèrent accidentellement. Spontanément, Lorenzo entrelaça ses doigts à ceux de Jenna, elle n'essaya pas de se dégager. Ils marchèrent en silence, main dans la main, jusqu'au Monument. Bizarrement, cela semblait *naturel*.

— Si nous nous baladions un peu le long de la rivière ? dit-il.

— Avec plaisir. Nous pourrions aller jusqu'à Tower Bridge, puis, de là, rejoindre South Bank.

— Bonne idée.

Ils se tenaient toujours par la main lorsqu'ils arrivèrent à South Bank. Des stands vendaient un peu de tout, des bijoux, des babioles, des livres, de vieux papiers. Des enfants se précipitaient vers les jets d'eau de la fontaine et riaient en se faisant asperger. Il était venu là avec Florence dès qu'elle avait commencé à marcher. Il la soulevait au-dessus des murs d'eau et elle riait aux éclats en frappant dans ses mains. *Encore, papa, encore.*

C'était fini. Fini.

Jenna fronça les sourcils. Quelque chose venait à nouveau d'assombrir le regard de Lorenzo. Qu'y avait-il à South Bank qui l'attristait ainsi ? Elle adorait l'animation qui y régnait, les artistes de rue, les œuvres d'art et les fontaines.

Prise d'une impulsion, elle le tira par la main.

— Venez, traversons la fontaine. Celui qui sera le plus trempé paiera les boissons.

Le visage de Lorenzo s'éclaira.

— D'accord, on y va.

Il fut le premier à être mouillé, un mini-mur d'eau avait brusquement jailli du sol à ses pieds. Jenna, qui avait franchi la moitié de l'installation en restant complètement sèche, sourit.

— Oh ! pauvre Renzo ! C'est vous qui paierez nos verres.

— Je vous parie le contraire, rétorqua-t-il en riant.

Elle allait atteindre l'autre côté lorsqu'elle s'aperçut qu'elle avait mal calculé son temps. En un clin d'œil, elle fut trempée par un grand mur d'eau qui venait de se déclencher.

— Vous disiez, docteur Harris ? fit Lorenzo, moqueur.

— Bon, d'accord, les verres seront pour moi, répondit-elle en soupirant. Que préférez-vous, bière, vin ou café ?

— Les jus de fruits ont l'air appétissants, dit-il en désignant l'un des stands.

— Va pour les jus de fruits, alors.

Elle acheta les boissons, puis ils prirent place sur un banc qui donnait sur la Tamise. De là, on voyait les bâtiments de North Bank, depuis les immeubles de verre et d'acier de la Cité jusqu'au dôme de Saint-Paul. Elle sentit Lorenzo se rapprocher, puis lui glisser un bras autour des épaules.

Ils s'étaient tenus par la main, ils en arrivaient logiquement à l'étape suivante. Si elle s'écartait, elle verrait s'il respectait ou non son espace personnel.

Le problème, c'était qu'elle n'avait aucune envie de s'éloigner. Alors, à son tour, elle se rapprocha légèrement. Et il la tint un peu plus serrée contre lui.

C'était si bon d'être assis là, ensemble, au soleil, sirotant leur jus de fruits en regardant le monde défiler devant eux. Depuis combien de temps n'avait-elle pas vécu un moment pareil ? Elle en eut le cœur serré.

Lorsqu'ils regagnèrent la station de métro, ils se tenaient encore enlacés et Lorenzo ne lui lâcha la main que devant chez elle.

Elle était troublée, en proie à un mélange d'excitation et de peur. Qu'allait-il se passer, à présent ?

Elle se tourna vers lui avec l'intention de l'embrasser sur la joue, mais leurs lèvres se rencontrèrent, et elle fut prise d'un long frisson. Pourtant parfaitement consciente de commettre une erreur, elle ne chercha pas à fuir. La serrant alors dans ses bras, il lui rendit son baiser.

Elle avait l'impression d'être une adolescente que son petit ami embrasse devant sa porte.

Elle s'écarta doucement et regarda Lorenzo droit dans les yeux.

— Je suis désolée. Ce n'était pas censé arriver.

— Il n'y a pas lieu de s'excuser, dit-il en lui caressant la joue. Mais c'est arrivé. Et maintenant ?

— Nous nous étions dit que nous ne souhaitions pas nous engager dans une relation. Que nous voulions seulement voir comment cela se passerait entre nous.

— C'est vrai. Mais l'attirance que nous avons l'un et l'autre... Cela ne va pas être facile de l'ignorer.

— Très juste. Mais vous et moi portons chacun son fardeau.

— Oui, nous avons vécu des choses dures, et dont nous avons du mal à parler. Alors... Nous allons être patients l'un avec l'autre. Pas de pression, pas de promesses. Simplement profiter de la compagnie de l'autre.

— Oui. Ne rien précipiter, prendre le temps, cela me paraît une bonne chose.

Il se pencha vers elle et lui donna cette fois un vrai baiser. Elle sentit ses jambes céder sous elle.

— À demain, dit-il.

— À demain.

Et, soudain, ce lundi s'annonçait comme une journée lumineuse.

5

Le jour suivant, Jenna et Lorenzo eurent beaucoup de travail dans l'UEP. Elle eut plusieurs cas de fractures à traiter. Une fille s'était cassé le bras en faisant du skate-board, un garçon était tombé du portique au parc à jeux et s'était brisé le coude et un petit enfant s'était fracturé le tibia en chutant alors qu'il courait dans la garderie.

— Avez-vous le temps de déjeuner avant de reprendre vos consultations ? demanda Lorenzo alors qu'il se dirigeait avec Jenna vers la cuisine du personnel.

— J'aurais bien aimé, et je boirais volontiers un café. La matinée a été plutôt dure.

— Des cas difficiles ?

— Uniquement des fractures.

— Quel genre ? Des fractures cubitales en bois vert ?

Elle fit la grimace.

— J'en ai eu une, plus une fracture en spirale du tibia. Mais je m'inquiète surtout pour celle d'un gamin qui est tombé d'un portique.

— Une fracture supra-condylienne ?

Une cassure du bras juste au-dessus du coude était l'une des fractures les plus fréquentes chez les enfants.

— Non. La fracture, ici, se situe sur la jointure. J'ai dû envoyer le garçon en chirurgie.

— Pauvre gamin ! S'agissait-il d'une fracture simple ou a-t-il endommagé aussi la plaque de croissance ?

— Pour l'instant, je n'en sais rien. Il va falloir garder un œil sur lui. Et vous ? Comment s'est passée votre matinée ?

— Une foule de petits enfants avec des éruptions cutanées, et des mamans paniquées. Heureusement, aucun de ces petits n'avait de septicémie. J'ai mis une petite fille au régime, en excluant plusieurs types d'aliments afin de voir si cela résolvait son eczéma. Sa mère est déjà très attentive aux détergents et aux produits d'hygiène qu'elle utilise, nous avons donc fait l'hypothèse d'une allergie alimentaire. Nous ferons un contrôle dans quinze jours.

— Vous avez commencé par éliminer les produits laitiers ?

— Oui, ce sont les premiers suspects. J'ai donné une liste de produits de substitution à la maman.

— C'est dur pour les parents, n'est-ce pas ?

— Oui.

Un bref instant, son visage s'assombrit et elle s'interrogea. Certes, la femme de Lorenzo l'avait quitté pour un autre homme, mais elle avait l'impression qu'il y avait autre chose. Peut-être avaient-ils perdu un enfant et sa femme n'avait pas supporté de rester avec lui car il lui rappelait constamment leur perte ?

Poser des questions aurait été bien trop intrusif. Tant qu'il ne serait pas prêt à se confier, elle ne l'y pousserait pas. D'autant plus qu'il faudrait alors lui livrer à son tour son passé.

Mieux valait changer de sujet de conversation.

— Je vais commander les jouets ce week-end. Je ferai circuler dans le service une feuille où le personnel pourra suggérer des achats. Je compte sur vous pour donner des idées.

Il sourit.

— Je le ferai, promis. Puis-je vous inviter à dîner ce soir ?

— Désolée, le lundi je passe toujours la soirée avec Lucy, Will et Ava.

— Demain, alors ?

— Le mardi, j'ai mon cours de salsa. Vous pouvez m'y accompagner, si vous voulez, fit-elle en souriant. Ensuite, nous irions manger quelque chose.

— Je vous remercie, mais mes deux pieds gauches s'y refusent. Alors, mercredi… Ah, c'est le soir où l'équipe va au bowling.

— Et jeudi, j'ai mon cours de danse de salon. Nous pourrions peut-être faire quelque chose vendredi soir ?

— Vendredi, c'est parfait.

Pendant le traditionnel dîner du lundi, Jenna esquiva habilement le déluge de questions de Lucy à propos du tournoi de danse et dévia la conversation sur le mariage en Écosse. Si elle avait avoué qu'elle voyait Lorenzo, Lucy aurait insisté pour faire sa connaissance et l'aurait mis sur le gril pour s'assurer qu'il n'était pas un autre Danny. Jenna n'était pas prête à parler de lui, même pas à sa sœur jumelle.

Oui, elle aurait aimé être aussi heureuse que Lucy et Will. Mais où rencontrer l'âme sœur ? On n'arrivait pas à la trentaine sans avoir connu des épreuves et des échecs sentimentaux. Lorenzo et elle pourraient-ils guérir mutuellement leurs cœurs meurtris ou leur relation provoquerait-elle de nouvelles blessures ?

Le mercredi soir, ils allèrent tous les deux au bowling avec les autres membres du service, mais ils jouaient+ dans des équipes différentes et n'eurent guère l'occasion de se parler.

Le jeudi soir, Lorenzo consulta en ligne le programme du cinéma en plein air. Il savait que Jenna était à son cours de danse, mais lui envoya malgré tout un texto. Elle consulterait son portable à un moment ou un autre de la soirée.

Demain soir, il y a une séance de cinéma en plein air dans le parc. La météo annonce beau temps. Voulez-vous y aller ?

Comme il l'avait espéré, elle lui répondit une fois son cours terminé.

J'adorerais. Quel film est projeté ?

Dirty Dancing.

Excellent. À quelle heure ?

Je passe vous chercher à 19 heures ?

Parfait.

Le lendemain, Lorenzo et Jenna furent l'un et l'autre si occupés qu'ils n'eurent pas même le temps de prendre un café ensemble. Mais, à 19 heures, Lorenzo sonna à la porte de Jenna.

— Qu'est-ce que c'est ? demanda-t-elle en désignant le gros sac qu'il portait.

— Une couverture en laine polaire. On est en juin, mais il fera froid dès que le soleil sera couché.

— Bonne idée. Dois-je emporter mes chaises pliantes ?

— Pas besoin, dit-il en souriant. J'ai des billets VIP qui incluent la location de chaises.

— Excellente organisation, docteur Conti, dit-elle en lui glissant son bras autour de la taille. Et comme vous avez acheté les billets, je me charge des boissons.

— D'accord.

Après avoir fait la queue, ils achetèrent boissons et pop-corn, puis prirent place sur leurs chaises.

— J'adore vraiment ce film, dit Jenna en souriant.

— Patrick Swayze incarne votre idéal masculin ?

— Avec sa façon de danser ? Vous imaginez ! Pourtant, ce que je préfère, c'est la façon dont, à la fin, il prend la défense de Bébé. C'est important pour votre partenaire que vous défendiez sa position.

— Plutôt que de lui imposer un ultimatum.

Les mots lui étaient sortis de la bouche malgré lui.

— Désolé !

— Non, vous avez raison, dit-elle en soupirant. Danny n'était pas d'accord pour que je prenne une année sabbatique.

Elle semblait avoir envie d'en dire plus, mais c'était comme si quelque chose l'en empêchait.

— J'imagine que vous aviez une bonne raison de le faire, dit-il. Il aurait dû vous soutenir.

— Il disait que j'allais ruiner ma carrière. Que je ne pourrais jamais compenser la perte financière que cela représentait, ni avoir de promotion. Mais certaines choses comptent plus que l'argent, fit-elle en soupirant.

Peut-être avait-elle voulu prendre le temps de faire un bébé, et l'avait-elle perdu ? Et Danny n'avait pas été là pour elle ? Il ne pouvait décemment pas lui poser la question.

— D'après ce que je vois, dit-il, vous êtes très respectée dans l'équipe. Il avait tort, prendre une année sabbatique n'a pas ruiné votre carrière. Les médecins le font très fréquemment. Les uns pour s'engager dans Médecins sans frontières, d'autres pour prendre un congé parental, d'autres encore doivent s'occuper quelque temps d'un parent malade. Ce sont des choses qui arrivent dans la vie. Vous n'avez pas fait le mauvais choix.

— Merci.

Son ex semblait être incroyablement égoïste. Pas étonnant, si elle était tombée amoureuse d'un type pareil, qu'elle n'ait plus confiance en sa capacité à juger les gens.

Il lui tint la main durant tout le film.

Alors que le soleil achevait de disparaître à l'horizon, elle frissonna. Il enroula alors la couverture autour de ses épaules et alla chercher du chocolat chaud et des hot-dogs.

— Merci, dit-elle en lui donnant un baiser léger. C'est agréable d'avoir quelqu'un qui prend si bien soin de moi.

Il était clair que son ex n'en faisait pas autant.

— Avec plaisir, répondit-il avec un sourire.

Regarder un film sous un ciel étoilé avait un charme particulier, Lorenzo savourait avec bonheur chacun de ces précieux instants.

La séance terminée, ils regagnèrent à pied l'appartement de Jenna.

— Nous verrons-nous demain ? demanda-t-il en l'embrassant sur le seuil pour lui souhaiter bonne nuit. Je pourrais vous faire à dîner.

— Merci, j'aimerais beaucoup.

— Parfait. Y a-t-il des choses que vous ne mangez pas ?

— J'aime tout. Mais évitez les lasagnes, celles de ma sœur sont les meilleures du monde. Je suis sûre que même celles de votre cousin, le chef étoilé, ne soutiendraient pas la comparaison.

Allait-elle lui proposer de lui faire rencontrer sa famille ? Mais c'était bien trop tôt. Et il n'était pas sûr d'être prêt à la présenter à sa famille à lui.

— D'accord, dit-il en l'embrassant de nouveau.

Il lui donna son adresse.

— Venez vers 19 heures, si cela vous va ?

— C'est parfait. Alors, à demain. Et merci encore pour cette délicieuse soirée.

— Ce fut un plaisir, répondit-il en lui volant un dernier baiser. On se voit demain.

— Je crois avoir pris la bonne décision, Charlie, dit Jenna le lendemain matin au chien d'Evelyn sur le chemin du parc. Lorenzo est vraiment adorable, mais nous prenons le temps de nous connaître. Je sais que je vais devoir lui parler d'Ava, seulement... Peut-être pas dans l'immédiat.

Après avoir ramené Charlie chez lui et préparé une tasse de thé pour Evelyn, elle fit quelques achats pour la soirée. Elle trouva ce qu'elle voulait chez le chocolatier du quartier et choisit deux bouteilles de vin dans les rayons du supermarché. Elle emmena Charlie faire sa seconde promenade de la journée, puis rentra chez elle pour se doucher, se laver les cheveux et s'habiller pour le dîner.

À 19 heures, elle sonnait à la porte de Lorenzo.

Il lui ouvrit aussitôt.

— Bonsoir !

Il portait une élégante chemise de sport et un pantalon chino. Il était incroyablement séduisant et elle sentit son pouls s'accélérer.

Il l'avait invitée à dîner, mais, curieusement, aucun arôme ne sortait de la cuisine.

— J'ai tout préparé pour le dîner, mais ça ne demande que dix minutes de cuisson, dit-il comme s'il avait deviné sa perplexité.

Et il lui souhaita la bienvenue par un baiser.

C'était un baiser très chaste, mais elle sentit ses jambes devenir toutes molles. Personne ne lui avait fait ce genre d'effet depuis son adolescence, c'était à la fois effrayant et excitant.

— J'ai oublié de vous demander s'il fallait du rouge ou du blanc, alors j'ai pris les deux, dit-elle en lui tendant les deux bouteilles.

— Vous n'étiez vraiment pas obligée.

— Mais si, c'est ma contribution à la soirée. Oh ! je vous ai aussi apporté ça, dit-elle en lui donnant une boîte de chocolats *gianduja*.

— Des chocolats italiens... Et mes préférés ! *Mille grazie*. Merci beaucoup.

Elle adorait quand il parlait italien. C'était tellement sexy.

Il l'embrassa de nouveau.

— J'espère que cela ne vous ennuie pas de dîner dans la cuisine, je n'ai pas de salle à manger séparée.

— Ça me va très bien.

Il l'entraîna vers la cuisine.

— Que puis-je vous offrir à boire ? demanda-t-il.

— Ce que vous avez d'ouvert.

Il sortit une bouteille du réfrigérateur et lui servit un verre en l'invitant à prendre place à table.

— C'est délicieux, dit-elle après une gorgée. J'imagine que c'est un vin de la famille Conti ?

— Oui. Du *chiaretto*. En fait, j'ai aidé aux vendanges qui ont donné ce cru.

— Peu de gens peuvent se vanter de cela.

Deux planches à découper étaient posées sur le plan de travail à côté de la cuisinière. L'une était garnie de légumes coupés en petits morceaux et l'autre de ce qui semblait être des coquilles Saint-Jacques. Il y avait aussi deux casseroles sur la plaque chauffante, une tasse de bouillon et deux bols contenant différents ingrédients.

— Vous avez faim ? demanda-t-il. Je peux commencer à cuisiner ?

— Absolument. Je pourrais proposer de vous aider, mais il est probablement plus sage pour moi de rester assise et de vous laisser faire votre recette magique.

— Pas de problème.

Il mit de l'eau à bouillir pour les pâtes, puis fit fondre du beurre pour roussir l'ail haché menu et les oignons. Une délicieuse odeur emplit bientôt la cuisine.

— C'est une recette de votre cousin ?

— C'est la version familiale. Matteo en fait une un peu plus élaborée dans son restaurant, avec une présentation beaucoup trop sophistiquée pour que j'essaie d'en faire autant.

— Aucune importance. J'ai déjà pu constater chez moi que vous étiez un fin cordon-bleu. Vous n'avez pas besoin de soigner la présentation pour que j'apprécie votre cuisine.

Elle le regarda faire sauter les courgettes coupées en dés et les coquilles Saint-Jacques. Il ajouta ensuite le bouillon, du safran et des tomates séchées.

— L'odeur est fantastique, dit-elle.

— C'est l'une de mes sauces favorites.

Il consulta sa montre, puis déposa une cuillerée de crème fraîche dans la casserole. Puis il égoutta les pâtes, les mélangea à la sauce et en remplit deux bols.

— Je n'ai encore jamais vu ce genre de pâtes, dit-elle en regardant les gros tubes courts couverts de stries.

— Ce sont des *pacchieri*. Leur forme et les stries leur permettent de s'imbiber de la sauce.

Elle prit une généreuse bouchée.

— Waouh ! Le goût est encore meilleur que l'odeur.

— Merci. Mais, vous l'avez vu vous-même, ce n'est vraiment pas difficile à faire. Il suffit de suivre la recette.

— Je n'en suis pas convaincue. C'est délicieux. Entre vous et Lucy, j'ai vraiment bien mangé cette semaine.

— Si vous voulez, je pourrais vous apprendre quelques recettes faciles.

— Merci, mais Lu a déjà essayé, en vain. Je suis plus douée pour apprécier la nourriture que pour cuisiner.

Les pâtes terminées, Lorenzo apporta des fraises et de la glace à la vanille.

— Elles ont l'air magnifiques, dit Jenna.

— Je les ai préparées à l'italienne : coupées en morceaux et marinées à température ambiante dans du vinaigre balsamique, du sucre et du poivre pendant trente minutes.

— Du poivre avec des fraises ? Sérieusement ?

— Sérieusement. Ça accentue le goût. Essayez.

Elle s'exécuta.

— Vous avez raison, ça fait ressortir le goût.

Lorsqu'ils eurent fini, il proposa de prendre le café dans la salle de séjour.

— Avec plaisir, dit Jenna. Puis-je faire quelque chose ? Peut-être la vaisselle ?

— Pas la peine, j'ai un lave-vaisselle.

Il la laissa emporter sa tasse de café dans la salle de séjour. La pièce était sobrement meublée d'un canapé, d'un équipement audiovisuel dernier cri et d'une grande bibliothèque. De nombreuses photographies encadrées ornaient le dessus de la cheminée.

— Puis-je... ? demanda-t-elle en les montrant du doigt.

— Bien sûr.

Elle posa sa tasse sur la table basse et s'approcha des photos. L'une d'elles représentait Lorenzo en compagnie d'un couple âgé, très probablement ses parents. D'autres étaient des photos de mariage et de baptême.

— Là, c'est mon frère Ricardo et sa femme Helen le jour de leur mariage, dit-il. Et là, ils sont avec leur fille Emily, le jour de son baptême. Celle-ci a été faite lors du mariage de ma sœur Chiara avec Mark, et là, c'était le baptême de leur fils Jack.

Ils semblaient former une famille très unie.

La photo qu'elle préférait était celle où toute la famille était rassemblée devant un sapin de Noël, en compagnie d'un vieux chien, un golden retriever.

— Cette photo-là est magnifique, dit-elle.

— Mes parents sont arrivés à un âge où l'on ne sait plus quoi leur offrir pour Noël, alors nous nous réunissons tous et nous leur offrons chaque année un portrait de famille.

— Chien compris.

— Suki fait partie de la famille. Cette photo-là a été prise l'an dernier. C'est génial de voir Emily et Jack changer d'une année à l'autre, passant du stade de bébé à celui du tout-petit faisant ses premiers pas ; maintenant, ils trottent partout...

De nouveau, un nuage de tristesse assombrit le visage de Lorenzo. Il avait dû perdre un jeune enfant et son ex avait cherché à se faire consoler ailleurs, Jenna en était de plus en plus convaincue. Mais elle n'allait certainement pas se permettre de lui poser la question.

— C'est si agréable de voir les enfants grandir, dit-elle. Lu fait un portrait officiel d'Ava tous les trois mois et je garde les photos de ma nièce dans un album qui lui est dédié.

— Moi aussi, j'ai un album avec les photos d'Emily et de Jack. C'est l'un des avantages d'être un oncle, ou une tante, dans votre cas.

Dans son cas à elle, c'était un peu plus compliqué. Mais elle n'avait pas encore trouvé comment lui parler d'Ava.

Confortablement installés côte à côte sur le canapé, ils savouraient le bonheur d'être ensemble.

— Jenna, dit-il en lui caressant la joue.

Elle se tourna vers lui.

— Oui ?

Il se pencha et l'embrassa doucement sur les lèvres. Le prenant par le cou, elle lui rendit son baiser et le laissa s'emparer de sa bouche avec plus d'avidité.

— C'est peut-être précipiter les choses, dit-il d'une voix rauque, mais tu es irrésistible. Et j'ai envie d'aller plus loin.

Elle sentit le désir l'envahir.

— Je ressens la même chose, dit-elle.

— Alors, nous devrions peut-être écouter nos sentiments.

C'était le moment de se décider. Si elle disait non, il s'écarterait d'elle et laisserait les choses évoluer à leur rythme.

Mais, en fait, elle désirait Lorenzo. Elle le voulait.

— Excellente idée, dit-elle.

Il sourit et la conduisit dans sa chambre.

Plus tard, Jenna, blottie dans le lit contre Renzo, s'étira.

— Je ferais mieux de rentrer chez moi, à présent, dit-elle.

— Tu n'es pas obligée de t'en aller, répondit-il. Passe la nuit ici, si tu en as envie.

Il marqua une pause.

— Demain, je dois aller chez mes parents. Nous nous voyons presque tous les dimanches.

Il était vraiment très attaché à sa famille, ce qu'elle trouvait rassurant. Danny, lui, n'était pas très proche des siens et il n'appréciait jamais non plus beaucoup les réunions familiales des Harris.

— Je sais que nous avions décidé d'aller doucement, dit-il, mais je serais ravi si tu m'accompagnais chez eux demain.

Elle rit.

— Ce n'est pas tout à fait ce que je lis sur ton visage.

Il lui vola un baiser.

— Ma famille t'adorerait.

— Et la mienne t'aimerait aussi beaucoup. Lu m'a déjà demandé de t'emmener dîner chez eux.

— Cela semble un peu tôt pour…

Il s'interrompit.

— Pour mettre les gens au courant, dit-elle.

Elle avait le même sentiment.

— Ma famille te soumettrait à un interrogatoire en règle, dit-elle.

— Sache que, dans une famille italienne, tout le monde veut tout savoir et, bizarrement, si l'on se confie à quelqu'un, tous les autres sont immédiatement au courant ! Ma famille aussi te bombarderait de questions.

— Alors il semble préférable de garder notre histoire pour nous, non ?

— Je crois que tu as raison.

— Je vais rentrer dormir chez moi.

— Rien ne t'oblige à t'en aller, dit-il en l'enlaçant. On est bien, comme ça.

— Mais tu es occupé, demain. Et moi, il faut que je sois chez moi avant 9 heures pour promener Charlie.

— Ce n'est pas un problème. Nous avons tous les deux l'habitude de nous réveiller de bonne heure pour travailler. Et j'ai un sèche-linge, je peux mettre tes vêtements dans la machine à laver cette nuit.

— En fait, je me suis changée avant de sortir, alors j'aurai juste à laver mes dessous ; je les ferai sécher cette nuit dans ta salle de bains.

— Parfait. Je te montre où je range la lessive à main.

Il lui vola un autre baiser.

— Et pendant que tu fais ta petite lessive, je prépare du chocolat chaud.

Il était vraiment adorable. Il était chaleureux, doux et gentil. Si différent de Danny, qui ne pensait qu'à lui.

Mais elle n'avait pas encore dit à Lorenzo la vérité à propos d'Ava. Elle devait trouver les mots justes. Et sans tarder.

Le lendemain matin, Jenna découvrit en se réveillant que Lorenzo s'était enroulé autour d'elle, lui donnant la délicieuse sensation d'être protégée et chérie. Dieu savait qu'elle aurait aimé rester ainsi toute la journée collée contre lui, mais ce n'était pas prévu au programme. Il devait aller voir sa famille, et elle emmener Charlie faire sa promenade.

Elle réveilla Lorenzo avec un baiser.

— Bonjour, dit-elle doucement.

— Bonjour…

Il lui caressa le visage.

— Je suis content que tu sois restée.

— Moi aussi.

Quelle heure est-il ?

— 7 h 30.

— Tu dois partir maintenant ?

Elle hocha la tête.

— Désolée.

Il l'embrassa sur le nez.

— Prends la salle de bains. Tu trouveras des serviettes propres dans le placard. Pendant ce temps, je m'occupe du café et du petit déjeuner.

— Tu n'es vraiment pas obligé de me préparer un petit déjeuner.

Il haussa un sourcil.

— Sérieux ? Tu refuserais un sandwich au bacon et un bon café un dimanche matin ?

— Ah, dans ce cas, comment dire non ? fit-elle avec un sourire.

Sa lingerie avait séché pendant la nuit. Elle prit une douche et s'habilla rapidement.

— Parfaite synchronisation, dit Lorenzo en lui tendant le meilleur sandwich au bacon qu'elle ait jamais mangé.

— Merci, c'est délicieux.

— Ravi que cela te plaise.

Il ne la laissa pas faire la vaisselle.

— Ce n'est pas la peine, je vais tout mettre dans le lave-vaisselle. Et si tu es en retard, Evelyn va s'inquiéter.

— Tu as raison. Merci.

— On se voit demain au travail, dit-il en lui donnant un baiser léger.

— Profite bien de ta journée avec ta famille, dit-elle.

— Toi aussi, passe un bon dimanche.

6

Le vendredi soir, Lorenzo resta chez Jenna, y passa la nuit, et l'accompagna, le lendemain matin, pour faire faire à Charlie sa promenade habituelle.

— C'est un chien magnifique, dit-il en caressant l'animal. On dirait une sorte de gros ours en peluche.

— C'est un cocker croisé — le résultat d'un croisement entre un cocker épagneul et un caniche, dit-elle. Et il a très bon caractère.

Charlie se montrait sous son meilleur jour, trottinant gentiment à côté d'eux et attendant sagement qu'ils veuillent bien lui lancer la balle de tennis, qu'il se faisait un plaisir de leur rapporter.

— Il est génial, dit Lorenzo.

— Tu n'as jamais pensé avoir un chien à toi ?

— Pas avec mes horaires de travail. Il resterait beaucoup trop longtemps seul à la maison.

— J'aurais le même problème. J'ai grandi avec des chiens et ne plus en avoir me manque. Je suis ravie de pouvoir aider Evelyn en promenant Charlie.

Comme Georgia travaillait à temps partiel, Lorenzo avait songé à prendre un chien. Dans sa famille, il y en avait toujours eu et Florence s'était prise d'affection pour Suki, le golden retriever de ses parents. Chaque fois qu'ils allaient leur rendre visite, Florence se précipitait vers l'animal. Alors que Lorenzo allait évoquer son intention de prendre un chien, Georgia lui avait révélé qu'il n'était pas le père de Florence et qu'elle le quittait pour le père biologique de sa fille.

Elle était partie, le laissant ramasser ce qui restait de sa vie en morceaux. Il avait vendu la maison, ce qui avait pris des mois, fait les démarches administratives pour le divorce, affronté la compassion de ses collègues et le regard empli de chagrin de sa mère qui souffrait de ne pas pouvoir le réconforter.

Le combat qu'il avait mené pour survivre au drame avait duré plus d'un an. Finalement, la maison avait été vendue et il avait trouvé ce poste au Muswell Hill Memorial Hospital. Il avait sauté sur l'occasion d'avoir de nouveaux collègues qui ne savaient rien de son passé et qui ne s'apitoieraient donc pas.

Il était conscient qu'il devait parler de Florence à Jenna. Il ne la pensait pas du genre à le prendre en pitié, mais il ne voulait pas courir le risque que ses confidences changent le regard qu'elle portait sur lui. Elle le voyait pour ce qu'il était et il aimait ça.

Après avoir fait courir Charlie jusqu'aux limites de l'épuisement, ils le ramenèrent à Evelyn qui leur offrit une tasse de thé. Ils se promenèrent ensuite tranquillement dans les allées de Borough Market, choisissant des produits frais pour le dîner.

— J'imagine que tu n'as pas de poêle en fonte ? s'enquit Lorenzo.

Jenna éclata de rire.

— Estime-toi déjà heureux que j'aie des poêles normales. Tu ne veux pas plutôt dîner ce soir d'un bol de céréales avec des morceaux de fruits et du yoghourt grec ?

Il éclata de rire à son tour.

— Inutile, donc, que je te demande si tu as une machine à pâtes.

Elle montra les éventaires du marché.

— Voilà pourquoi tout cela existe ! Acheter des plats préparés nous évite d'avoir tous ces gadgets de cuisine qu'on n'utilise qu'une fois avant de les reléguer au fond d'un placard.

— Rappelle-moi de t'offrir des fleurs plutôt qu'un coupe-légumes à spirale, dit-il d'un ton enjoué. Bon, ce soir, je ferai cuire le saumon au four au lieu de le griller. Tiens, et si je le nappais de *pesto* ?

— Tu es sûr de ne pas vouloir devenir un chef étoilé, comme ton cousin ?

— J'aime cuisiner, voilà tout.

Et c'était agréable de le faire pour quelqu'un, de partager le plaisir de bien manger au lieu d'être seul à table en compagnie d'une revue médicale.

Le dimanche matin, le temps était radieux. Le soleil brillait dans un ciel sans nuages.

— Si nous allions au bord de la mer après avoir emmené Charlie se promener ? dit Lorenzo.

— Ce serait parfait, dit Jenna. Ça fait une éternité que je n'ai pas pataugé dans la mer.

Après avoir fatigué l'énergique Charlie, ils prirent la route de Brighton. Comme Jenna, Lorenzo n'avait pas vu la mer depuis longtemps. L'année précédente, il avait trouvé un prétexte pour ne pas aller en Italie ; se retrouver entouré de toute sa nombreuse et joyeuse famille lui aurait trop douloureusement rappelé ce que lui-même avait perdu. Mais le soleil éclatant, le bruit des vagues s'écrasant sur les galets de la plage et l'odeur des *fish and chips* vendus en bord de mer le mirent de bonne humeur.

Et, surtout, il était avec Jenna. Sa présence suffisait à le revigorer.

— Tu aimes l'ambiance des fêtes foraines ? demanda-t-elle.

Il l'avait aimée quand il emmenait Florence faire des tours de manège. Comme il avait adoré lui faire faire de la balançoire et du toboggan au parc à jeux.

— Lorenzo ? murmura Jenna en lui pressant la main.

— Je...

Il prit une profonde inspiration. Il devait chasser ses fantômes.

— Oui, dit-il, allons-y.

Elle ne dit rien, mais ne lui lâcha pas la main, indiquant clairement qu'elle ne demandait aucune explication, mais qu'elle était là pour lui.

Ils commencèrent à un bout de la jetée et profitèrent de toutes les attractions jusqu'à l'autre extrémité.

— Ça va mieux ? demanda doucement Jenna.

— Oui, beaucoup mieux, répondit-il en l'embrassant. Merci.

Il n'y avait pas la moindre trace de pitié dans les yeux de Jenna. Et il appréciait qu'elle ne lui pose pas de questions, qu'elle attende le moment où il se sentirait prêt à se confier.

— J'offre les *fish and chips*, dit-elle.

— J'accepte.

Et il lui vola un autre baiser.

Ils étaient presque arrivés au stand de *fish and chips* le plus proche lorsqu'ils entendirent un cri et virent une petite fille tomber lourdement sur le sol, près d'un lampadaire. La maman sembla paniquer et le bébé qui se trouvait dans la poussette commença à pleurer.

— Je suis médecin, dit Jenna en se dirigeant vers la mère et les enfants. Puis-je vous aider ?

— Je..., répondit la femme en se passant la main dans les cheveux.

— Prenez le bébé dans vos bras, nous nous occupons de votre petite fille. Nous sommes tous les deux médecins. Je m'appelle Jenna et voici Lorenzo.

— Je m'appelle Sally. Et ma fille, Daisy.

Sally sortit le bébé de sa poussette et le berça.

Jenna releva doucement la petite fille.

— Daisy, dis-moi où tu as mal, ma chérie.

— Je me suis cogné la tête, répondit l'enfant en sanglotant. Et j'ai mal au genou. Je veux ma maman...

— Maman est là, dit Sally. Cette gentille dame est médecin, elle va te soigner.

— Tu veux bien que je regarde le coup que tu t'es fait à la tête ? demanda Jenna.

L'enfant acquiesça d'un hochement de tête timide.

— Demain, tu auras sûrement une grosse bosse, dit Jenna après l'avoir examinée. Je vais nettoyer ton genou et poser un pansement. Pendant que je fais cela, tu veux bien me chanter une chanson ?

En guise de réponse, Daisy éclata en sanglots.

— Si tu veux, dit Lorenzo, tu peux m'aider à en chanter une. Connais-tu *Le Vieux MacDonald avait une ferme* ?

— Ou... oui, dit l'enfant, l'air légèrement dubitative.

— On va chanter ensemble et tu choisiras les animaux dont on parlera dans la chanson.

Jenna lui adressa un sourire reconnaissant. Pendant que Lorenzo distrayait la petite fille, elle nettoya la coupure et posa un pansement dessus.

— Comme elle s'est cogné la tête, je souhaiterais vérifier ses pupilles, dit-elle à Sally. Vous voulez bien ?

Sally hocha la tête. Jenna sortit une lampe stylo de son sac.

— Daisy, dit-elle, ta chanson est très jolie. Peux-tu continuer de chanter avec Lorenzo pendant que je dirige une petite lumière vers tes yeux ?

— Oui, répondit Daisy d'une voix cette fois plus assurée.

Jenna procéda à l'examen des pupilles.

— Les réflexes sont bons, dit-elle, c'est une bonne chose.

Un homme chargé de paquets sortit précipitamment de la boutique de *fish and chips*.

— Que s'est-il passé ? demanda-t-il d'un ton inquiet.

— Papa ! s'écria Daisy.

Et elle fondit en larmes.

— Daisy est tombée et s'est cogné la tête, expliqua Sally. Ces deux charmantes personnes sont médecins. Ils sont venus à notre secours.

— Merci, dit l'homme, l'air toujours soucieux. Elle s'est cogné la tête ? Doit-on l'emmener à l'hôpital ?

— Non, répondit Jenna. Mais gardez un œil sur elle. Après ce genre de choc, les enfants ont souvent envie de dormir. Assurez-vous que vous pouvez la réveiller. Si vous n'y parvenez pas ou si, en fin d'après-midi, elle se plaint d'avoir mal à la tête ou au cœur, ou encore si elle est somnolente, emmenez-la aux urgences.

— Merci, dit Sally qui berçait toujours le bébé dans ses bras. Merci à vous deux, vous avez été si gentils de venir nous aider.

— C'était tout naturel, répondit Jenna en souriant. Prenez soin de vous.

Tandis qu'ils s'éloignaient de la petite famille, Lorenzo se pencha vers Jenna.

— Tu es vraiment très bien avec les enfants, dit-il.

Elle leva les yeux au ciel.

— J'espère bien, ou alors je ferais mieux de changer de métier.

— Non, je parle de ta façon d'être avec eux, de ce que tu dégages. Les enfants sont en confiance avec toi.

— Avec toi aussi.

Parle-lui. S'il se confiait à elle, cela changerait-il quelque chose ?

Question stupide. Bien sûr, cela changerait quelque chose. Mais peut-être Jenna pourrait-elle l'aider à avancer. N'étant pas impliquée, elle porterait certainement un autre regard sur la situation. Peut-être l'aiderait-elle à voir les choses autrement.

— Allons nous asseoir, proposa-t-il.

— Volontiers.

Ils prirent place sur un banc. Elle était silencieuse, se contentant de lui tenir la main.

Parle-lui.

Il prit une profonde inspiration. Il avait l'impression que les mots restaient collés au fond de sa gorge, mais il se força à les articuler.

— J'ai été papa.

Elle ne lui posa pas de questions, mais serra plus fort sa main. Lui jetant un regard en biais, il vit son air soucieux. Son visage exprimait de la douceur, de la chaleur et de la gentillesse.

Il fixa la mer. Pourquoi, alors qu'il avait décidé de tout raconter, les mots ne venaient-ils pas ?

— Tu n'es pas obligé d'en parler si tu n'en as pas envie, dit Jenna. Mais sache que je ne porterai aucun jugement sur toi, et que ce que tu me diras restera strictement entre nous.

— Merci.

Après quelques secondes de silence, il reprit la parole.

— J'ai rencontré Georgia dans une fête. Elle était infirmière aux urgences du London Victoria, le service dans lequel je travaillais. Nous avons commencé à sortir ensemble et je suis tombé amoureux. Elle était drôle, douce et intelligente. Nous étions ensemble depuis six mois lorsqu'elle m'a annoncé qu'elle était enceinte. Le bébé n'était pas prévu, mais cela n'avait aucune importance. Nous allions former une famille. Je l'aimais et je croyais qu'elle aussi m'aimait. Je lui ai demandé de m'épouser et elle a accepté.

Maintenant qu'il avait commencé à parler, les mots se bousculaient.

— Ce que j'ignorais, c'était que Georgia avait revu un garçon qui était son petit ami au lycée. Scott avait eu de mauvaises fréquentations à l'adolescence et il s'était mis à « emprunter » des voitures pour faire des virées le week-end. Il avait été déféré plusieurs fois devant les tribunaux. Mais il a poussé les choses plus loin. Il s'est mis à commettre de petits larcins, puis des cambriolages. Il a été arrêté, jugé et envoyé en prison où il est resté plusieurs mois. Voyant qu'il n'avait pas tenu sa promesse de marcher droit, Georgia a rompu avec lui. Et, ce soir-là, nous nous sommes rencontrés.

Il marqua une courte pause.

— Lorsque Scott est sorti de prison, reprit-il, il a voulu la revoir. Elle lui a dit que tout était fini entre eux, mais j'imagine qu'ils se sont aimés une dernière fois, en souvenir du bon vieux temps, sans doute. Il est retombé dans ses mauvaises habitudes. Arrêté de nouveau pour cambriolage, il a été condamné à deux ans de prison. Je suppose que Georgia a paniqué lorsqu'elle a découvert qu'elle était enceinte.

— Parce qu'elle s'est demandé si le bébé était le tien ou celui de Scott, et parce qu'elle savait qu'il serait encore en prison lorsque l'enfant naîtrait ? suggéra Jenna.

Il hocha la tête.

— Elle en a parlé à sa famille. Tous m'aimaient bien et ils l'ont persuadée que je ferais un bien meilleur papa pour le bébé et un meilleur compagnon pour elle que ne le serait jamais Scott.

Il esquissa une grimace.

— J'aurais dû me poser des questions, mais je l'ai crue sur parole. Elle m'a dit qu'elle ne voulait pas se marier avant la naissance du bébé, car elle n'avait pas envie d'être enceinte dans sa robe de mariée. J'ai accepté son choix, je ne voulais pas lui mettre la pression. J'essayais de me montrer compréhensif. Mais, comme nous n'étions pas mariés, lorsqu'elle a eu Florence, elle n'a pas mis mon nom sur l'acte de naissance de l'enfant. Elle a dit qu'elle le ferait dès que nous serions mariés, mais elle remettait toujours cette demande à plus tard. Je pensais que son comportement était lié au fait qu'elle était devenue mère et avait du mal à s'adapter à sa nouvelle situation. J'ai même cru qu'elle souffrait d'une dépression postnatale.

Il soupira.

— Il ne m'est jamais venu à l'idée qu'elle avait quelqu'un d'autre dans sa vie. Si elle me traitait si mal, c'était parce qu'elle ne voulait pas de moi et qu'elle se sentait coupable, si bien qu'elle me traitait plus mal encore. J'essayais d'être un bon mari, prêt à la soutenir, et un bon père. J'ai tout de suite adoré Florence. C'était ma petite fille.

Il regarda au loin, les yeux tournés vers la mer.

— Et puis, alors que Florence venait d'avoir dix-huit mois, Scott est sorti de prison. Il a réapparu, sa mère lui avait parlé du bébé. Il avait calculé les dates et savait que Florence était sa fille. Cette fois, disait-il, il marcherait droit et ne commettrait plus aucun délit. Il voulait former une famille avec Georgia et Florence.

Après une courte pause, Lorenzo continua son récit.

— Pour Georgia, Scott était l'amour de sa vie, il a su lui dire ce qu'elle voulait entendre. Pour être honnête, lorsque j'ai vu une photo de lui, il m'a paru évident que Florence était bien sa fille. Ils ont tous les deux les mêmes cheveux roux et les yeux gris.

Son visage se crispa.

— Sans me le dire, Georgia a fait faire un test ADN et les résultats ont confirmé, sans aucun doute possible, que Scott était le père de Florence.

— Je... je suis tellement désolée que tu aies dû subir tout ça, dit-elle dans un murmure.

— Moi aussi. Je ne pouvais pas réclamer la garde de Florence puisque mon nom ne figurait même pas sur son acte de naissance et que Georgia avait la preuve que la petite n'était pas ma fille. Que je l'ai considérée comme mon enfant pendant dix-huit mois ne comptait pour rien. Georgia et Scott ont déménagé et mon ex-femme a affirmé que cela perturberait trop Florence si je conservais une place dans sa vie.

— Mais, dans beaucoup de familles recomposées, les enfants connaissent ce genre de situation et les parents trouvent des solutions pour que tout se passe au mieux. Il y aurait sûrement eu un moyen pour que tu restes en contact avec Florence, non ?

— Georgia ne voyait pas les choses ainsi.

— Te donne-t-elle au moins des nouvelles de cette petite ? Elle t'envoie des photos ?

— Non. Elle a insisté pour qu'il y ait une coupure nette entre nous.

C'était ce qui le blessait le plus.

— J'espère que Scott a vraiment changé et qu'il est un bon père pour Florence, reprit-il. Elle va avoir trois ans dans quelques semaines, et je ne pourrai même pas lui souhaiter son anniversaire.

Jenna lui pressa la main.

— C'est dur. Je suis désolée pour toi.

— Je ne veux pas de ta pitié, Jenna.

— Ce n'est pas de la pitié. Je suis triste de voir que tu as été si profondément blessé et, pour être honnête, j'en veux à Georgia de n'avoir pas essayé de trouver un meilleur compromis. Pourquoi ne t'a-t-elle pas dit, au moment où elle a fait le test de grossesse, qu'elle avait revu Scott et qu'elle ne savait pas si le bébé était le tien ou celui de Scott ?

— Peut-être a-t-elle eu peur que je la quitte et qu'elle se retrouve seule avec le bébé ? Scott avait déjà des ennuis avec la justice. Par ailleurs, elle ne savait pas si l'enfant n'était pas de moi, finalement.

— La situation était difficile pour vous deux.

— Je ne l'aurais pas quittée. Bien sûr, j'aurais eu mal en apprenant qu'elle avait couché avec son ex, mais nous aurions pu surmonter cela. Je l'aurais soutenue. Je ne suis pas...

— Tu n'es pas comme mon ex, dit Jenna. Tu es quelqu'un de bien. Et je suis désolée que tu aies tellement souffert.

Il haussa les épaules.

— Au moins, elle n'a pas menti sur l'acte de naissance.

— Je ne sais pas quoi dire. Je ne peux rien faire pour arranger les choses. Mais je te remercie de t'être confié à moi.

— Merci de m'avoir écouté.

Elle le serra dans ses bras.

— Je ne fais pas cela par pitié. Je te prends dans mes bras parce que, parfois, cela en dit plus que les mots.

Il l'étreignit à son tour. Elle avait raison. C'était ce dont il avait le plus besoin en cet instant précis.

Ils restèrent ainsi un moment, étroitement enlacés.

— Je connais aussi un autre remède, très anglais, qui convient bien dans ce genre de circonstances, dit Jenna. Boire un thé.

Il ne put s'empêcher de sourire.

— Cela me va.

— Accompagné de *scones* chauds.

— Avec de la confiture ou de la crème ?

— Je ne sais jamais quoi choisir, alors je partage le mien en deux.

C'était étrange, le simple fait d'être avec Jenna suffisait à lui rendre le cœur plus léger. Après avoir pris un thé avec elle, il se sentait déjà beaucoup mieux. Et encore mieux lorsqu'elle lui proposa de rester chez elle ce soir-là.

Il s'endormit dans ses bras, plus détendu qu'il ne l'avait jamais été depuis que Georgia l'avait quitté. L'absence de Florence laisserait toujours un vide dans sa vie, mais, en cet instant, il se sentait beaucoup moins seul, grâce à Jenna.

7

— Je t'avais bien dit, maman, que tu t'inquiétais pour rien, dit Cameron.

— Non, elle a eu parfaitement raison de t'amener ici, dit Jenna en s'adressant à l'adolescent. Je préfère de beaucoup t'avoir vu maintenant plutôt que dans trois semaines, quand les choses se seraient aggravées. Et il ne faut jamais sous-estimer l'intuition des parents.

— Mais maman s'angoisse toujours trop, répondit le garçon dans un murmure.

— C'est vrai, dit Mme Blake. Sans doute davantage que la moyenne des mamans, car c'est mon fils unique.

— En réalité, si j'en crois mon expérience, la plupart des mères s'inquiètent autant que vous, ce qui est parfaitement normal, dit Jenna en souriant. Si vous voulez, je vais vous donner un récapitulatif de notre conversation d'aujourd'hui, si vous craignez ne pas vous souvenir de tout.

— Oui, merci, je ne voudrais pas passer à côté de symptômes importants si son état empirait.

Cameron leva les yeux au ciel.

— Bon, je vais aller m'acheter une boisson au distributeur automatique. Je te retrouve à la réception, maman.

— Il est en pleine crise d'indépendance, dit Jenna tandis qu'elle rédigeait le document destiné à Mme Blake.

— Ne m'en parlez pas, soupira celle-ci. Il critique tout ce que je dis et tout ce que je fais.

— En l'occurrence, vous avez eu raison de l'amener ici. Maintenant que nous savons de quoi il souffre, si son état s'aggrave, nous pourrons lui donner des stéroïdes pour calmer ses maux d'estomac, de sorte qu'il sera en meilleure forme pour passer ses examens. À présent, suivez-moi, l'imprimante est dans le bureau d'à côté.

— Merci d'être aussi calme et rassurante, dit Mme Blake en suivant Jenna dans le couloir. Mais Cam a raison, je m'inquiète beaucoup trop pour lui. Vous savez, nous ne pouvions pas avoir d'enfant, alors nous avons eu recours à la fécondation in vitro. Et nous avons subi quatre échecs. Par chance, une femme très généreuse a accepté d'être mère porteuse pour nous et, grâce à elle, nous avons eu Cam. Je ne la remercierai jamais assez pour ce qu'elle a fait pour nous.

Jenna était bien placée pour la comprendre. Elle connaissait parfaitement les deux côtés de la situation — ce qu'avait ressenti sa sœur lorsqu'elle désespérait d'avoir un jour un bébé, et ce qu'elle avait éprouvé, elle, en tant que mère porteuse désireuse d'aider quelqu'un à résoudre son problème.

Elle posa la main sur l'épaule de Mme Blake.

— Savoir combien vous aimez votre fils et comme vous prenez bien soin de lui serait une récompense suffisante pour votre mère porteuse, croyez-moi. Si ces femmes acceptent de porter un bébé pour une autre, c'est parce qu'elles savent que cet enfant est désiré et qu'il recevra beaucoup d'amour.

Ces propos avaient quelque chose de *vraiment* très personnel, pensa Lorenzo en levant le nez de ses papiers. Il se trouvait dans le bureau voisin de celui où Jenna parlait à la mère de son patient.

Mais peut-être se faisait-il des idées. D'après ce qu'il savait, les mères porteuses avaient généralement déjà des enfants à elles. Or Jenna était célibataire et sans enfant. Peut-être avait-elle une amie très proche qui avait été mère porteuse.

Bien sûr, il était exclu qu'il lui pose la question. Elle penserait qu'il écoutait aux portes et il ne voulait pas avoir l'air de l'espionner.

Toutefois, deux jours plus tard, la question des mères porteuses revint dans une conversation dans la cuisine réservée au personnel. Quelqu'un évoqua une émission de télévision diffusée la veille.

— J'ai trouvé cette histoire de mère porteuse invraisemblable, dit Keely. Si Jenna a vu le téléfilm, cela a dû la rendre folle de rage.

Pourquoi Jenna se mettrait-elle dans un tel état à cause d'un téléfilm sur ce sujet ? Lorenzo se rappela la conversation qu'il avait surprise deux jours avant. Avait-il deviné juste en pensant qu'une amie de Jenna avait été mère porteuse ?

— C'était horrible, ces pauvres gens obligés de se battre devant les tribunaux pour que la mère porteuse ne garde pas le bébé alors qu'ils l'avaient déjà payée, dit Keely.

— Ce que je déteste, dans ce genre de scénario, c'est qu'il n'a rien à voir avec la vie réelle, intervint Sanjeev, un jeune médecin. En Angleterre, il est interdit de payer une mère porteuse, on ne peut que la dédommager de ses frais.

— C'est exact, dit Keely. On sait à quoi s'attendre quand on accepte d'être mère porteuse. On sait dès le début qu'on porte le bébé pour quelqu'un d'autre. L'histoire racontée dans ce téléfilm a été volontairement dramatisée pour faire de l'audience.

— Le problème, dit Laney, c'est que ça peut semer le doute dans l'esprit de couples qui, en mal d'enfant, songeraient à faire appel à une mère porteuse. Ils peuvent craindre que les choses se passent mal alors que, dans la vraie vie, les agences qui mettent les couples en contact avec les mères porteuses font preuve d'une grande prudence. Je sais bien qu'à la fin de l'émission il y a un numéro de téléphone à composer pour s'informer sur le sujet du téléfilm, mais c'est déjà trop tard. Le mal est fait.

— La femme qui donne naissance à l'enfant est le parent légal, dit Sanjeev. Elle ne peut consentir à une ordonnance parentale avant que le bébé ait six semaines. Par ailleurs, il faut remplir tout un tas de conditions pour obtenir une ordonnance parentale.

Lorenzo connaissait bien le sujet. Son avocat lui avait tout expliqué en détail.

— Vous devez prouver que vous vivez une relation stable et durable, avait-il dit. L'un des deux parents doit être lié biologiquement à l'enfant, et l'enfant doit vivre avec vous.

Il ne remplissait aucun de ces critères, aussi n'avait-il aucun droit sur Florence. Il n'avait même pas pu réclamer un droit de visite, car Georgia avait prouvé qu'il n'était pas le père biologique de l'enfant. Qu'il se soit occupé de Florence durant dix-huit mois et qu'il ait épaulé Georgia durant toute sa grossesse ne comptait pour rien aux yeux des tribunaux.

Dans le service, tout le monde semblait connaître les aspects juridiques de la situation des mères porteuses bien mieux que le service de pédiatrie de l'hôpital où il exerçait auparavant. D'où cela venait-il ? Quelqu'un, ici, avait-il connu cette expérience de près ?

De nouveau, le nom de Jenna lui vint à l'esprit.

Cela avait-il à voir avec l'année sabbatique qu'elle s'était offerte ? Elle avait dit que son ex avait désapprouvé une décision qu'elle avait prise. S'agissait-il du choix de devenir mère porteuse ?

En théorie, tout se tenait.

Mais Jenna avait choisi de ne pas se confier à lui. Cela ne le regardait pas. Il devait laisser tomber.

Toutefois, il ne cessa d'y penser tout le reste de la semaine. La conversation entre Jenna et la mère d'un jeune patient, et les commentaires qu'il avait entendus dans la cuisine du service… Plus il y songeait, plus il était convaincu que Jenna avait porté un bébé pour une autre femme.

L'idée qu'elle lui cachait délibérément quelque chose le mettait mal à l'aise, car cela lui rappelait l'attitude de Georgia et ses mensonges.

S'il était à fleur de peau, c'était peut-être parce que le troisième anniversaire de Florence approchait et qu'elle lui manquait affreusement.

Il était tellement déstabilisé que, le samedi soir, alors qu'il allait dîner au restaurant avec Jenna, il osa aborder le sujet.

— L'autre jour, dit-il, Keely et Sanjeev parlaient d'un téléfilm à propos d'une mère porteuse.

— Ah ?

Elle avait une voix parfaitement neutre, comme s'il venait d'évoquer un sujet aussi anodin que le prix des bananes.

Il aurait mieux fait de parler d'autre chose. Mais il était blessé qu'elle ne lui confie rien alors qu'il s'était ouvert à elle. Voulait-elle, comme Georgia, lui cacher un lourd secret ?

— C'est sans intérêt, dit-il. Oublions cela.

Depuis un bon moment, Jenna était consciente qu'elle devait parler d'Ava à Lorenzo. Surtout depuis qu'il lui avait parlé de Florence. Mais le souvenir de la réaction de Danny la paralysait. Elle ne pouvait oublier les horribles accusations qu'il avait portées contre elle. Des accusations fausses, ignobles et totalement injustifiées.

Elle ne pensait pas que Lorenzo réagirait de la même façon. Mais si elle se trompait sur son compte, comme elle s'était trompée à propos de Danny ?

Pourtant, elle ne pouvait plus se taire. Il était temps de tout lui dire.

Elle inspira profondément.

— Tu m'as parlé de Florence, alors je dois maintenant te parler d'Ava.

— Ava ? Ta nièce ?

Elle hocha la tête.

— C'est elle, la raison pour laquelle j'ai pris une année sabbatique. J'ai été mère porteuse pour ma sœur parce qu'elle ne pouvait pas avoir d'enfant.

Elle n'osait pas le regarder, de peur de lire sur son visage la même désapprobation que chez Danny. Mais elle se força et dut s'y reprendre à deux fois, car elle n'était pas absolument sûre de ce qu'elle voyait.

— Tu as consacré une année de ta vie à porter un bébé pour ta sœur ? C'est bien la chose la plus stupéfiante et la plus généreuse que j'ai jamais entendue.

— Tu ne trouves pas que j'ai été stupide ? Naïve et...

Il lui saisit la main et la pressa dans la sienne.

— Non, pas du tout. C'est le plus beau cadeau qu'on puisse faire à quelqu'un... un enfant. Pourquoi pensais-tu que je te jugerais aussi mal que ton ex ?

— Je sais que tu n'es pas comme lui, mais...

— Mais, à cause de lui, tu n'as plus confiance en ton jugement. Tu n'as plus confiance en toi ni dans les autres. Je comprends cela. Jenna, nous faisons tous des erreurs. Moi-même, j'en ai fait beaucoup. Mais je t'assure que ce que tu as fait pour Lucy n'était pas une erreur. C'était courageux, magnifique et désintéressé. Tu n'as pas à m'en dire plus, fit-il en entrecroisant leurs doigts. Tu ne me dois aucune explication.

Il n'avait pas la même réaction que Danny. Il approuvait le choix qu'elle avait fait. Il trouvait qu'elle avait bien agi. Et cela lui donna le courage de continuer.

— Je suis désolée, je n'aurais pas dû craindre ta réaction.

— Ne t'inquiète pas. Si tu veux savoir, j'avais peur que tu ne me caches quelque chose comme Georgia l'avait fait. Mais, maintenant, je sais que ton comportement est à l'exact opposé du sien. Toi, tu as donné un bébé à ta sœur alors qu'elle, elle m'a privé d'un enfant.

— Je peux comprendre pourquoi elle a agi comme elle l'a fait, mais, à sa place, j'aurais fait tout autrement. Jamais je n'aurais pu arracher un enfant à quelqu'un.

— Toutefois, est-ce que cela n'a pas été difficile de renoncer à Ava après sa naissance ? Tu l'avais portée durant neuf mois. Cela crée des liens.

— Elle a toujours été le bébé de Lucy, pas le mien. Oui, bien sûr, j'ai eu pour elle la bouffée d'amour dont parlent les mamans qui viennent d'accoucher. Mais je suis aussi médecin, je savais qu'il faudrait compter avec mes hormones. Dès le départ, j'ai considéré Ava comme la fille de ma sœur. Elle est ma nièce et c'est une joie qu'elle occupe cette place dans ma vie. J'aime passer du temps avec elle, la voir grandir et explorer le monde, mais c'est Lucy que je vois en elle.

Pourtant, elle s'était surprise à se demander ce que ce serait que d'avoir un bébé à elle et un compagnon avec qui partager son amour pour l'enfant.

— Et alors, comment... ?

Il s'arrêta net.

— Excuse-moi. Je ne veux pas te bombarder de questions. Tu ne me dois aucune explication.

— Et tu ne me juges pas.

— Non, absolument pas. Mais si tu as envie de m'en parler, je suis prêt à t'écouter. Et surtout, sache que ce que tu me diras restera entre nous.

Elle savait qu'il avait repris à dessein les mots qu'elle-même avait employés pour l'encourager à parler. Il voulait la rassurer.

— Pouvons-nous seulement... aller ailleurs ? dit-elle.

— Bien sûr. Si tu veux aller te rafraîchir, pendant ce temps je réglerai les choses ici.

Elle se mordilla les lèvres.

— Désolée. J'ai gâché notre dîner.

— Tu n'as rien gâché du tout. Je nous préparerai une omelette chez moi si tu veux manger un peu plus tard, ou bien nous pouvons prendre un *kebab* quelque part.

— Merci.

Elle appréciait vraiment sa gentillesse. Jamais elle n'aurait cru qu'il se montrerait aussi compréhensif. Mais elle savait qu'elle ne devait pas laisser l'attitude de Danny influencer le jugement qu'elle portait sur les hommes.

Elle se rendit aux toilettes pour se rafraîchir avant de rejoindre Lorenzo à la réception.

— Allons-y, dit-il en la prenant par la main.

Ils marchèrent le long de la rivière jusqu'à ce qu'ils trouvent un banc disponible. Lorenzo attendit sans rien dire qu'elle se sente prête à poursuivre son récit.

— Nous avions vingt-sept ans quand Lucy a eu un grave accident de voiture. Elle allait passer le week-end à York avec sa meilleure amie, une fille qu'elle avait connue à l'université et qui devait être sa demoiselle d'honneur. Elle n'est jamais arrivée à York. Un camion a percuté sa voiture sur l'autoroute et Lucy a subi de graves lésions internes, avec une rupture de l'utérus. Les ovaires ont été endommagés. Au bloc opératoire, ils ont eu du mal à arrêter l'hémorragie. Le choix s'est posé de pratiquer une hystérectomie, on risquait de la perdre, sinon. Will a opté, bien sûr, pour l'hystérectomie, et mes parents et moi étions tous d'accord avec lui.

— Subir une hystérectomie est une épreuve terrible chez une femme si jeune.

Elle hocha la tête.

— Lucy et Will avaient pensé à mettre un bébé en route l'été suivant. Lorsqu'elle a compris qu'elle ne pourrait jamais avoir d'enfant, elle a été désespérée. Une fois qu'elle s'est remise de l'opération, Will et elle ont entrepris des démarches pour une adoption. Mais cela leur a été refusé sous prétexte que Will, qui a quinze ans de plus que Lucy, était trop vieux pour devenir papa.

Elle secoua la tête, l'air dégoûtée.

— Cela me rend furieuse, que des technocrates anonymes brisent les rêves des gens en avançant des raisons stupides ! Il était évident que Lucy et Will feraient de merveilleux parents. Ils ont fait appel de la décision, mais en vain. C'est alors que je me suis dit que j'avais une solution. Je pouvais porter leur bébé.

— C'est extraordinaire de pouvoir aider les gens à réaliser leur rêve.

— Lucy est ma sœur jumelle. Elle aurait fait la même chose pour moi.

— Ça n'en reste pas moins extraordinaire.

— Nous avons opté, Lucy et moi, pour la fécondation in vitro. Les équipes qui pratiquent la FIV préfèrent que la mère porteuse ait déjà des enfants à elle, car toute grossesse comporte des risques et nous ne savions pas si je pourrais la mener à terme. Mais nous avons plaidé notre cause et expliqué que nous étions un cas à part. Comme Lucy et moi sommes de vraies jumelles, des monozygotes, cela voulait dire que le bébé serait génétiquement identique à celui qu'elle aurait pu avoir elle-même. L'équipe médicale a insisté pour que nous voyions d'abord un psychologue, et tout s'est bien passé. Nous avons utilisé le sperme de Will et mon ovule. Nous avons eu le soutien de notre famille et de nos amis... enfin, de presque tous. Le seul à avoir posé problème, ça a été Danny, mon ex.

— Pourquoi a-t-il réagi ainsi ? Il voulait que vous ayez d'abord un enfant de lui ?

— Non, pas du tout. Il ne voyait pas que j'essayais de rendre Lucy heureuse. Tout ce qu'il voyait, c'était que je compromettais ma carrière professionnelle et que cette année sabbatique me coûterait un an de salaire.

Lorenzo eut un rictus.

— C'est une façon horrible d'envisager les choses.

— Je ne te le fais pas dire. Et quand j'ai signalé que tout cela n'avait aucune importance pour moi, il a déclaré que, si je m'obstinais dans ce projet, il romprait avec moi. J'étais tellement furieuse que j'ai répondu que je ne voulais pas être avec quelqu'un comme lui. Alors, il m'a accusée d'être amoureuse de Will et de faire cela pour avoir un bébé de lui.

— C'est une plaisanterie !

— Malheureusement, non.

Elle eut un rire sans joie.

— Voilà comment était l'homme que j'avais pensé épouser ! Mais il n'était pas question de faire ma vie avec quelqu'un qui n'avait de compassion pour personne, qui ne voyait que l'aspect financier des choses et se vexait dès qu'on n'était plus d'accord avec lui. Alors, je l'ai quitté.

— Tu as bien fait. Il a l'air d'un imbécile et d'un parfait égoïste. Il ne te méritait pas.

Quel soulagement, Lorenzo prenait complètement son parti.

— Merci de… de si bien comprendre pourquoi j'ai agi ainsi.

— Tu es extraordinaire.

— J'aime ma sœur. Et, pour moi, Ava a toujours été sa fille. Lucy a été là à tout moment, lors de la FIV, du test de grossesse, à chaque échographie et à l'accouchement. Elle a été la première personne à tenir Ava dans ses bras après la naissance, c'est elle qui a coupé le cordon ombilical et qui a donné le premier biberon à Ava, avec mon lait. À mes yeux, elle est la maman d'Ava, biologiquement, moralement et légalement.

Elle esquissa une grimace.

— Je sais que c'est un peu compliqué, mais c'est ma famille et je les aime. Ava a aujourd'hui dix-huit mois. Lorsqu'elle sera assez grande pour comprendre, nous lui expliquerons que sa naissance a été un petit peu compliquée. Mais mon ovule étant génétiquement identique à ceux de Lucy, sa maman est bien sa maman et son papa est son vrai papa, la seule différence est que sa maman a emprunté mon ventre pour qu'Ava puisse s'y développer.

— Dix-huit mois… C'est l'âge qu'avait Florence la dernière fois où je l'ai vue.

Son regard s'assombrit.

— C'est un âge adorable, dit-il.

— C'est vrai. Ava est très bavarde. Et elle adore danser, jouer, et faire des gâteaux — il est clair qu'elle tient cela de sa maman plutôt que de moi. Quand j'ai le temps, je vais nager avec elle, en compagnie de Lucy, c'est vraiment magnifique de la voir grandir.

Elle sourit.

— Le plus merveilleux, c'est de voir ma sœur jumelle si heureuse. Elle a la vie dont elle rêvait, la vie qu'elle mérite.

Il l'enlaça.

— Quelqu'un de très sage m'a dit un jour que, parfois, un geste comme celui-ci valait mieux que les mots.

— C'est vrai.

Savoir que, cette fois, elle avait affaire à un homme bien, un homme qui ne ressemblait en rien à Danny, la libérait d'un grand poids. Elle se blottit contre lui.

— Voilà, maintenant tu sais tout.

— Je suis désolée, je crois que ce qui m'est arrivé avec Georgia m'a rendu un peu paranoïaque. Je pensais que tu me dissimulais un sombre et lourd secret.

— Moi aussi, je suis désolée. Même si tu n'as rien de commun avec Danny, j'avais peur que tu ne me juges. Surtout parce que tu as perdu Florence, et que je ne voulais pas que tu me croies du genre à faire un bébé et à l'abandonner, le cœur léger. Ava n'a jamais été à moi.

Elle sourit.

— Je manque peut-être d'objectivité, mais c'est la nièce la plus fabuleuse qui soit.

— Tu n'es pas la première à hésiter à me parler d'un bébé. Ma petite sœur ne voulait pas m'avouer qu'elle était enceinte, mais je l'ai deviné un dimanche où elle m'aidait à remettre en ordre après le déjeuner, les odeurs de cuisine l'ont incommodée.

Il fit la moue.

— Elle ne voulait rien me dire de crainte de me faire du mal, de remuer le couteau dans la plaie. Je lui ai répondu que c'était stupide et que je voulais être le premier qu'elle appelle lorsqu'elle aurait besoin d'un baby-sitter.

Elle s'écarta légèrement pour mieux le contempler.

— T'a-t-on jamais dit à quel point tu étais adorable ?

Il rit.

— Toi aussi, tu es adorable. Tu es pleine d'énergie et assez autoritaire, mais il y a aussi une grande douceur chez toi. Rien de mièvre ni de sirupeux, mais au contraire quelque chose de très charmant. Avec toi, j'ai l'impression que le monde est toujours inondé de soleil.

— Tu me fais le même effet.

— Ça ressemble presque à une déclaration.

Elle n'était pas prête à prononcer tout haut les trois petits mots magiques, mais elle y pensait très fort.

— Peut-être aimerais-tu rencontrer ma sœur ? dit-elle. En fait, tu feras la connaissance de toute la famille, nous sommes tous très proches et les autres refuseront d'être tenus à l'écart.

— J'aimerais beaucoup. Et peut-être voudrais-tu aussi connaître les miens. C'est une grande famille italienne, aussi bruyante que nombreuse, nous sommes tous très liés, comme chez toi.

Elle hocha la tête.

— Appelons-les.

— Oui, et après, nous irons dîner.

8

Comme il était prévisible, les deux familles se réjouirent à la perspective de cette rencontre. Aussi, le samedi suivant, Lorenzo se rendit-il le matin à l'appartement de Jenna avec du vin et des fleurs.

— Tu n'avais pas besoin d'apporter quoi que ce soit à Lucy et Will, dit-elle.

— Mais si, j'y tiens.

Il se sentait incroyablement nerveux. La famille de Jenna l'apprécierait-elle ? Il avait l'impression d'être sur le point de passer l'entretien d'embauche le plus important de sa vie.

Après avoir emmené Charlie faire sa promenade dans le parc, ils prirent le métro pour se rendre chez Lucy.

Jenna fit les présentations.

— Voici Lucy, ma sœur jumelle, comme tu peux le voir. Et voici Will, Ava, ma maman Rosie et mon papa Greg. Et je vous présente à tous Lorenzo Conti.

— Appelez-moi Renzo, je vous en prie. Ravi de faire votre connaissance.

Il échangea une poignée de main avec Will et Greg, embrassa Rosie et Lucy sur la joue et sourit à la petite Ava. Devenue soudain toute timide, l'enfant se cramponnait à son père.

— Lucy, dit Lorenzo, je vous remercie infiniment de m'avoir invité chez vous.

Et il lui tendit les fleurs et le vin.

— C'est un plaisir de vous recevoir. Et merci beaucoup, dit Lucy en prenant le bouquet et la bouteille.

Elle regarda l'étiquette.

— Conti ? Cela a un rapport avec votre famille ?

— Ce vin vient du vignoble familial, dit-il.

— Renzo a aidé à vendanger le raisin qui a donné ce millésime, dit Jenna.

— Très impressionnant, dit Lucy. Venez m'aider à mettre les fleurs dans l'eau, vous me direz comment vous voulez votre café.

En d'autres termes, il allait être mis sur le gril. Il jeta un regard à Jenna, qui lui sourit. Bon, si elle était d'accord, il se soumettrait à l'épreuve.

— Je sais que Jenna vous a parlé d'Ava, dit Lucy lorsqu'ils furent tous les deux seuls dans la cuisine.

— Votre sœur est une femme extraordinaire.

— Je suis heureuse que vous compreniez à quel point elle est fantastique.

— Oui, je le sais. Je ne suis pas comme Danny.

Lucy fit la grimace.

— Danny ! Moins on parlera de lui, mieux ce sera.

— D'accord. Et, bien sûr, vous savez déjà que Jenna va faire la connaissance de ma famille demain.

— Cela veut dire que, pour elle, c'est sérieux.

— Pour moi aussi. Je veux vraiment que cela marche entre nous.

— Moi aussi. Elle mérite d'être avec quelqu'un qui lui fera du bien.

— Je crois pouvoir être cet homme-là. J'imagine qu'elle vous a tout raconté sur moi ?

Lucy hocha la tête.

— Je suis désolée que vous ayez traversé une telle épreuve. La seule idée que je pourrais ne plus jamais revoir ma fille...

Elle inspira profondément.

— Cela ne vous est pas trop pénible d'avoir Ava dans les parages ?

— Vous savez, je passe mon temps à soigner des enfants. Par ailleurs, j'ai une nièce et un neveu que j'adore. Ils ont pratiquement le même âge que Florence. J'avais hâte de connaître Ava. Mais merci de m'avoir posé la question, j'apprécie.

— Ce ne doit pas être facile pour vous. Je sais ce que j'ai ressenti quand on m'a parlé d'hystérectomie. Will et moi avions prévu de faire un bébé l'été suivant. Et lorsque l'agence d'adoption a refusé notre demande...

Des larmes brillèrent dans les yeux de Lucy.

— Mais Jenna était là, dit-il.

— Elle m'a fait le plus beau des cadeaux, murmura-t-elle en clignant des yeux pour chasser ses larmes.

— Parlons d'autre chose, dit-il. De quelque chose qui ne vous fasse pas pleurer. Cela sent très bon dans votre cuisine. Puis-je vous aider ?

— Dites-moi seulement comment vous aimez votre café.

— Avec de la crème et sans sucre, s'il vous plaît.

— Très bien, c'est comme cela que nous le buvons tous. Je l'apporte dans une seconde. Allez rejoindre les autres, dit-elle en le poussant vers la porte.

Il trouva étonnamment facile de s'intégrer dans la famille de Jenna. Il prit plaisir à parler histoire avec Will, et médecine avec Greg et Rosie. Et il put constater lui-même à quel point Jenna et Ava étaient proches. Il était clair qu'elles s'adoraient, toutes les deux. Un amour qui liait une tante et sa nièce.

Il éprouvait malgré tout un pincement au cœur en voyant que Jenna faisait vraiment partie de la vie d'Ava, alors que lui-même avait été complètement éjecté de celle de Florence.

Allons ! Aujourd'hui, il était là pour connaître la famille de Jenna, pas pour se tourmenter en songeant au passé.

Il s'autorisa à jouer par terre avec Ava, l'aidant à construire une tour de cubes qu'elle s'empressait de démolir. Il lui lut aussi plusieurs histoires.

— Encore, *Ezzo*, dit-elle d'un ton impérieux en lui apportant un quatrième livre d'enfant. Encore, *s'te plaît*.

— Il t'a déjà lu trois histoires, dit Lucy. Cela suffit, maintenant. Son café va refroidir.

— Ce n'est pas grave, dit Lorenzo en souriant. Votre sœur a dû vous dire que, dans le service, nous buvons notre café à n'importe quelle température.

— Je sais, je sais, c'est un truc de médecin. Mes parents font la même chose.

Lucy prit Ava dans ses bras et l'embrassa.

— Et si papa te lisait l'histoire du petit canard ? Après, ce sera l'heure de déjeuner.

Ava applaudit.

— Le canard, papa !

— Ils sont adorables, à cet âge-là, dit Lorenzo.

Ava avait à peu près l'âge qu'avait Florence la dernière fois où il l'avait vue, alors qu'elle commençait à parler. Il se sentait bien dans cette famille, même si cela ravivait en lui le souvenir de tout ce qu'il avait perdu.

Lucy méritait sa réputation de grande cuisinière, le repas se révéla délicieux. Du poulet rôti accompagné de petits légumes et d'une salade, suivi de fraises et d'une glace au caramel maison.

— Je n'ai pas osé vous faire des lasagnes, surtout quand Jenna m'a dit que non seulement vous étiez italien, mais qu'en plus vous aviez appris à cuisiner avec votre cousin, un chef étoilé au Guide Michelin. En fait, j'étais un peu inquiète de vous servir ne serait-ce qu'un simple poulet rôti.

Il rit.

— Hormis le fait qu'il était délicieux, je tiens d'une personne qui fait autorité en la matière que vous cuisinez les meilleures lasagnes du monde. Je suis donc très impatient de les goûter.

— Peut-être la prochaine fois où nous mangerons ensemble.

— La fois d'après ; la prochaine fois, ce sera mon tour de cuisiner.

— Pourvu que ce soit ce truc avec des coquilles Saint-Jacques et des pâtes, dit Jenna d'un air gourmand. C'est extraordinaire !

Il la regarda d'un air amusé.

— Ce plat porte un nom, tu sais.

— Pour ma part, entendre parler de coquilles Saint-Jacques et de pâtes suffit à me mettre en appétit, dit Lucy en souriant. Soyez indulgent avec Jenna, rappelez-vous ses talents de cuisinière...

— Elle est capable de proposer son fameux granola en guise de dîner, répondit Lorenzo d'un ton taquin.

Tout le monde éclata de rire.

Will fit manger Ava. Et, à la fin du repas, il s'occupa de la vaisselle avec Lorenzo. Puis tout le monde accompagna Ava au parc.

La petite fille insista pour donner la main à Lorenzo et à Jenna. Et, lorsqu'elle grimpa sur une balançoire, elle demanda à Lorenzo de la pousser.

— Vous vous entendez bien avec les enfants, dit Lucy.

— Je les aime.

Comme sa petite Florence lui manquait !

Lucy semblait avoir deviné le cours de ses pensées.

— Peut-être que, lorsque Florence sera grande, elle voudra venir vous voir.

— Dans ce cas, je l'accueillerai à bras ouverts. La biologie n'a rien à voir avec le fait de se sentir parent.

— Je suis heureuse que vous pensiez cela. Tout le monde n'est pas de cet avis.

Il savait à qui elle faisait allusion.

— Danny devrait revoir ses priorités, dit-il.

— Danny a intérêt à rester à bonne distance de ma sœur, ou je serais capable de le réduire en miettes.

— Je vous promets que vous n'aurez pas à en venir à de telles extrémités avec moi.

— Tant mieux !

— Ava est adorable.

Lucy afficha un large sourire.

— Je ne vais sûrement pas dire le contraire.

— Votre sœur aussi est adorable.

— Là encore, je suis bien d'accord avec vous.

Elle lui tapota le bras.

— Cela va marcher, vous deux, Renzo.

— Heureux de vous l'entendre dire.

Il sourit et continua de pousser la balançoire d'Ava jusqu'au moment où la petite fille en eut assez.

— Je l'aime beaucoup, dit Rosie à voix basse lorsqu'ils furent de retour à la maison.

Will et Lorenzo s'étaient chargés de mettre Ava dans son petit lit pour la sieste.

— C'est un homme qui a l'esprit de famille, dit Greg. Et j'ai remarqué qu'il pensait aux autres, ce qui est une bonne chose.

— Will dit qu'il l'aime beaucoup, lui aussi, fit Lucy.

Elle se tourna vers sa sœur en souriant.

— Tu vas pouvoir annoncer à Renzo qu'il a obtenu quatre « oui » de notre part.

Jenna leva les yeux au ciel.

— On n'est pas dans une émission de télé-réalité, tu sais.

— Nous le savons tous. Mais, en l'amenant ici, tu t'attendais bien à ce qu'il subisse une sorte d'examen de notre part. Et il a obtenu la note maximum en jouant avec Ava et en lui lisant des histoires. Cette fois, Jen, tu es tombée sur le bon.

— Mais je n'ai pas encore rencontré sa famille.

— Ils vont t'adorer, dit Rosie en lui tapotant l'épaule.

— Ils verront comment vous vous regardez tous les deux et ils vont tomber sous ton charme, dit Lucy.

Le soir venu, Lorenzo et Jenna regagnèrent l'appartement de la jeune femme en se tenant bras dessus bras dessous.

— J'aime beaucoup ta famille, dit-il.

— Tant mieux. Eux aussi t'aiment beaucoup.

Elle inspira à pleins poumons.

— Voilà un obstacle de franchi. Il en reste un autre.

— Chiara va sans doute te mettre sur le gril, dit-il.

— Comme Lucy l'a fait avec toi ?

Il sourit.

— C'est le rôle des frères et des sœurs. Et cela ne m'a pas gêné. Je savais qu'elle faisait cela parce qu'elle t'aime et qu'elle s'inquiète pour toi. Voilà pourquoi tu ne dois pas te sentir gênée si Chiara te fait passer un interrogatoire.

Le dimanche, après avoir fait courir Charlie dans le parc, Jenna acheta des fleurs. Durant la semaine, elle avait aussi acheté des chocolats.

— Je ne vais pas apporter du vin dans une famille qui possède un vignoble, dit-elle. En fait, c'est peut-être aussi une erreur que d'apporter des fleurs alors que ta sœur est fleuriste.

— Mais non, cesse de te faire du souci, répondit Lorenzo en l'embrassant. Ils vont t'adorer.

— Tu n'étais pas nerveux avant de rencontrer ma famille ?

Il lui pressa la main.

— Si, bien sûr. Je voulais qu'ils m'apprécient.

— Exactement. Et les Italiens ont envers leur famille une attitude encore plus protectrice que les Anglais.

— Ils verront tout de suite que tu n'es pas comme Georgia et ils ne te mettront pas sur la sellette.

Jenna n'en était pas convaincue, mais chez les parents de Lorenzo elle reçut un accueil chaleureux qui la rassura.

— Jenna, dit Lorenzo, voici ma mère Luisa et mon père Enrico, ma sœur Chiara, mon beau-frère Mark et leur fils Jack. Et voici mon frère Riccardo, ma belle-sœur Helen et leur fille Emily. Et je vous présente à tous Jenna Harris.

— Ravie de vous rencontrer, dit-elle en offrant les fleurs et les chocolats à la mère de Lorenzo.

— Comme c'est gentil ! dit Luisa en la serrant dans ses bras. *Grazie, bella.*

— Je n'ai pas apporté de vin, car je sais que vous possédez un vignoble et Renzo déteste le vin que j'achète.

— Il ne fallait rien apporter du tout, dit Enrico, sinon vous-même. Bienvenue chez nous.

Et il la prit lui aussi dans ses bras.

Ensuite, Jenna eut du mal à comprendre qui disait quoi, car tout le monde parlait en même temps, et elle renonça à compter le nombre d'embrassades dont elle fut l'objet.

Les Conti étaient très tactiles, et cela lui allait très bien.

— Maman, dit Chiara, je vais mettre ces fleurs dans un vase. Venez avec moi, Jenna, je vous servirai un verre de vin. Pendant ce temps, les hommes vont allumer le barbecue.

Le moment était arrivé où Jenna allait être mise sur le gril, comme Lorenzo l'avait été la veille par les bons soins de Lucy.

— Ce bouquet est magnifique, dit Chiara en mettant les fleurs dans l'eau.

— Apporter des fleurs chez une fleuriste…, dit Jenna en faisant la grimace. Je savais que c'était stupide. Désolée.

— Pour être plus précise, c'est à la mère d'une fleuriste que vous avez offert ces fleurs. Et maman les adore, dit Chiara en souriant. Bon, quel vin je vous sers ? Rouge, blanc ou rosé ?

— Ce que vous avez d'ouvert.

— Alors, va pour un verre de *chiaretto*.

— Le vin pour lequel votre famille a reçu une récompense.

— Lorenzo vous a parlé de nous, n'est-ce pas ? Vous a-t-il dit pour… ?

— Pour Florence ? Oui, il m'a raconté. Ça a été très dur pour lui. Et j'imagine qu'il vous a parlé d'Ava.

— Ce que vous avez fait pour votre sœur est extraordinaire. C'est le cadeau le plus précieux que l'on peut donner à quelqu'un.

— J'aime ma sœur et j'étais la seule personne à pouvoir apporter une solution à son problème. Tout le monde, à ma place, aurait fait la même chose.

— Non, pas tout le monde.

Chiara la regarda attentivement.

— Vous avez un grand cœur et je crois que vous ferez beaucoup de bien à Renzo.

— Comme je crois qu'il me fera beaucoup de bien. Alors, cette fois, vous espérez une fille ?

Chiara ouvrit de grands yeux.

— Renzo vous a dit que j'attendais un bébé ?

Aïe ! Ne voulant pas mettre Lorenzo dans une situation délicate vis-à-vis de sa sœur, Jenna tenta de se rattraper.

— Il m'a simplement annoncé qu'il allait être de nouveau tonton. Et j'ai remarqué que vous ne buviez pas de vin, contrairement à Helen.

— Ah !

Chiara sourit.

— Je ne pouvais pas *ne pas* lui parler du bébé, car je ne voulais pas qu'il se sente mis à l'écart. Mais le moment me semblait particulièrement mal choisi.

— Parce que ce sera bientôt l'anniversaire de Florence ?

Lorenzo ne lui en avait pas précisé la date, mais elle savait qu'elle était proche, ce serait une journée difficile pour lui.

— Oui. Elle nous manque à tous. C'est tellement dommage que Georgia prive sa fille de tout contact avec notre famille. Jack et Emily ont presque le même âge que Florence, et ils jouaient si bien tous ensemble ! Mais Georgia en a décidé autrement et elle a brisé le cœur de Renzo.

Un cœur que Jenna espérait pouvoir réparer.

— Je ne l'avais pas vu aussi heureux depuis bien longtemps, dit Chiara. J'en suis ravie. Et maintenant, allons rejoindre les autres dans le jardin.

Les hommes s'affairaient autour du barbecue.

— Ils se prennent tous pour Matteo, fit Luisa avec un large sourire. Même Mark.

— Ah, les hommes et les grillades ! dit Chiara d'un ton moqueur. Là, ils sont à leur affaire. Cela réveille l'homme des cavernes qui sommeille en eux.

— Puis-je faire quelque chose ? demanda Jenna.

— Toutes les salades sont prêtes, dit Helen. Il ne restera plus qu'à mettre les pommes de terre au four lorsque Ric me donnera le signal.

— Laissons-les faire et allons jouer avec les enfants, dit Luisa.

Jenna, habituée à s'occuper d'Ava, aida Jack et Emily à construire un château. Puis elle leur apprit une chanson et, les deux enfants assis sur ses genoux, leur lut une histoire.

Elle surprit Lorenzo qui la regardait, l'air mélancolique. Pensait-il à Florence ? Il en parlait peu, mais il ne cessait de songer à la petite fille qu'il avait perdue, Jenna le savait. Elle aurait voulu pouvoir améliorer les choses, mais seule Georgia était en mesure de le faire.

— Ça va ? demanda-t-elle.

— Tout va bien, répondit Lorenzo. Le déjeuner sera bientôt prêt.

La grande table à tréteaux dressée au milieu du jardin était couverte de salades diverses, de légumes frits, de poulets grillés, de brochettes de thon et de saumon marinés et de pommes de terre au four.

Jenna se retrouva assise en face de Lorenzo, entourée des deux enfants. Comme il était facile de s'intégrer dans cette grande et bruyante famille ! Elle bavardait avec les uns et les autres, aidait les enfants à manger et servait de l'eau à Chiara.

Le dessert, pêches pochées et tiramisu, s'avéra être le meilleur que Jenna ait jamais mangé de toute sa vie.

— Luisa est une excellente cuisinière, dit Enrico. Mais vous devriez aller à Vérone, Jenna. Mon neveu Matteo confectionne des plats vraiment exceptionnels.

— Oui, Lorenzo, dit Luisa, tu devrais emmener Jenna au domaine pour qu'elle fasse la connaissance de Nonno et de Nonna. Ses grands-parents, fit-elle en souriant à l'intention de Jenna.

— Tu oublies, maman, que nous avons tous les deux beaucoup de travail à l'hôpital.

— Tu as tout de même droit à un congé annuel. Et je sais que tu as prévu d'aller là-bas cet été. Tu n'as qu'à avancer tes vacances et emmener Jenna. Il y a plein de place à la villa.

Lorenzo jeta un regard impuissant à Jenna, qui lui sourit.

— J'ai beaucoup entendu parler du vignoble et de la cuisine de Matteo, dit-elle.

— Alors, c'est décidé, dit Luisa. Je vais envoyer tout de suite un texto à Nonna pour lui annoncer votre visite à tous les deux.

Le soir venu, alors qu'ils sortaient du métro et regagnaient à pied l'appartement de Lorenzo, il passa son bras autour des épaules de Jenna.

— Je suis désolé. Ma famille est un peu envahissante.

— Je les aime tous beaucoup.

— Et toi, ils t'ont adorée. J'ai déjà reçu huit textos quand nous étions dans le métro. *Huit*.

— Eh bien, je suis contente que cela se soit bien passé, dit-elle en souriant. Tu as obtenu quatre « oui » de la part de ma famille. Cinq, si on ajoute Ava.

— Parfait.

Il plissa le nez.

— Huit textos. Cela veut dire qu'il y en a eu un de Nonna, et un autre de Nonno. Ils veulent que tu viennes avec moi à Vérone.

Il rit, l'air gêné.

— Je sais que c'est une idée de mes parents, mais toi, qu'en penses-tu ? As-tu envie de rencontrer le reste de la famille en Italie ?

— J'aimerais beaucoup. Je ne suis jamais allée à Vérone ni au lac de Garde.

— Peut-être pourrions-nous prendre un long week-end. Nous resterions une nuit à Vérone pour dîner dans le restaurant de Matteo, puis une nuit au domaine et une nuit seuls tous les deux, près du lac ?

— Cela me paraît parfait, dit-elle en lui volant un baiser. J'ai l'impression que nos familles respectives trouvent que c'est une bonne idée… je veux dire, toi et moi.

— Alors, cela vaut la peine de prendre le risque.

— Absolument d'accord. Nous pourrions nous occuper dès demain de planifier ce long week-end et nous faire remplacer à l'hôpital.

— Ce qui m'éviterait de recevoir par dizaines des textos de ma mère, de ma sœur et de Nonna.

— Alors, c'est entendu, dit-elle en souriant.

9

Deux semaines plus tard, Lorenzo et Jenna s'envolèrent pour Vérone. Et, même s'il était impatient de faire ce voyage avec elle, il aurait préféré qu'il ait lieu à un autre moment. Florence aurait trois ans le lendemain. Un nouvel anniversaire où il ne la verrait pas, où il ne pourrait même pas lui téléphoner pour lui souhaiter de passer une belle journée.

Mais c'était un nouveau départ pour lui, l'occasion de faire quelque chose de positif au lieu de broyer du noir en pensant à sa petite fille qui lui manquait tellement. Et il ne voulait pas gâcher le week-end de Jenna. Il désirait qu'elle aime l'Italie et sa famille autant que lui les aimait.

Alors, il se força à sourire et, dans l'avion, passa son temps à parler de Vérone et du lac de Garde. Il avait réservé une voiture de location qu'il prendrait à leur arrivée à l'aéroport. Il savait qu'il aurait plaisir à la conduire et espérait que Jenna aussi trouverait cela amusant.

En descendant de l'avion, Jenna fut saisie par la chaleur qui régnait à Vérone. La voyant chanceler, Lorenzo s'inquiéta.

— Tout va bien ?

— O... oui. Mais je ne m'attendais pas à ce qu'il fasse si chaud dès le matin.

— Une vague de chaleur s'est abattue sur l'Italie, la température est dix degrés au-dessus de la moyenne pour cette période de l'année.

— Heureusement que j'ai apporté des vêtements légers,

dit-elle en souriant. Et nous allons devoir manger des quantités industrielles de glaces.

Il rit.

— Bonne idée. Maintenant, allons chercher la voiture.

— Oh ! elle est incroyable ! dit-elle en découvrant le petit coupé sport rouge vif qui les attendait.

— Ce genre de voiture est parfait pour ici, et aujourd'hui nous allons pouvoir baisser la capote. Tu as un foulard pour te protéger les cheveux ?

— Non, je n'y ai pas pensé.

— Nous allons arranger ça.

Il lui offrit un foulard dans une des boutiques de l'aéroport.

Lorsqu'elle s'installa sur le siège du passager, protégée par son foulard et ses lunettes de soleil, il la regarda en souriant.

— Tu ressembles à Grace Kelly.

Elle rit.

— Pas vraiment, mais je te remercie du compliment. C'était une femme magnifique.

— Comme toi.

— Vous n'êtes pas mal non plus, docteur Conti.

Tout cela était très excitant. Jamais elle n'avait été aussi heureuse que depuis qu'elle était avec Lorenzo. Et rouler sous le soleil dans cette décapotable, avec le vent qui leur fouettait le visage, en traversant un paysage fabuleux, était un moment parfait.

Laissant la ville derrière eux, ils prirent de petites routes bordées d'oliviers, de citronniers et de vignes. Au bout d'un moment, Lorenzo s'engagea dans une longue allée qui menait à une très imposante villa.

— C'est la maison de tes grands-parents ? s'enquit-elle.

— C'est la maison familiale. Mes oncles, mes tantes et mes cousins occupent les deux étages, et Nonna et Nonno ont un appartement au rez-de-chaussée, où se trouvent aussi les pièces communes que tout le monde utilise.

Elle sentit la nervosité la gagner, mais n'eut pas le temps de demander à Lorenzo de la rassurer, car des gens venaient à leur rencontre. Ils étaient très nombreux.

— Jenna, quel plaisir de faire votre connaissance, dit la grand-mère de Lorenzo en la serrant dans ses bras.

Jenna lui tendit les fleurs qu'elle avait achetées à l'aéroport et les chocolats apportés de Londres.

— Moi aussi, je me réjouis, *signora* Conti. Je... Euh... ceci est pour vous.

— Comme c'est gentil ! Merci.

Nonna lui sourit.

— Vous êtes exactement comme Luisa vous avait décrite. Bon, appelez-moi Nonna, et voici Nonno.

On présenta à Jenna tant de gens qu'elle avait du mal à se souvenir du nom de chacun. Mais tout le monde lui réserva un accueil très chaleureux, la prenant dans les bras et l'embrassant sur les deux joues.

La petite troupe l'emmena ensuite dans la cuisine.

— Il y a du café, dit Nonna. Et une *torta di mela*. Une tarte aux pommes. Vous avez droit à un gros morceau, parce que vous avez voyagé et que les voyages ouvrent l'appétit.

Le café était excellent. Et la tarte...

— C'est la meilleure tarte aux pommes que j'aie jamais mangée, dit Jenna.

— Je l'ai faite ce matin. Avec des pommes de notre verger.

Après le repas, Nonno emmena Jenna faire le tour du jardin et visiter une partie des vignes, tandis que Lorenzo restait dans la cuisine avec sa grand-mère pour ce qui semblait devoir être une discussion sérieuse. La vieille dame s'exprimait en italien et Jenna n'avait pas pu deviner le sujet de la conversation. Elle espérait seulement n'avoir rien dit ni rien fait qui ait pu déplaire aux Conti, car Nonna semblait soucieuse.

— Vous devriez revenir en septembre pour la *vendemmia*, les vendanges, dit Nonno alors qu'ils regagnaient la maison.

Au grand soulagement de Jenna, Nonna et Lorenzo paraissaient à présent détendus.

En fin d'après-midi, elle se sentait parfaitement à l'aise au sein de cette famille chaleureuse et exubérante. Le soir venu, elle aida à dresser la table dans le jardin et y déposa de grands saladiers. Tout le monde s'assit pour partager le pain, les pâtes, les salades et le vin. Lorenzo, qui occupait la place centrale, était assailli par les plus jeunes membres de la famille qui grimpaient sur ses genoux et bavardaient avec lui. Il semblait vraiment heureux. Cet homme avait le sens de la famille.

Lorenzo adorait être entouré de ces enfants qui lui réclamaient des histoires, lui montraient leurs dessins et lui parlaient de leur chat ou de leur chien. Mais cela lui rappelait également cruellement combien Florence lui manquait, ce qui donnait un arrière-goût doux-amer à son bonheur d'être là. Il était content de présenter sa famille à Jenna, mais il ne pouvait s'empêcher de souffrir de l'absence de sa petite fille.

La tristesse qu'il portait en lui s'en irait-elle jamais ?

À voir Lorenzo en Italie, au milieu de sa nombreuse famille, Jenna prenait conscience à quel point elle était tombée amoureuse de lui. Lorenzo Conti était un homme gentil et délicat, avec un cœur énorme. Et elle voulait vraiment être avec lui.

Quitter la villa, le lendemain matin, fut un vrai déchirement.

— Profitez bien de Vérone et dites à Matteo que nous l'aimons, dit Nonno en serrant Jenna dans ses bras.

— Et merci à vous, *cara mia*, dit Nonna en l'embrassant. Grâce vous, notre Renzo a retrouvé le sourire. C'est si bon de le voir comme cela.

— Lorenzo est un être exceptionnel, déclara Jenna. Et lui aussi a changé ma vie.

— C'est bien. Maintenant, promettez-moi de revenir pour les vendanges, même si ce n'est que pour une journée.

— Je vous le promets.

— Et toi, Renzo, rappelle-toi ce que je t'ai dit.

— *Si*, Nonna, répondit-il en l'embrassant.

À quoi la vieille dame faisait-elle allusion ? Puisque Lorenzo ne jugeait pas utile de le dire à Jenna, elle ne lui posa pas de questions. Était-ce le fruit de son imagination ou le regard de Lorenzo s'était-il vraiment de nouveau assombri ? Elle n'eut pas le loisir de s'interroger plus avant, il remit ses lunettes de soleil et l'entraîna vers la petite décapotable rouge vif.

— Allons-y, dit-il.

À leur arrivée à Vérone, Renzo et Jenna laissèrent leurs bagages à la réception de l'hôtel et partirent explorer la ville.

— Je vais te montrer ce qui reste de l'Arena, c'est l'un des amphithéâtres romains les plus grands d'Italie.

L'édifice était impressionnant : haut de deux étages, avec des arches magnifiques, des gradins en marbre rose et une énorme scène qui allait visiblement accueillir un spectacle.

— Cet endroit est stupéfiant, dit Jenna. Quand j'étais étudiante, je suis allée à Rome avec mes parents et j'ai trouvé le Colisée très spectaculaire, mais ici... On imagine bien le public de l'époque, assis là, sur ces gradins, prêt à se divertir. C'est d'autant plus facile que la scène est toujours utilisée.

— Ce soir, ce ne sera pas possible parce que nous dînons dans le restaurant de Matteo, mais peut-être pourrions-nous revenir et assister à un opéra.

— J'aimerais beaucoup.

— Et maintenant, je vais te montrer l'endroit le plus romantique d'Italie.

Il la guida à travers les ruelles jusqu'à une petite place pavée.

— Voici *la casa di Giuletta*, dit-il. La maison de Juliette.

Elle leva les yeux vers une grande bâtisse de briques et de pierre blanche. Les murs étaient couverts de graffitis et d'autocollants portant des noms.

— Et voici le fameux balcon, j'imagine, dit-elle. Celui où Juliette attendait son Roméo.

— Le palais date du XIIIe siècle, mais le balcon, une réutilisation d'un sarcophage du XVIIe siècle, a été placé là il y a moins d'un siècle, dit-il avec un sourire. Et, bien sûr, Juliette est un personnage de fiction, mais cette demeure appartenait à la famille Capello, dont le nom est très proche de celui des Capulet. Et c'est toujours un lieu dédié à la célébration de l'amour.

Une partie de la cour était couverte de lierre. Dans un coin, il y avait des cadenas portant des initiales d'amoureux.

— C'est pour sceller leur amour, dit Lorenzo. On dit que si l'on colle un petit mot sur le mur, ici, c'est un gage d'amour éternel.

Elle lui jeta un regard et son cœur fit un bond dans sa poitrine. Ils ne s'étaient pas déclaré leur amour, mais elle était sûre qu'ils avaient les mêmes sentiments l'un pour l'autre. En quelques semaines, ils avaient appris à se faire confiance, à croire en eux et en l'amour. Il y avait bien encore des moments où elle sentait en lui une certaine tristesse, mais peut-être, avec le temps, l'aiderait-elle à s'en débarrasser.

— Nous devrions peut-être sacrifier à la tradition, dit-elle.

— Mais oui.

Il sortit de sa poche un bloc de Post-it et un stylo.

Elle n'en croyait pas ses yeux.

— Ne me dis pas que tu avais tout prévu ?

— Mais si, bien sûr, dit-il en lui volant un baiser. Et je n'avais jamais fait cela avec personne, pas même avec Georgia. Je ne l'ai jamais amenée à Vérone.

Il dessina un cœur sur un feuillet et écrivit leurs initiales à l'intérieur avant de tendre le papier à Jenna.

— Sommes-nous censés l'accrocher ensemble ? demanda-t-elle.

— Absolument.

Avec une certaine solennité, ils prirent chacun le feuillet par un coin et le fixèrent sur le mur.

— Et nous avons encore quelque chose d'important à faire, dit-il en désignant la statue en bronze de Juliette. D'après la légende, si vous touchez le sein droit de cette statue, votre amour durera toute la vie.

Le sein droit de Juliette était d'ailleurs beaucoup plus brillant que le reste de la statue.

— Eh bien, dit-elle, mettons-nous dans la file et faisons-le, nous aussi.

Lorsqu'ils furent devant la statue, une femme qui faisait la queue derrière eux se pencha vers Lorenzo.

— Voulez-vous que je vous prenne en photo tous les deux ? suggéra-t-elle.

— Oui, merci, c'est très gentil, répondit-il en lui tendant son téléphone portable.

Ils prirent la pose et remercièrent l'obligeante touriste.

— Maintenant, il nous reste un dernier rituel, dit Lorenzo en souriant. Le baiser sur le balcon. Même si nos familles ne sont pas comme les Montaigu et les Capulet.

— Heureusement !

Le week-end précédent, les deux familles londoniennes s'étaient réunies autour d'un barbecue et tout le monde s'était bien entendu. Ava avait adoré jouer avec Jack et Emily. Les trois générations s'étaient appréciées mutuellement et Jenna s'était dit que c'était exactement ce qu'il lui fallait. Une grande famille bruyante respirant le bonheur.

Et un enfant à elle.

Mais Lorenzo avait-il le même désir ?

Ils étaient au beau milieu d'une foule de touristes, ce n'était pas le moment d'aborder la question. Elle lui en parlerait plus tard.

Ils circulèrent dans le vieux palais et attendirent leur tour pour s'embrasser sur le célèbre balcon.

Lorenzo embrassa Jenna avec ferveur, comme pour lui dire dans ce lieu, le plus romantique de tout Vérone, qu'il l'aimait, que leur amour durerait toujours, à l'image de celui de Juliette et Romeo.

Ils se promenèrent dans la ville, main dans la main, admirant les vieilles bâtisses aux tons chauds et colorés qui offraient toutes les nuances, du crème au safran, en passant par le rouge profond, le rose et l'abricot. Certaines maisons étaient ornées de loggias, d'autres avaient des balcons chargés de pots de géraniums rouge vif que Jenna ne put s'empêcher de photographier. Sur la place du vieux marché, une haute tour dominait les toits.

— Comme c'est beau ! dit-elle.

— Oui, répondit-il, cette ville a un charme très particulier.

Lorsqu'ils regagnèrent enfin leur hôtel pour prendre une douche et se changer, Jenna adora la vue de la terrasse. Les toits rouges de Vérone s'étalaient devant eux, un soleil éblouissant en arrière-fond.

Pourtant, en chemin pour le restaurant de Matteo, elle avait l'estomac noué. Tout s'était bien passé à la villa avec les grands-parents de Lorenzo et le reste de la famille. En serait-il de même avec le célèbre chef cuisinier ? Dans cette profession, ceux qui étaient devenus des stars semblaient ne pas avoir forcément bon caractère. D'après Lorenzo, Matteo était un homme aussi simple, chaleureux et gentil que le reste de la famille Conti, mais elle se sentait nerveuse. Lorenzo était très attaché aux siens. Si l'un d'eux ne la trouvait pas à son goût…

— Ça va ? demanda Lorenzo en lui pressant la main.

— Oui, ça va.

— Parfait. Patrizia et Matteo vont t'adorer. Maman m'a déjà envoyé un texto pour me dire que Nonna lui avait téléphoné. Tu as fait la conquête de tout le monde, à la villa.

Patrizia, la femme de Matteo, les accueillit à la porte du restaurant et leur montra la table qui leur était réservée.

— Nous sommes si heureux de faire votre connaissance, Jenna. Matteo viendra vous voir au moment du dessert et c'est Alessia, notre fille, qui vous servira à table ce soir.

— Merci, dit Jenna. Moi aussi, je suis ravie de vous rencontrer. Et votre restaurant est magnifique.

Tout était d'une grande sobriété. Sur les murs, des appliques diffusaient une douce lumière. Des nappes damassées couleur crème recouvraient toutes les tables, décorées d'un seul gerbera rouge vif. Les chaises en bois sombre avaient des sièges rembourrés, tapissés dans la même teinte que les nappes.

— Matteo voulait que les clients portent leur attention sur sa cuisine plutôt que sur la décoration, dit Patrizia.

Comme il avait eu raison ! se dit Jenna après avoir goûté le premier plat. Lorenzo avait choisi le menu « dégustation » qui commençait par un amuse-bouche de coquille Saint-Jacques enrobée d'une mousse au beurre d'anchois. Vinrent ensuite des fleurs de courgette farcies de *ricotta*, de *taleggio* et de thym.

— C'est fantastique ! dit-elle lorsque Alessia vint débarrasser leurs assiettes. Je comprends pourquoi votre père a obtenu une étoile au Michelin.

Les pâtes cheveux d'ange accompagnées de beurre et de truffes se révélèrent tout aussi délicieuses. Elles furent suivies d'un cabillaud en croûte de sésame, servi avec des épinards, des haricots à la crème et une mayonnaise au wasabi.

Ce fut Matteo qui apporta le dessert, une *panna cotta* aux fruits de la passion.

— Ça fait bien trop longtemps qu'on ne s'est pas vus, Renzo, dit-il en lui donnant l'accolade. Bienvenue à Vérone, Jenna. J'espère que vous vous y plaisez.

Et il l'embrassa sur les deux joues.

— Votre cuisine est fabuleuse, dit-elle.

Il eut un large sourire.

— Merci. D'après Renzo, vous avez un bon palais, mais vous êtes un cas désespéré en matière de cuisine. Il prétend que, même moi, je n'y pourrais rien changer.

— C'est vrai, répondit-elle en souriant. Mais je peux faire la vaisselle, ou même remplir un bol de céréales et y ajouter du yoghourt et des morceaux de fruits.

Matteo éclata de rire et la serra dans ses bras.

— Eh bien, l'essentiel, c'est que vous sachiez apprécier la bonne chère. C'est tout ce qui compte.

— Oh ! dans ce domaine, je ne crains personne !

— Parfait. Dites-moi, Jenna, que pensez-vous de notre ville ?

— Elle est splendide.

— Et hier, vous avez fait la connaissance de Nonna, de Nonno et du reste de la famille ?

— Oui, je les ai vus au vignoble.

— C'est un endroit agréable, qui respire le bonheur. Maintenant, je dois retourner en cuisine, mais peut-être Renzo pourra-t-il revenir ici avec vous une autre fois, pour que Patrizia et moi puissions passer du temps avec vous.

— J'aimerais beaucoup.

— Nous le ferons, dit Lorenzo.

Après le café et les petits-fours, Renzo et Jenna firent leurs adieux à Patrizia et à Alessia, et suivirent la rivière pour retourner à l'hôtel. Ils s'installèrent sur la terrasse, sirotant un prosecco sous un ciel étoilé. Lorsqu'ils regagnèrent leur chambre, Lorenzo fit l'amour à Jenna avec tant de tendresse qu'elle crut que son cœur allait exploser de bonheur.

— Merci de m'avoir amenée ici pour rencontrer ta famille. Je sais que tes parents t'ont poussé à le faire.

— C'est un peu la tradition, dans une famille italienne. Mais ils t'ont tout de suite aimée et ils voulaient que le reste de la famille te connaisse et tombe sous le charme, comme eux.

— J'apprécie vraiment ta famille. Et j'aime te voir si proche d'eux.

Elle posa la tête sur son épaule.

— J'ai réfléchi. Tu te rappelles, lorsque tu m'as demandé si donner Ava à Lucy avait été dur pour moi, je t'ai répondu que je savais dès le début qu'elle était la fille de ma sœur et que cela ne me posait pas de problème ? Eh bien, je crois que je n'étais pas absolument honnête, ni avec toi ni avec moi. J'ai toujours considéré Ava comme l'enfant de Lucy, mais j'ai désormais envie de connaître cela, moi aussi. D'avoir un compagnon que j'aimerais et qui m'aimerait, et un bébé qui viendrait compléter notre famille.

Lorenzo avait eu le même genre de pensées, en particulier lorsqu'il avait fixé avec Jenna le feuillet qui portait leurs initiales sur le mur de la maison de Juliette. Mais maintenant qu'elle le formulait à voix haute, il était pris de panique.

Jenna ne ressemblait pas à Georgia. Jamais elle n'enlèverait un bébé à quelqu'un. Et elle avait fait à sa sœur le plus beau des cadeaux. Un enfant.

Mais la panique était là. La dernière fois qu'il s'était engagé dans une vie de famille, tout s'était écroulé autour de lui.

Et c'était la journée la plus difficile de l'année pour lui. L'anniversaire de Florence. Il avait espéré que ce serait moins dur que l'année précédente. Qu'être avec des personnes qu'il aimait l'empêcherait de ruminer. Mais tout remontait brutalement à la surface, le sentiment de manque, la tristesse, l'éloignement. Ne rien savoir de Florence. Ignorer comment elle allait, si elle était heureuse.

Il voulait aller de l'avant, il le désirait vraiment. Mais aujourd'hui, c'était particulièrement difficile pour lui. Aujourd'hui, il n'avait pas envie de réfléchir à des choses trop énormes — à quelque chose d'aussi important que l'idée de fonder une nouvelle famille.

Il fut soudain submergé par l'émotion, il ne parvenait plus à penser correctement ni à expliquer ce qui se passait en lui.

Il resta silencieux si longtemps que Jenna s'inquiéta.

— Lorenzo ? Est-ce que ça va ?

— Je... je ne peux pas. Je suis désolé. Je croyais que je pourrais. Mais je ne peux pas.

Quand il lut dans le regard de Jenna toute la détresse qui s'était emparée d'elle, il se détesta.

— Ce n'est pas ta faute, dit-il. C'est moi.

Il était conscient qu'il lui devait une explication. Il se passa la main dans les cheveux.

— Aujourd'hui, c'est l'anniversaire de Florence.

L'anniversaire de Florence.

La petite fille de Lorenzo. L'enfant qu'il lui était interdit de voir.

Peut-être était-ce de cela qu'il avait parlé avec sa grand-mère.

Jenna déglutit. C'était ce jour-là qu'elle avait choisi pour lui avouer son désir de fonder une famille ! Elle n'aurait pu trouver plus mauvais moment. Si elle avait su, elle n'aurait rien dit. Elle se détestait. C'était comme si elle avait ravivé toutes les blessures de Lorenzo, elle qui n'avait vraiment aucune intention de lui faire de mal.

— Pourquoi ne m'en as-tu rien dit ? demanda-t-elle.

— Parce que...

Il secoua la tête, l'air perdu.

— Je voulais rester positif aujourd'hui. Je voulais que tu profites de ton séjour en Italie.

— C'est le cas, mais...

Elle se mordit la lèvre.

— Ce n'est pas le cas pour toi, fit-elle.

— Ce n'est pas ta faute. C'est moi.

Et c'était bien là le problème. La blessure qui le tourmentait ne s'en irait jamais. Il souffrirait toujours d'avoir perdu Florence. Et, tant qu'il n'aurait pas surmonté cette douleur, il serait incapable d'ouvrir complètement son cœur à quelqu'un d'autre.

Elle ne pourrait jamais lui suffire. Jamais combler ce manque qui le détruisait.

— Je suis désol..., lança-t-il.

— Je t'en prie, coupa-t-elle, n'en dis pas plus, Lorenzo. J'ai compris. J'aimerais pouvoir tout arranger pour toi, mais je ne peux pas. Et je ne vais pas rendre les choses encore pires en m'acharnant en vain.

Jenna tourna le dos à Lorenzo et se réfugia tout au bord du matelas, mettant clairement de la distance entre eux. Il aurait aimé la prendre dans ses bras, lui dire qu'il n'avait pas voulu la blesser, mais il était sûr qu'elle le repousserait physiquement comme lui-même l'avait fait affectivement. Cette situation le rendait malade, mais comment arranger les choses ? Il lui tourna le dos, lui aussi.

Dire qu'il avait prévu de passer un week-end romantique avec elle !

Qu'est-ce qui n'allait pas chez lui ? Sa famille adorait Jenna et elle les aimait aussi du fond du cœur.

Pourquoi ne pouvait-il pas oublier le passé et aller de l'avant, comme il l'aurait voulu ?

Le lendemain matin, il n'avait toujours pas trouvé la réponse. Aux yeux cernés de Jenna, elle avait aussi mal dormi que lui.

Ce matin, l'atmosphère bizarre qui régnait entre eux le mettait mal à l'aise.

— Tu peux prendre ta douche en premier, dit-il. Je commande le petit déjeuner ?

— Non, ce n'est pas la peine. Je n'ai pas faim.

— Il faut que tu manges, Jenna. Prends au moins un café.

— D'accord pour un café.

Il commanda aussi des viennoiseries, auxquelles elle ne toucha pas.

— Nous avions prévu d'aller au bord du lac, dit-elle, mais je préfère qu'on annule. Je ne me sens pas très en forme.

Il en connaissait la raison. Il l'avait blessée.

— Je suis désol...

— Arrête, Renzo, je t'en prie.

Il fut frappé par le ton de sa voix, d'une douleur infinie.

— Je veux juste rentrer chez moi, dit-elle.

— D'accord. Accorde-moi une demi-heure pour que je change les billets d'avion et que je règle tout ici.

— Merci. Je vais aller marcher un peu. Seule.

— Mais...

— Je suis grande, Renzo. Si je me perds, j'ai mon téléphone portable, je retrouverai bien mon chemin pour rentrer à l'hôtel.

Que répondre à cela ?

— Bien, à plus tard, alors.

Jenna marchait la tête basse. Quelle erreur avait-elle commise ?

Mais peut-être cela n'avait-il rien à voir avec ce qu'elle avait pu faire ou ne pas faire. Peut-être que le problème, c'était simplement qui elle était.

Danny aussi l'avait rejetée.

Lorenzo ne l'avait pas rejetée parce qu'elle avait été mère porteuse. Il lui avait dit qu'il l'admirait d'avoir fait ce choix. Il lui avait dit aussi combien sa famille l'appréciait. Elle avait été si bien accueillie qu'elle avait eu l'impression de faire partie de leur tribu.

Mais Lorenzo, lui, n'était pas prêt à fonder une famille. Peut-être ne le serait-il jamais. Encouragée par son attitude lors de la visite de la maison de Juliette, elle lui avait fait part de son désir d'avoir un bébé. Elle n'aurait pas dû. C'était trop tôt, trop brutal. Certes, elle ignorait que c'était l'anniversaire de Florence, mais elle aurait dû saisir à quel point Lorenzo souffrait d'être privé de sa fille. Il ne pouvait pas surmonter cette douleur. Elle s'était montrée trop pressante, trop impatiente, et voilà le résultat. Un monstrueux gâchis.

Elle comprenait à présent l'erreur qu'elle avait commise. Désormais, leur relation se limiterait strictement à la vie professionnelle.

En route vers l'aéroport, le bruit dans la décapotable rendait toute conversation impossible, au grand soulagement de Lorenzo. Jenna s'était complètement mise en retrait.

C'était sa faute à lui. Il l'avait repoussée. Mais elle connaissait sa situation. Si elle avait vraiment désiré faire partie de sa vie, elle ne l'aurait pas laissé la rejeter. Peut-être valait-il mieux maintenant, pour l'un comme pour l'autre, revenir à une relation purement professionnelle.

10

Pour Jenna et Lorenzo, travailler ensemble était un vrai cauchemar.

Lorenzo se montrait d'une politesse et d'un professionnalisme irréprochables avec Jenna, mais elle le connaissait désormais sous un autre jour. Comment accepter que l'homme chaleureux, sexy et charmant avec qui elle était sortie ait fait place à ce médecin indifférent et renfermé avec qui elle n'avait plus que des relations de travail ?

Elle était certaine que leurs collègues avaient remarqué la froideur qui régnait entre Lorenzo et elle, mais heureusement personne ne ragotait à leur sujet.

Bien sûr, Lucy avait tout voulu savoir sur le voyage à Vérone, et les parents de Jenna aussi. Elle n'avait révélé à personne qu'elle était revenue à Londres un jour plus tôt que prévu et, puisqu'elle était censée être encore en Italie, elle avait évité le traditionnel dîner du lundi chez sa sœur.

Être très occupée durant toute la semaine lui laissa un petit répit avant de se retrouver face à sa famille, le week-end suivant. Entre-temps, elle avait rapidement donné de ses nouvelles par téléphone, expliquant d'un ton enjoué que les grands-parents de Lorenzo étaient des gens charmants et que Vérone et sa région étaient des endroits merveilleux.

C'était la vérité, mais pas *toute* la vérité.

La vérité, c'était que Lorenzo et elle n'étaient plus en couple. La vérité, c'était qu'elle avait tout gâché.

Au milieu de la semaine, elle fut affectée à l'UEP, ce qui était une bénédiction car cela la dispensait de travailler avec Lorenzo, chargé ce jour-là des consultations et de la tournée des chambres des patients.

— Florence Reynolds ? appela-t-elle dans la salle d'attente.

Une femme au visage inquiet se leva, une petite fille dans les bras.

— Veuillez me suivre, dit Jenna en la conduisant vers un box. Asseyez-vous, je vous prie. Bien sûr, j'ai consulté la fiche rédigée par votre médecin de famille, mais je tiens à entendre les parents de mes petits patients. Alors, madame Reynolds, dites-moi ce qui est arrivé à Florence…

— Elle a toujours été en bonne santé, mais il y a un mois elle a vomi ses repas et commencé à dormir plus que d'habitude, sa respiration est devenue beaucoup plus rapide. Je l'ai emmenée chez notre médecin généraliste. Il a pensé à un virus, mais l'état de ma fille ne s'est pas amélioré. Je suis retournée avec elle chez le médecin. Et là, il lui a fait passer des tests.

— Vous dites qu'elle dort plus qu'avant. Je sais qu'elle n'a que dix-neuf mois, mais se plaint-elle d'être fatiguée, ou avez-vous vous-même remarqué qu'elle l'était davantage ?

— Elle n'a pas autant d'énergie que les jeunes enfants qui l'entourent et semble être rapidement à bout de souffle. Quand je l'emmène au club de gymnastique pour bébés, elle veut souvent rester sur mes genoux plutôt que de suivre les autres petits.

— Puis-je l'examiner ?

— Bien sûr.

Jenna nota une légère dilatation des chevilles et de l'abdomen de la petite fille. Le pouls était trop lent et la respiration trop rapide.

Tout semblait indiquer un problème cardiaque.

— Je veux vérifier son taux d'oxygène dans le sang, dit Jenna. Pour cela, je vais fixer ce petit clip sur son doigt et un trait lumineux mesurera les taux d'oxygène. Ça ne fait pas mal.

Les taux de saturation en oxygène n'étaient pas satisfaisants. Écoutant le cœur de Florence à l'aide de son stéthoscope, Jenna constata qu'il battait trop lentement.

— Je vais envoyer Florence passer une radio de la poitrine.

— Vous croyez qu'elle a un problème de ce côté-là ? demanda Mme Reynolds.

— Je pense qu'elle souffre d'un problème cardiaque, mais je dois faire d'autres tests pour m'en assurer. Vous pouvez l'accompagner à la radiographie ; si vous avez des questions, n'hésitez pas, nous sommes là pour cela.

Les résultats de la radio inquiétèrent Jenna. Le cœur de Florence paraissait trop gros. Avant de revoir la patiente et sa mère, Jenna souhaitait avoir l'avis d'un confrère, mais elle se mit en quête d'un médecin à qui demander conseil et le seul disponible s'avéra être Lorenzo.

Tant pis. L'intérêt de sa patiente passait avant toute autre considération. Elle allait mettre ses sentiments de côté et rester sur un plan strictement professionnel. C'était un excellent médecin, rapide, compétent, capable de rassurer les patients et leurs parents.

Prenant son courage à deux mains, elle frappa à la porte du bureau de Lorenzo, qui était comme d'ordinaire grande ouverte.

— Désolée de te déranger, mais personne d'autre n'est disponible. J'ai besoin de l'avis d'un confrère concernant l'une de mes patientes, Florence.

Lorenzo pâlit.

— Florence ?

Elle aurait dû savoir qu'il réagirait ainsi en entendant le prénom de l'enfant.

— Ne t'inquiète pas, il ne s'agit pas de ta Florence, c'est une Florence Reynolds. Elle a dix-neuf mois et je pense qu'elle souffre d'une cardiomyopathie. Puis-je te montrer sa radio ?

Il hocha la tête et examina le cliché.

— Je pense, comme toi, qu'il s'agit d'un problème cardiaque, dit-il. Je viens la voir.

Retournant avec lui vers les box, Jenna appela les Reynolds et fit les présentations.

— Je suis d'accord avec le Dr Harris, dit Lorenzo, nous devons examiner de plus près le cœur de Florence. Nous allons lui faire passer un électrocardiogramme, un examen qui observe l'activité électrique du cœur. C'est sans douleur.

Les résultats de l'ECG confirmèrent les soupçons de Jenna. Elle interrogea Lorenzo.

— Il s'agit bien d'une cardiomyopathie dilatée ?

Il hocha la tête.

— Apprendre la nouvelle va être dur pour la mère. Je reste avec toi pour t'épauler.

— Merci.

Elle fit revenir Mme Reynolds.

— Alors, que dit l'ECG ? demanda celle-ci.

— Florence souffre de ce qu'on appelle une cardiomyopathie dilatée, répondit Jenna. Cela signifie que son muscle cardiaque a grossi et s'est affaibli. Il ne peut plus pomper le sang de façon efficace pour l'amener dans les poumons ou dans le reste du corps. C'est ce qui explique qu'elle soit essoufflée et fatiguée.

— Mais comment est-ce arrivé ? Elle n'a que dix-neuf mois.

— Cela peut se produire à n'importe quel âge, dit Lorenzo. Quelquefois, c'est héréditaire, mais cela peut survenir également à la suite d'une infection virale.

— Elle a attrapé un virus il y a quelques semaines et ne semble pas vraiment s'être rétablie. Est-ce que ça se soigne ?

— Nous allons lui donner un traitement pour lutter contre la fatigue et aider son cœur, mais il bat trop lentement. Florence va avoir besoin d'un pacemaker.

— Qu'est-ce que c'est ?

— C'est un stimulateur cardiaque, qui se présente sous la forme d'un petit boîtier en métal contenant des batteries et des circuits électroniques, dit Lorenzo. Il enverra des impulsions électriques au cœur de Florence pour réguler le rythme cardiaque.

— Un boîtier en métal ? s'écria Mme Reynolds, l'air horrifiée.

— Ce n'est pas plus gros qu'une boîte d'allumettes et ne pèse que cinquante grammes, dit Jenna pour la rassurer. Comme Florence est encore toute petite, vous verrez peut-être une petite bosse sous sa peau lorsque le pacemaker sera installé, mais, lorsqu'elle sera plus grande, on ne saura même pas qu'elle en a un. On ne verra plus rien.

— Elle aura mal lorsque le pacemaker fonctionnera ?

— Non, absolument pas.

— Mais votre fille aura besoin d'une opération pour fixer la boîte dans sa poitrine, dit Lorenzo.

— Une opération ?

La maman semblait pétrifiée.

— Mais elle n'a que dix-neuf mois ! dit-elle.

— Sans pacemaker, son état ne s'améliorera pas et elle aura peut-être besoin d'une transplantation cardiaque, ce qui représente une opération beaucoup plus lourde, dit doucement Jenna.

La pauvre mère se mordit nerveusement la lèvre.

— Je suis perdue… Cela fait beaucoup de choses à assimiler d'un coup.

— Bien sûr, dit Lorenzo, et votre réaction est tout à fait normale. Mais la pose d'un pacemaker est le meilleur moyen d'aider Florence à aller mieux.

— Pouvez-vous l'opérer dans cet hôpital ?

— Oui, nous avons tout l'équipement nécessaire, répondit Jenna. Vous aurez rendez-vous avec l'équipe de chirurgie cardiaque avant l'opération et, après l'opération, nous garderons Florence ici, dans le service.

— Combien de temps dure l'opération ?

— Environ une heure, dit Lorenzo. Nous hospitaliserons Florence la veille pour pratiquer les tests nécessaires à l'opération. Elle ne devra rien manger ni boire durant les six heures précédant l'intervention, qui se fait sous anesthésie générale. Et vous pourrez rester auprès d'elle jusqu'à l'endormissement. Après l'opération, dès qu'elle ouvrira les yeux dans la salle de réveil, vous pourrez de nouveau être avec elle.

— Un boîtier en métal, dit Mme Reynolds dans un murmure angoissé. Vous allez lui ouvrir la poitrine ?

Lorenzo secoua la tête.

— Le chirurgien va pratiquer une petite incision, pas plus longue que votre pouce, sous la clavicule gauche, afin de faire une loge pour le pacemaker et de glisser dans une veine une sonde électrique souple qui sera reliée au cœur.

— Les fils utilisés pour la suture vont se dissoudre, dit Jenna. Il n'y aura donc pas besoin de les enlever. Le chirurgien vous montrera à quoi ressemble un pacemaker, je pense que cela suffira à vous rassurer.

— Une fois réveillée, dit Lorenzo, Florence reviendra dans notre service où son pansement sera vérifié. Et on lui donnera des antibiotiques pour éviter toute infection.

— Le lendemain, dit Jenna, Florence passera une autre radio pour s'assurer que la sonde reliée au pacemaker est à la bonne place. Nous conseillons de ne faire aucune activité physique, telle que le club de gymnastique, durant les trois semaines qui suivent l'opération. Et, durant cette période, il vaut mieux éviter les grands mouvements de bras du côté où le pacemaker est installé, afin que la sonde ne bouge pas.

— Souffrira-t-elle après l'opération ? demanda Mme Reynolds.

— Ce sera peut-être un peu douloureux, dit Lorenzo, mais le paracétamol pour enfant marche très bien. Le plus important, c'est qu'elle ne touche pas à la plaie, ou cela risquerait de s'infecter.

— Et après l'intervention, elle ira mieux ?

— Oui, dit Jenna d'une voix rassurante, et elle pourra mener une vie normale. Cependant, vous devrez veiller à ce qu'elle ne pratique aucun sport de contact, comme le karaté, par exemple.

— Le pacemaker déclenchera l'alarme aux portiques des aéroports, dit Lorenzo, mais vous aurez une carte à montrer aux personnes chargées de la sécurité. Elle ne pourra pas avoir d'IRM avec son pacemaker et devra d'une manière générale se tenir éloignée des champs électromagnétiques puissants.

— Et si elle consulte un écran de téléphone, veillez à ce qu'elle tienne l'appareil de la main opposée au pacemaker.

— Devra-t-elle garder ce boîtier toute sa vie durant ? Lui en faudra-t-il un autre lorsqu'elle sera plus grande ?

— À la première question, la réponse est : nous ne savons pas, dit Jenna. Cela dépendra de la façon dont Florence réagit au traitement. Son pacemaker va durer quatre ou cinq ans. Ensuite, il faudra le remplacer.

— Cela fait beaucoup d'informations à digérer, dit Lorenzo. Nous avons des documents traitant du problème cardiaque de Florence et du fonctionnement du pacemaker, nous allons vous les donner. Vous aurez sans doute d'autres questions à poser dans les jours à venir. Venez nous voir ou téléphonez-nous, nous ferons de notre mieux pour vous répondre.

— Merci. J'essaie encore de me faire à l'idée que ma fille est gravement malade.

— Nous pouvons vous mettre en relation avec un groupe de

soutien, dit Jenna. Parler à des mamans qui ont été confrontées à ce problème peut aider. Mais je vous déconseille de trop aller sur Internet. Les choses y sont en général présentées sous leur jour le plus effrayant.

— Cela fait maintenant une cinquantaine d'années que l'on pose des pacemakers aux patients. En Grande-Bretagne, chaque semaine, près de cinq cents personnes en reçoivent un.

La maman de Florence parut surprise.

— Autant que cela ?

Jenna hocha la tête.

— Notre équipe de cardiologie a vraiment une grande habitude de cette procédure. Florence sera en d'excellentes mains.

— Je vous remercie, dit Mme Reynolds avec un gros soupir. Je me sens un peu mieux, à présent.

Jenna lui sourit.

— Florence aussi va bientôt se sentir mieux. Et vous n'aurez plus à vous inquiéter autant.

— Jenna va organiser tout cela pour vous, dit Lorenzo. Je dois reprendre mes consultations et j'ai certaines choses à faire avant de voir mes patients.

— Je vous remercie, docteur.

— Oui, merci, docteur Conti, dit Jenna.

— Je suis là pour cela, répondit-il en souriant.

Mais son sourire n'était adressé qu'à Mme Reynolds et à sa fille. Il ne tourna même pas les yeux vers Jenna.

L'essentiel, c'était que, pour Lorenzo comme pour elle, les patients restaient la priorité. Dans le cadre du service, les choses allaient sûrement devenir plus faciles entre eux. Cela prendrait un peu de temps, voilà tout.

Elle devait simplement se concentrer exclusivement sur son travail.

Assis à son bureau, Lorenzo reprenait certains dossiers avant de poursuivre ses consultations lorsqu'il reçut un message qui faillit le faire tomber de sa chaise.

Georgia lui envoyait un e-mail ?

Il semblait y avoir aussi une pièce jointe. Peut-être s'agissait-il d'une erreur. Quelqu'un avait peut-être piraté la messagerie de Georgia et adressé un message à sa liste de contacts ?

Voulant effacer l'e-mail, il l'ouvrit sans le faire exprès.

La pièce jointe était une photo de Florence, et il retint son souffle. Sa petite fille, vêtue d'une robe bleue, tenait à la main un ballon rose sur lequel était écrit en lettres d'argent : « Trois ans aujourd'hui. »

Il cligna des yeux pour chasser les larmes qui menaçaient de déborder. Pourquoi Georgia lui envoyait-elle cette photo maintenant ?

Le regard embué, il eut du mal à lire le message et dut s'y reprendre à trois fois. Georgia disait qu'ils revenaient vivre à Londres car Scott y avait trouvé du travail. Ils étaient heureux, s'étaient mariés et avaient eu un petit garçon, né le mois précédent. Elle disait aussi avoir pris conscience à quel point elle s'était montrée injuste envers Renzo. S'il souhaitait revoir Florence une fois qu'ils seraient installés, il serait le bienvenu chez eux.

S'il souhaitait revoir Florence ?

Son cœur allait exploser.

Georgia avait ajouté quelque chose.

Nous ferions sans doute bien de discuter avant, afin de nous mettre d'accord sur la façon dont nous lui parlerons de toi. Peut-être pourrais-tu être son oncle Renzo.

Pas papa. Pas l'homme qui avait pris soin de Florence pendant dix-huit mois. Cela faisait mal. Mais le plus important, c'était qu'il allait revoir sa petite fille.

Il regarda de nouveau la photo. Florence avait beaucoup changé, comme tous les petits enfants à cet âge-là. Était-elle devenue une petite fille bavarde, aimait-elle toujours qu'on lui raconte des histoires ? Aimait-elle chanter ? danser ? Il n'en avait pas la moindre idée.

Mais ce qui n'avait pas changé, chez elle, c'était son sourire lumineux. Elle semblait heureuse.

Jenna prit le temps de fixer le rendez-vous de Florence et sa mère avec l'équipe de cardiologie, de rassurer une nouvelle fois Mme Reynolds et de lui donner toute la documentation qui pouvait lui être utile, ainsi que les coordonnées des groupes de soutien. Après quoi, Jenna partit à la recherche de Lorenzo. Avec un peu de chance, elle pourrait le voir avant qu'il ne parte faire ses consultations. Elle voulait le remercier de l'aide qu'il lui avait apportée. Et réduire l'abîme qui s'était creusé entre eux. Cela faciliterait certainement leur collaboration.

Lorsqu'elle toqua à sa porte, il leva les yeux, l'air presque hébété. Allait-il bien ?

Il lui fit signe d'entrer. En s'approchant, elle remarqua qu'il avait le regard brillant.

Il s'était sûrement passé quelque chose.

— Bon, dit-elle, raconte-moi.

— Je...

Il se tut et secoua la tête.

— Renzo, je sais que notre relation est difficile en ce moment, et que tu ne te livres pas facilement, mais je m'inquiète pour toi, et je suis là. Quelque chose a dû t'arriver, ou tu n'aurais pas les larmes aux yeux.

— Florence, murmura-t-il.

Oh, non ! C'était encore pire que ce qu'elle avait imaginé.

— Il lui est arrivé quelque chose ?

— Je... Il vaut mieux que tu vois cela toi-même.

Il lui tendit son téléphone avec l'e-mail de Georgia.

Elle vit le message, accompagné de la photo d'une petite fille. Florence, sûrement. Le jour de son troisième anniversaire. Le jour où elle-même était à Vérone avec Lorenzo.

— Renzo, c'est personnel.

— Lis le message.

Elle s'exécuta et ne put cacher sa surprise.

— Elle veut vraiment te laisser voir Florence ?

Il hocha la tête.

— Moi aussi, j'ai du mal à le croire. Mais c'est écrit noir sur blanc. Elle m'a même communiqué son nouveau numéro de téléphone pour que je puisse l'appeler et organiser un rendez-vous avec elle.

— Qu'est-ce qui a bien pu la faire changer d'avis ?

— Je n'en ai aucune idée. Peut-être le fait qu'ils reviennent s'installer à Londres, ou alors ses parents lui ont fait entendre raison.

Il haussa les épaules.

— Ou encore, maintenant qu'ils ont un autre enfant, Scott a peut-être réalisé l'épreuve qu'ils m'ont imposée et il en a parlé avec Georgia. Mais l'essentiel, c'est qu'elle accepte à présent de me laisser voir Florence.

— C'est merveilleux. Je me réjouis pour toi.

Il se frotta les yeux.

— J'ai une consultation, et je ne peux pas faire attendre mes patients plus longtemps, mais peut-être que… Veux-tu que nous parlions ensuite, toi et moi ?

— Quand nous aurons fini notre journée, dit-elle. On se rejoindra devant l'entrée principale.

— Merci. Mais dis-moi, pourquoi venais-tu me voir ? Puis-je faire quelque chose pour toi ?

Oui, bien sûr, mais elle n'allait certainement pas le lui dire et prendre le risque d'être rejetée une nouvelle fois.

— J'étais juste venue t'informer que Florence Reynolds avait son rendez-vous avec l'équipe de cardiologie. Je voulais aussi te remercier de ton aide.

— Je n'ai fait que mon travail.

Et le travail était la seule chose qu'ils partageaient, à présent. Elle avait compris.

— D'accord.

— On se voit tout à l'heure. Nous parlerons.

S'il lui parlait à cœur ouvert. Dans le cas contraire, elle lui demanderait de se taire et s'en irait.

Sa journée terminée, Lorenzo alla attendre à l'entrée de l'hôpital. Il attendit. Très longtemps.

Il consulta sa montre. Jenna étant plutôt ponctuelle, elle était sans doute encore avec un patient. Elle se montrait très consciencieuse dans son travail, gentille et attentive.

Et pas seulement dans son travail.

Alors que leur relation laissait en ce moment à désirer, elle avait malgré tout remarqué son désarroi et l'avait poussé à se confier à elle.

Il avait maintenant beaucoup de choses à lui dire. Pour commencer, il lui présenterait ses excuses. Tout ce qu'il espérait, c'était qu'elle veuille bien l'écouter.

Soudain, il la vit arriver en courant.

— Désolée, j'étais...

— Les patients passent avant tout, fit-il gentiment.

— J'avais peur que tu ne croies que...

Elle avait eu peur qu'il pense qu'elle l'avait laissé tomber ? Ce n'était pas son genre, elle le savait.

— Mais non, voyons. Merci d'être venue. Et si nous allions dans un endroit plus calme ?

— Bonne idée.

Ils se dirigèrent vers Alexandra Park et s'assirent sur un banc, dans un coin tranquille.

— Avant tout, dit-il, je te dois toutes mes excuses pour ce qui s'est passé à Vérone. Je t'ai blessée et j'en suis désolé. Ce n'était vraiment pas mon intention.

Elle prit un air embarrassé.

— C'était ma faute. J'attendais trop, j'aurais dû ne rien dire.

— Non, ce n'est pas cela du tout. J'aurais dû t'informer que ce jour-là était l'anniversaire de Florence, et qu'il valait mieux que j'organise notre voyage à un autre moment. Mais j'ai cru bêtement qu'en étant avec toi, en voyant ma famille et en étant très occupé, je souffrirais moins de ne pas voir ma petite fille le jour de son anniversaire, et cela pour la deuxième année consécutive. J'avais tort.

— Si j'avais su que c'était l'anniversaire de Florence, je n'aurais rien dit. Je sais combien faire face à ce qui s'est passé est dur pour toi.

— J'ai accepté l'idée que, si Georgia m'a trahi, c'est que son amour pour Scott était plus fort que tout. J'en ai souffert, mais je pouvais le comprendre. Ce que je n'ai pas pu accepter, c'est de ne plus avoir de vie de famille. De ne plus être un papa. Et quand tu as parlé de fonder une famille, cela m'a rappelé à quel point perdre tout cela était douloureux.

— Je ne suis pas Georgia, murmura-t-elle.

— Je le sais, et jamais tu n'enlèverais un enfant à quelqu'un. Tu es une femme exceptionnelle, avec un très grand cœur.

— Mais je ne suis pas la femme qu'il te faut. J'ai compris. Tu n'as pas besoin d'en dire davantage.

Son visage exprimait une tristesse infinie.

— J'espère que tu trouveras celle qu'il te faut, Renzo, je ne voudrais pas que tu passes le reste de ta vie à te sentir si seul. Même si Georgia te propose de revoir Florence, elle précise bien que tu ne seras qu'un oncle pour elle, un parrain, ou quelque chose de ce genre, mais en aucun cas un papa, car Florence en a déjà un.

C'était dur, mais il avait besoin de l'entendre. Et Jenna avait raison.

— Le principal, c'était d'être sûr qu'elle était heureuse et que Scott était un bon père, capable de l'élever en lui donnant autant d'amour que moi. Tu as raison, je ne suis pas son père, mais la voir de temps en temps me suffira. Je comprends maintenant que c'était cela qui me manquait. Ça me rendait incapable d'aller de l'avant et de m'attacher à quelqu'un d'autre.

— D'accord. Si tu as besoin de soutien lorsque tu reverras Georgia, tu sais où me trouver.

C'était tellement généreux de sa part !

— Tu ferais ça pour moi, après la façon dont je me suis comporté ?

— Bien sûr.

— Je te l'ai dit, tu es une femme exceptionnelle, avec un cœur immense.

Elle soupira.

— N'en fais pas trop, Renzo.

— Ce n'est pas le cas. Mais tu te trompes sur un point.

— Lequel ? demanda-t-elle en fronçant les sourcils.

— Quand tu dis que tu n'es pas la femme qu'il me faut. J'étais sincère, à Vérone, lorsque nous avons mis nos noms sur le mur de la maison de Juliette. Et quand nous nous sommes embrassés sur le balcon.

— Mais ensuite tu m'as repoussée.

— Non, il ne s'agissait pas de toi. J'étais paniqué. Et je ne trouvais pas les mots justes pour t'expliquer ce qui n'allait pas, la raison pour laquelle je me comportais d'une façon aussi stupide. Tu imagines un peu ! Avoir grandi dans une famille italienne où tout le monde parle à tort et à travers et être incapable d'exprimer ses sentiments… Cela m'est arrivé après mon histoire avec Georgia. Je me suis renfermé sur moi-même et je n'ai plus jamais parlé de ce que je ressentais. Je passais mon temps à sourire et à faire croire à tout le monde que j'étais en pleine forme, alors que ce n'était pas du tout le cas.

Il lui prit la main.

— J'aurais dû te dire tout cela, et aussi que je rêvais de la même chose que toi. Avoir une compagne que j'aime et qui m'aime, et un bébé qui vienne compléter notre famille. Maintenant que je sais que Florence est heureuse et que je pourrai la voir de temps en temps, je suis soulagé. Libre d'aller de l'avant. Même si, tout en sachant que c'est cela que je veux, j'ai quand même un peu peur, car j'ai déjà connu la vie de famille et ça a mal fini. Je ne veux pas que ça finisse mal avec toi.

— Pour moi aussi, les choses ont mal fini. Je ne parle pas d'Ava, bien sûr. Je n'ai jamais regretté d'avoir donné naissance à cette enfant pour ma sœur, et je ne le regretterai jamais. Mais faire bonne figure alors que tu n'allais pas bien du tout, je comprends parfaitement.

— Parce que tu faisais la même chose ?

Elle hocha la tête.

— Je ne suis pas Danny, répondit-il. Je suis fier de toi. Tes priorités sont les bonnes. Et je sais que tu n'as rien de commun avec Georgia.

— Mais comment puis-je savoir si, à l'avenir, tu ne vas pas te replier sur toi-même ? Si, un jour où quelque chose te causera du souci, tu ne choisiras pas de me repousser et de broyer du noir en silence au lieu de me parler de ce qui te préoccupe ?

Elle méritait une réponse honnête.

— Tout est différent, à présent. J'ai évolué depuis notre séjour à Vérone. Tu m'as vraiment beaucoup manqué et, sans toi, j'ai été très malheureux.

Il la sentait vulnérable. Alors, peut-être devait-il prendre le risque de s'ouvrir complètement à elle. De lui prouver qu'il était sincère.

— Je t'aime, Jenna, avec toi le monde devient beaucoup plus beau. C'est dans ce monde-là que je veux fonder une famille. Je nous vois vieillissant ensemble, toi et moi, en regardant nos enfants grandir, puis nos petits-enfants. Tu leur apprendras à danser la salsa pendant que, moi, je ferai des gâteaux dans la cuisine.

Elle avait les yeux fixés sur lui et, dans son regard bleu, il y avait beaucoup d'inquiétude.

— Moi aussi, je t'aime, mais j'ai peur.

— Je ne te lâcherai plus jamais, dit-il. Que je puisse de nouveau faire partie de la vie de Florence, si peu que ce soit, règle beaucoup de choses pour moi. Je veux fonder une famille avec toi, Jenna. Une famille remplie d'amour.

Il marqua une pause.

— Et je veux avoir un bébé avec toi. Pas pour remplacer Florence, mais pour avoir un enfant à nous que nous aimerons tous les deux et que nous aiderons à grandir.

Jenna en eut le souffle coupé. Un compagnon qu'elle aimait et qui l'aimait en retour, et un bébé pour compléter la famille. C'était exactement ce dont elle avait rêvé.

— Fonder une famille avec toi, répéta-t-elle.

Mais, à l'expression de son visage, elle avait encore des doutes. Lorenzo lui pressa la main.

— Je sais que ce n'est pas sans risques et que tu t'inquiètes. Alors, je vais te poser la question qui va me rendre vulnérable, parce que j'ai confiance en toi et que je sais qu'ensemble, nous pouvons faire face à tout.

Il s'agenouilla et prit une profonde inspiration.

— Je t'aime, Jenna. Je veux vieillir auprès de toi et t'aimer jusqu'à mon dernier jour. Veux-tu m'épouser ?

Lorenzo était sincère, Jenna le lut dans ses yeux. Ils prendraient un risque tous les deux, et il avait décidé de s'y exposer. Aurait-elle le courage d'en faire autant ?

Elle avait le choix. Dresser un mur entre eux dans l'espoir de protéger son cœur, et rester seule. Ou bien donner à Lorenzo la seconde chance qu'il sollicitait, et se tourner vers l'avenir — ensemble.

Et il s'était déclaré le premier. Il lui avait dit qu'il l'aimait. Il l'aimait pour ce qu'elle était, elle, pas parce qu'elle était médecin et gagnait bien sa vie. Il disait aussi qu'elle était une femme exceptionnelle, dotée d'un très grand cœur. Elle pensait la même chose de lui. C'était un homme bon et généreux.

La décision était facile à présent. Elle sourit.

— Oui.

Il poussa un cri de joie, et l'entraîna dans une ronde effrénée avant de l'embrasser à lui donner le vertige.

— Je ne te lâche plus, dit-il enfin. Je t'aime et, même si la vie nous joue de mauvais tours, tout ira bien car nous serons ensemble.

Épilogue

Six mois plus tard

Jenna s'arrêta pour reprendre son souffle et boire un verre d'eau. Presque tous les participants au mariage étaient sur la piste de danse — leurs deux familles, leurs collègues et tous leurs amis. Le groupe de l'hôpital, Maybe Baby, jouait sans relâche, à la satisfaction de tous. Jenna venait de danser une salsa endiablée qui lui avait presque coupé les jambes.

Lorenzo était magnifique dans son costume de marié. Mais, surtout, il semblait détendu et heureux. Et il dansait avec toutes les demoiselles d'honneur : sa propre sœur, la sœur de Jenna, Ava, Emily… et Florence.

— Regarde-les, dit Georgia en venant vers elle. Elles s'amusent toutes comme des folles. Je te remercie vraiment d'avoir demandé à Florence d'être demoiselle d'honneur. C'est si gentil de ta part. Je n'ai pas de sœur, Scott non plus, alors je ne pensais pas qu'elle aurait un jour la chance d'être demoiselle d'honneur.

— Nous le voulions car elle fait partie de la famille, dit Jenna en souriant.

Voyant le regard légèrement inquiet de Georgia, elle la rassura.

— De nos jours, les familles prennent toutes sortes de formes et elles sont plus ou moins élargies. Je suis si contente que Renzo puisse maintenant faire partie de la vie de Florence.

Georgia parut se détendre.

— Lorsque nous sommes partis nous installer à Birmingham,

j'ai été prise de panique. Je crois que j'avais peur de n'avoir peut-être pas fait le bon choix, et...

Elle regarda Scott qui faisait sauter leur petit garçon sur son épaule en parlant avec Will.

Jenna comprenait parfaitement quelles avaient été les craintes de Georgia. Elle avait eu peur que Scott ne retourne à ses vieux démons Et ce n'était pas pour elle qu'elle avait eu peur, mais pour Florence. Mais devenir papa avait clairement opéré un changement radical en Scott.

— Nous faisons tous des erreurs et de mauvais choix, dit Jenna. Mais si nous savons en tirer les leçons, comme Scott a su le faire, notre vie n'en devient que meilleure.

— Tu es formidable, dit Georgia en la serrant dans ses bras. Je vous souhaite, à Renzo et à toi, d'être vraiment très, très heureux.

— Merci. Et cela me fait tellement plaisir que vous soyez tous venus au mariage aujourd'hui !

— Pour rien au monde je n'aurais manqué cela. Je sais que je lui ai fait beaucoup de mal et j'en suis vraiment désolée. Mais il a l'air heureux, aujourd'hui, et c'est grâce à toi.

— Et grâce à Florence. Il est très content d'être l'oncle Renzo... et de l'être aussi pour le petit Ollie.

— L'idée vient de Scott.

— C'est une excellente idée. Maintenant, va danser avec ton mari pendant que j'arrache le mien aux demoiselles d'honneur.

Elle fit un détour par la scène pour réclamer un slow à Maybe Baby. Puis elle alla trouver Lorenzo.

— M'accorderez-vous cette danse, docteur Conti ?

— Avec joie, docteur Conti, répondit-il en souriant.

Et il l'attira dans ses bras.

— Heureuse ? demanda-t-il en la tenant serrée contre lui.

Elle sourit.

— Très heureuse. Et toi ?

— J'ai une compagne que j'aime et qui m'aime. Bien sûr, je suis heureux ! Et j'ai vu que tu étais à l'instant avec Georgia.

— Nous parlions de Florence, et des différentes formes que prenait la famille, de nos jours. Au fait, tu avais vu juste. L'idée que tu sois l'oncle Renzo pour les deux enfants vient de Scott.

Elle marqua une pause.

— Il y a quelque chose dont je voudrais te parler.

— Ah ?

Elle vit une légère inquiétude dans ses yeux.

— C'est à propos de ce que tu viens de dire. Tu as oublié quelque chose dans la liste des raisons pour lesquelles tu es heureux.

Il s'immobilisa.

— Es-tu en train de m'annoncer...

— C'est pour cette raison que j'ai à peine touché au prosecco. J'ai fait un test hier matin.

Elle sourit.

— J'ai failli te dire le résultat aussitôt, mais j'ai pensé qu'il valait mieux attendre jusqu'à aujourd'hui.

— Et depuis quand es-tu...

— Environ six semaines. Nous allons avoir un bébé, Lorenzo.

Elle devina qu'il se livrait à un rapide calcul.

— C'est un bébé italien, dit-il. Conçu sur les rives du lac de Garde la veille du nouvel an.

— La nuit où nous avons regardé le soleil se coucher et où tu m'as montré cette montagne qui ressemblait à un visage. Tu te souviens, tu m'as raconté l'histoire de Dame Garda.

— L'immortelle tombée amoureuse d'un mortel. À la mort de cet homme, elle a eu le cœur brisé et tant pleuré que ses larmes ont créé un lac, appelé le lac de Garde, en souvenir d'elle.

— Cette histoire est trop triste pour être racontée le jour de notre mariage.

Il l'embrassa.

— Mais, contrairement à Dame Garda, notre histoire à nous se termine bien puisque nous allons avoir un bébé. Et c'est le plus beau des cadeaux de mariage.

Jenna comprit qu'il avait définitivement laissé le passé derrière lui. À présent, ils pouvaient vraiment se tourner vers l'avenir. Ils formaient une famille.